Ronso Kaigai
MYSTERY
204

アリバイ

ALIBI

HARRY CARMICHAEL

ハリー・カーマイケル

水野 恵［訳］

論創社

Alibi

1961

by Harry Carmichael

目次

主要登場人物

ジョン・パイパー……………………保険調査員
クイン……………………………………新聞記者。パイパーの旧友
パトリシア（パット）・ウォーレン ……自称小説家。本名クララ・ワトキン
スタンリー・ワトキン…………………パットの夫
アラン・ヘイル…………………………事務弁護士
ウィニー・タッドフィールド…………パットの家政婦
レグ・オーウェン………………………酒場兼宿屋〈ロイヤル・ジョージ〉の主人
ゴードン・クック………………………開業医
ミセス・ビルケット……………………パットの元大家
ジリアン・チェスタフィールド………パットの友人
クリフォード（クリフ）・ワトキン ……スタンリーのおじ
フォックス………………………………クレセット生命保険会社部長
ロック……………………………………犯罪捜査課警部
テッド・ウィーラン……………………巡査

アリバイ

……夜の暗い手先どもが餌食を求めて蠢きだす

シェイクスピア『マクベス』第三幕第二場より

第一章

急勾配ののぼり坂を越えると、道は左にカーブしながら巨大な闇のかたまりと化したバーント・スタッブの森の麓をまわり、ゆるやかに夕闇へと滑りこんでいく。ここ数週間まともに雨が降っていないせいで、道端の木々や生け垣は白くくすみ、ターンパイク・コーナーで暗渠に流れこむ排水溝には落ち葉が散り積もっていた。

起伏する農地の向こう、ひときわ暗い東の空に小さな光の粒が瞬いている。次のカーブを曲がると、聖ミカエル教会の尖塔のシルエットが、闇に溶けつつある夕景に浮かびあがって見えた。

その先の坂道をのぼりきれば、てっぺんから村の一部が見える。ダッシュボードの時計は十一時五分前を示していた……だが、その時計は少し進んでいる。ルースは家にいるだろうか、と彼は考えをめぐらせた。

……留守ならいいが……あるいはすでに眠っているか。そうすれば無理に言葉を交わさなくて済む……。

〝ふたりのあいだに話す価値のある話題があったのは、遠い昔のような気がする……。たぶん子どもがいれば違ったのだろう。とはいえ、妻がそのことで私を責めるのはお門違いというものだ。赤ん坊を失ったのは私の責任ではない……あれ以来、妻は私を寄せつけなくなった〟

単調なエンジン音を響かせて車は走り、開いた窓から生ぬるい夜風が吹きこんでくる。空の低いところでひときわ明るい星が輝いていた。起伏する農地の向こうにウィントリンガム村の明かりがちらほらと見えた。

まもなく彼は家にたどりつき、顔を合わせるなりルースはたずねるだろう。楽しい夜を過ごしたのか、と……いつもそうたずねるように。

楽しかろうとなかろうと、妻にはどうでもいいことだった。もし彼が退屈だったと答えれば、どうして事務弁護士会の集まりなんかに出席するのか、と判で捺したように妻は言う。その後、ふたりに言うべき言葉はひとつも残されていない。

その昔、夫の行動や出会った人々に妻が関心を持っていたこともある。だが、いまは微塵もないし――これからもない。

……老いた妻を責めるのは公平ではないかもしれない。彼女はもうずいぶん長く生きてきた……。自らの母親に盲目的に尽くし、外の世界に背を向けて生きてきた女の行く末なのか。

月日は飛ぶように過ぎていく。子どもを失って一、二年は、妻はよく言っていたものだ。もうひとり産むには年齢《とし》をとりすぎてしまった、と。夫を手の届く範囲に寄せつけないようでは、子どもができる可能性など万にひとつもなかったが……ついでに言えば、四十手前の男はまだ充分に若く、広い意味において女性を必要としていた。

〝……義務とか道義的責任とかで語られる問題じゃない。私はほかの男たちが当然のごとく享受しているものを望んでいるだけだ……私にだって少しくらい人生を楽しむ権利があるはずだ。不動産の譲渡や遺言やつまらない訴訟とはべつの何かを得る権利が。依頼人が夫婦の問題を話し合っているとき、弁護士の私が何を考えているかを知ったら、彼らはどう思うだろう……〟

長年にわたって夫を家具同然に扱ってきた妻が、夫に愛人がいると知るや、あたかもショックを受けたかのようにふるまうのは、実に奇妙でまったくもって不可解である。その手の女たちはルース同様、男はひとりの人間として扱うべきものであり、家賃を支払うだけの存在ではないことを理解していない。子どもが成長すると、もはや自分は用済みだと感じる男もいる。ルースの場合は実母が子どもの代わりだった……その母親もいまは墓のなかだ。

カーブを曲がるたびに闇は深まり、気温も下がっていくようだ。たぶん明日も暑くなるのだろう。そろそろひと雨来てもいい頃合いだ。天気が崩れる前にルースと休暇に出かけたほうがいいかもしれない……七月は例年雨が多いし……。

パーリーとゴッドストーンを結ぶ幹線道路をはずれたとき、ヘッドライトを点灯した。自宅までもう少し、あと四、五マイルといったところだ。十一時には着くだろう。帰ったところで楽しみなどひとつもないが。

……たぶん最後のブランデーは断るべきだったのだろう。酒が過ぎると気が滅入るのはいつものことだ……とはいえ、酔っているわけではないし酔いを感じることさえないが。たかだかブランデー三杯とリシュブール一杯を食事のあとに飲んだだけだ。

おそらく自分が必要としているのはそれだ。もっと早く気がつけばよかった。近いうちに徹底的に飲んで酔っぱらおう。そして自制心の箍《たが》をはずすのだ。みんなやっていることだ——街で夜を明かし、愉快な時間を過ごす連中もいる。コールガールと会う手はずを整えるのだって難しいことじゃない……。

彼の思考はそこで完全に停止した。その手のことが不得手であることは自覚していた。きっと自尊心が高すぎるのだ……あるいは単に勇気が足りないのか。いずれにしろ見知らぬ他人と――一時間いくらで自分を売るような女と――一夜限りの情事に身を投じる気にはなれなかった。

それにしても、どうやって事《こと》に至るのだろう？　最初のとっかかりはひどくばつの悪い思いをするにちがいない……。ただベッドに行くというだけでは、彼の疑問に対する答えになっていなかった。

ヘイルは強いてほかのことに意識を向けた。明日はマクファーレン問題をめぐる審議会が開かれる。弁護士としての意見を求められるだろう。昼食前に裁判所から戻ったら……。

二百ヤードほど前方で道は二手に分かれ、左はウィントリンガムへ、右はオックステッドへと至ることを示す標識が立っている。車のヘッドライトが、両手を広げた格好の標識と、Y字路の股の部分に繁茂する野ばらを照らした。

村までは、そこからさらに二マイルある。わずかに明るさを残す空を背に、黒くにじんだ村の輪郭がぼんやりと見えた。唯一の街路灯が村の入り口を煌々と照らし、曲がりくねった道は二十軒ほどの家々のあいだを通ってロング・ホートンへ続いている。

村のはずれに彼がルースとともに生活を営む家が――営むふりをしている家がある。とうの昔に意味を失った儀式を続ける人々のように。

〝……残念だ……愛のある温かな家庭を築けたはずなのに。ふたりが似た者同士でなかったら……切れた絆を結び直す方法を見つけられたら……。どちらかが死ぬまでこんな生活をずるずると続けるのだろうか。妻の身に何か起きたら自分はどう感じるだろう。自由の身となって人生をやり直せるとしたら何をするだろう……〟

白っぽいものが標識の近くに見えた——車のヘッドライトがY字路の合流地点をかすめた瞬間、それは動いた。白いドレス、もしくはコートを着た女のようだ。近づくにつれて、女が彼に合図を送っていることがわかった。

このまま走り去るべきだ。とっさにそう直感したことをヘイルはあとになって思いだし、その直感に従わなかったことをおおいに悔やんだ。彼のような立場にある男が、見知らぬ女の手招きに応じて車を停めるなんて愚の骨頂だ……とりわけ深夜に……しかもウィントリンガムから二マイルしか離れていない場所で。ウィントリンガムはやたらと風通しがよくて、根も葉もない噂話があっという間に広まるのだ。

しかしそのときの彼は、そうした事なかれ主義的な態度に腹を立てていた。車を停めて事情を訊き、求めに応じて車に乗せてやったとして、いったいどんな不都合があるというのか。こんな夜更けに、ひとけのない田舎道に女をひとり残して走り去るのは正しいことではない。

ヘイルは速度を落とし、標識の前で車を停めた。すでに彼の目は、しなだれかかる満開の野ばらを背に、草で覆われた土手に座る女の姿をとらえていた。ひんやりとした闇のなか、聞こえるのは車の低いエンジン音だけだった。

彼は女に声をかけた。「何かお困りですか?」

女は苦労して立ちあがると、ぎこちなく一歩踏みだして標識につかまった。「助けてもらえないかしら。実は足をひねってしまって……歩くことができないの。迷惑でなければ……」

「もちろん、構いませんよ」ヘイルは運転席のドアを開けて、すばやく車から降りた。「どちらにお住まいですか?」

「このすぐ先の――ホルムウッド・コテージよ。ここから三、四百ヤード行ったところにある……」女は身体をひねってオックステッドへ至るひとけのない道を指さし、その拍子によろめいた。間一髪のところで、彼は女を抱きとめた。「私につかまって。痛めた足首に体重をかけないように。それで、力を合わせてきみを車に乗せるとしよう」

彼女は唇を噛んで足首をさすった。片方しか靴を履いていなかった。片腕を彼の肩にまわし、背筋を伸ばすと、苦い笑み浮かべて言った。「馬鹿なことをしたわ。バスを降りたあと、道端の小石を踏んでしまったのね。靴のかかとが折れて、危うく足首まで折るところだった。あなたが通りかからなかったら途方に暮れていたところよ」

靴はハンドバッグと一緒に土手の上に置いてあった。華奢な白いハイヒールは、田舎道を歩くために作られたものではない。かかとが折れて、爪先にひっかき傷がついている。それでもなお、魅力的な脚にふさわしい魅力的な靴であることに変わりなかった。

〝……ルースも昔はよくこんな靴を履いていたものだ。ルースよりこの娘の脚のほうが魅力的だが……スタイルもいい。段違いに。しかも若い――かなり若い。たぶん二十代半ばだろう……〟

昔から憧れていたタイプの女だった。彼の身近にいる女はたいてい妻に似ていた――金髪で、精彩がない女たち。見た目はどれも似たり寄ったりで、温もりや情熱といったものをまるで感じさせなかった。

目の前にいる女は、彼がかつて出会ったどの女とも似ていなかった。幅の広い二重《ふたえ》が印象的な目もと、高い頬骨、ルースなら肉感的と言い表しそうな唇。黒い髪はつややかで、肌は内側から発光しているみたいに輝いて見える。

ウィントリンガムのような片田舎で彼女と出くわすのは、アスターの花畑で蘭の花を見つけるのと同じくらい稀有なことだ。彼女はいったい何者で、いつからここに住んでいるのか。どうしてこんな夜更けにひとりきりでバスで帰宅したのだろう。

彼に支えられて車の前を通るとき、彼女が言った。「あなた、ヘイルさんよね――アラン・ヘイル、事務弁護士の？」

「そのとおりだが、どうして私のことを？」

「あら、このあたりの人のことなら全員知っているわ……とくに村はずれの高級住宅地に住む上流階級の人たちのことは」ちらりと顔を上げていたずらっぽく微笑んだ。「ウィントリンガムのビバリーヒルズってあたしは呼んでいるのよ」

微笑んだ彼女はさらに魅力的だった。ヘイルはふと不安になった。若い女の身体に腕をまわしている彼を見て、村人はどう思うだろう。

誰かが告げ口しても、ルースは絶対に信じないはずだ。それどころか、とんでもなく的はずれな答えを返すだろう。〝……あたしと夫は結婚して十二年も経つのよ、かなう相手などいるはずないわ……〟

ヘイルは片手で助手席のドアを開けると、彼女が足を引きずりながら身体の向きを変えてシートに背中を預けるまで、両手で抱きかかえるようにして支えていた。彼女は薄手のコートの下に首のラインを際立たせるドレスを着ていた。くびれたウエストが高く張りだしたふくよかな乳房を強調している。

この手の女を間近で見るのはほんとうに久しぶりだった。ルースもかつては魅力的だった。この娘が使っているようなリンス剤で髪をつややかに保っていたこともある。だが、ルースはいまも昔も男を惑わすタイプではない。用心しないと道を踏みはずす恐れがあることを、ヘイルは自覚していた。

「頭をぶつけないように気をつけて」

何度も口にしたことのあるありきたりな忠告だが、いまはまるっきり事情が違う。これはありきたりな状況ではない。通りすがりの誰かに見られたら、格好の噂話の種になるだろう。

〝……おたがいの身体に腕をまわして抱き合っていたんだ、こんなふうに。ちょうど車を降りたところで、彼女がおやすみのキスをしようとしているみたいだった。なんであんな場所で降ろしたのか。コテージは目と鼻の先にあるのに。彼はもっと分別を持つべきだね、人目につく公道で堂々とあんなことをするなんて。浮気したいなら、少なくともばれないようにこっそりやらないと。しかも彼は弁護士だからね。人は見かけによらないものだ……〟

シートに腰をおろそうと彼女が身をかがめた拍子に、髪がヘイルの頬を優しくなでた。上目遣いにちらりと彼を見あげて言った。「ほんとになんてお礼を言ったらいいか……とりあえず、自己紹介しないといけないわね。あたしはパトリシア・ウォーレンよ」

彼女はすっかり忘れているようだった。彼の肩の上に両手を乗せていることも、彼女を支える手を彼が離そうとしないことも。彼女はやわらかかった――やわらかくて従順だった。中腰のまま彼女を見つめる彼の胸の内に芽生えたものを、女なら見逃すはずはない。

ヘッドライトの向こうに無限に広がる闇と静寂が――ひとけのない完全なるふたりきりの世界が、昼間なら陳腐に思えそうなことに特別な意味を与えていた。

彼女の声は言葉以上のものを伝えていたし、彼女の指は彼から離れることを拒んでいた。丘の向こうで聖ミカエル教会が正時の鐘を打ちはじめた。ヘイルはたずねた。「どうして私が誰かわかったんだい？」

ヘイルはそんな自分を頭の隅で戒めていた。おまえのふるまいは控えめに言っても見苦しいぞ。自分のような立場にある人間がとるべき行動ではない。彼女が何者なのか知りもせず……既婚者の可能性もあるのに。

彼女の夫がいまのふたりを——穏当な表現を用いても信用を失いかねない状況にあるふたりを見たらどう思う？ もちろん、それはとんでもない誤解だ。事情は一から十まで簡単に説明できる……仮に説明すべきことがあるとしたら。

そもそも、どうして夫がいると考えねばならないんだ？ 彼女は指輪をつけていない。彼女が腕につかまっているとき、ヘイルは無意識のうちに指輪の有無を確かめていた。もし結婚しているとしたら、その事実を伏せておきたがっている……それはそれで意味深ではある……もし結婚しているのだとしたら。

パトリシア・ウォーレンが彼の物思いをさえぎった。「ウィントリンガムの郵便局であなたを見かけたとき、まわりの人に訊いたのよ、あの人は誰なのって。みんな親切に教えてくれたわ、あなたに関することをいろいろとね」最後のひと言は含みがあって、まるで個人的な秘密を握っているみたいだった。

彼女がシートに背中を預けるのを手伝ったあと、ヘイルは言った。「なぜ私のことを知ろうとしたんだい？」

「なぜって、この近辺で一番いい男だから——それが理由よ。言われたことあるでしょう？」彼女は満足げに微笑み、両脚を車のなかへ滑りこませてシートに身を沈めた。

流し目に彼を見て、彼女は言葉を継いだ。「それにね、あなたは知らないでしょうけど、有能な弁護士が求められているのよ――物書きを生業にしている場合はとくに」

彼はコートのすそを丁寧に車内に押しこんでドアを閉め、窓越しにたずねた。「きみは小説家ってことかい？」

「まあ、小説家と言えば聞こえはいいけど……」彼女の瞳にふと影がさした。「ペンネームで書いているの。だから思いだそうとしても無駄よ。いずれにせよ、あたしの書いたものを気に入るとは思えないわ。あなたは知的すぎるもの」

「私のことをよく知れば、ちっとも知的じゃないとわかるよ。時間があるときは軽めの小説を読むことも多いしね」

こんな馬鹿げた会話をいつまで続けるつもりだと、心の声が彼に問いかけていた。若い女を相手に軽口を叩くなんて、十代の若者じゃあるまいし。美しい顔、なまめかしい姿態、彼女にふさわしい香水のほのかな匂い――そして彼は愚かしく浮かれていた。多少なりとも分別のある男なら、彼女を家へ送り届けて車から降ろし、速やかに立ち去るだろう。あとで後悔するにちがいないことを言ったりしたりする前に。

微笑みを絶やすことなく彼女が言った。「大切なことよね、なんであれ共通点があるっていうのは」

彼女に笑われているように感じながら、ヘイルは運転席にまわって車に乗りこんだ。道端の小石を後輪で弾き飛ばしつつバックで方向転換をすると、オックステッドに至る道を走りはじめた。ダッシュボードの薄明かりのなか、彼女がこっちを見ているのがわかった。

気まずい沈黙を破るために彼はたずねた。「足首の具合は？」

「ええ、大丈夫よ。前にも経験があるの。冷たい湿布を貼ればじきによくなるわ……それと、明日はおとなしくしていなくちゃいけないわね」含みのある物言いがヘイルの心をかき乱した。

「そうは言っても痛むはずだ。医者に診てもらう必要はないのかい？」

「ええ、そんなに大騒ぎすることじゃないの。この程度で――」彼女は唐突に口をつぐんだ。と思いきや、腹立たしげに言った。「なんて馬鹿なのかしら。今夜はとことんついてないわ」

彼はアクセルから足を離してスピードをゆるめ、路肩に車を停めた。「私もいま思いだしたよ。きみのハンドバッグと靴の片方を、標識のところに置いてきてしまった。家はまだ遠いのかい？」

「次の角を曲がったところよ。ごめんなさい……こんなに手間をとらせるつもりはなかったのに」

彼女のほうを見ずにヘイルは言った。「べつにたいしたことじゃないさ。きみを無事に送り届けたあとで取りに戻るよ。きみのコテージの前には車を方向転換するくらいのスペースはあるだろう。ほんの数分で片づくことだ」

はにかむような口調で彼女が言った。「あなたってすごく優しいのね。初めて見たときから優しい人だとわかっていたわ」

彼は息苦しさを覚えた。彼女の声に含まれる何かに胸をわしづかみにされたみたいだった。自分が彼に与えている影響を彼女は知っているにちがいない。

目指すコテージは、道路から離れた場所、イボタノキの生け垣の向こうに建っていた。正面玄関へ続く私道に沿ってたくさんの花が咲き乱れ、一階の窓の下にも花壇が作られている。ツルバラに彩られたポーチに、昇りゆく月がくっきりとした影を落としていた。

ヘイルはエンジンを切ってヘッドライトを消したあと、彼女が車から降りるのを手伝った。彼女の身体を支えているとき、ふと魔がさして、抱きかかえて家まで運んだほうがいいのではないか、と言いそうになった。かろうじて思いとどまったのは、その申し出を彼女は拒否しないという確信があったからだ。

彼女の心の動きが手にとるようにわかる気がした。同様に、自分の胸の内も見透かされていると思うと恐ろしかった。

彼女は車から降りるのに、両腕を彼の首にまわさなければならなかった。再び彼女の髪が彼の頬をなでた。今度は偶然とは思えなかった。

「あとは自分でなんとかするわ……そのほうがよければ。あなただって早く家に帰りたいわよね。おまけに、あたしのバッグと靴を取りに戻らなきゃならないとしたら……」

ヘイルはぶっきらぼうに言った。「とくに急いじゃいないさ。きみひとりでは無理だよ……それに、一分もあれば済むことだ」

実際には一分では足りなかった。ヘイルは彼女の全体重を支えようとした。ふたりは玄関までの小道をもどかしいほどゆっくりと進んだ。いつしか月の表面に薄い雲がかかっていた。

たどたどしく数歩歩いたところで彼女が言った。「ごめんなさい、こんなことにつき合わせてしまって……でも、自分ではどうにもできないし」

「いいんだよ。きみのせいじゃないさ。それにさっき言ったとおり急いでないんだ」

そう答えながらヘイルは自問していた。一杯飲んでいかないかと誘われたらどうする？　常識的に考えれば断るべきだろう。誘いに乗るのは危険だ。それは重々承知していた。誘われるままに家に足を踏み入れたら、一線を越えずにいられる自信はない。

……どうしてこんな抜き差しならない状況に陥ったのだろう。まるで彼の満たされぬ思いが、夏の夕闇から彼女を出現させたみたいだ。あたかも彼女は黄昏から作りだされた彼の想像の産物であるかのようだ……。

時期と機会が同時にめぐってくるのは、男が誘惑される準備を整えているときだけだとルースなら言うだろう。むろん、ルースは知る必要のないことだが。ひょっとするとこれは、彼が心待ちにしていた〝最後の火遊び〟に身を投じるチャンスかもしれない。

パトリシア・ウォーレンは再度歩みを止めてヘイルの顔を見あげると、少女のような声で言った。

「告白しなきゃいけないことがあるの」雲間からのぞく月の光をとらえて、彼女の瞳がきらりと光った。その目は彼をからかって楽しんでいるようだ。

ほんの一秒か二秒のあいだ彼女を見おろしながら、ヘイルはふたりとも頭がどうかしていると思っていた。彼らは十分前に知り合ったばかりの赤の他人なのだ。もはや彼には夢と現実の区別がつかなかった……もしもこれが現実だとしたら。

しかしその一方で、すでにおたがいについて知るべきことはすべて知っているという実感もあった。この手のことはいつもこんなふうに始まるものだ――彼が繰り返し聞かされてきた話がほんとうだとしたら。

彼女の身体はやわらかくて従順だった。彼女の微笑みは、親切な他人に向けるたぐいの微笑みではなかった。彼女を支える腕に無意識に力をこめながら、ヘイルはたずねた。「どんな告白だい？」

「あたし、ちょっと酔っぱらっているみたいなの。パーリーで三杯か四杯飲んだのがいまごろ効いてきたのね」まるで嬉しい発見をしたかのような口ぶりだった。

「きみは酔ってなんかいないさ、私が酔っていないのと同じようにね、ミス・ウォーレン。足首をひねったせいで、たぶん神経が昂ぶっているんだろう」

うわべだけのやりとりだった。そのときヘイルが考えていたのは、彼女がもっと酒を飲んでいれば口説くのはさらに簡単だったのに、ということだけだった。

ヘイルはショックを受けるのと同時に興味をそそられていた。いまの自分を支配しているのはまったくべつの人格だった。もはや〈プラット、ホイットリー&ヘイル法律事務所〉のアラン・ヘイルではない。毎朝車で街まで行って、九時半から五時半まで弁護士の務めを果たし、何も起こらない退屈な村の、愛なき家で待つ冷淡な妻のもとへ帰っていく男ではない。何も起こらなかった――いままでは。

古い道徳観なんてくそくらえだ！　ヘイルはルースが欲しているものを奪うつもりはなかった。ずいぶん前から、ルースは妻という名の家政婦でしかなかった。

それにヘイルは愛人が欲しいわけではない。今夜だけ……今夜ひと晩だけ、喜んで自らを差しだす女と――彼が彼女を求めているのと同様に彼を求めている女と――関係を持ちたいだけだ。

「堅苦しいのはやめて。パットって呼んでちょうだい。友だちはみんなそう呼ぶの……誰が見てもあなたは立派な友だちよ、こうして家まで送り届けてくれたんだもの」

「誰だってそうするさ」シャツの襟が窮屈で、ヘイルは再び息苦しさを覚えた。

ふたりはゆっくりとぎこちなく前進した。たどたどしい足どりで一歩ずつ。ヘイルは刻一刻と崖っぷちに近づいている気分だった……まもなく決断をくださなければ……狂おしいほどに欲していることを行動に移す勇気を見つけださなければならない……。

ようやくポーチにたどりついた。そこはさらに暗かったが、首を傾げてヘイルを見あげる彼女の瞳は星を映して輝いていた。これほど美しい女性を見るのは生まれて初めてだ、と彼は思った。しかもその女は自分のものだ——ほかの誰かに連れ去られるまでは。彼女を奪われるかもしれないと思うと、欲望の疼きよりも強い痛みを感じた。

ヘイルは不安を脇へ押しやると平静を装って言った。「いま気づいたんけど、ハンドバッグがないなら、家の鍵はどうするつもりだい？」

彼女はのどの奥を小さく鳴らした。笑ったのかもしれない。「鍵はいつもドアマットの下に隠してあるの。このへんの人はみんな正直だし……盗む価値のあるものなんてないから」

「それにしても不用心じゃないか。鍵がそこにあることを知っている人はいるのかい？」

「村から掃除に来てもらっている女の人だけよ。……右隅の下を探ってみて」

「ひとりで立っていられる？」

「ああ、ええ、大丈夫よ。あなたが鍵を開けるあいだ壁にもたれているわ」

ヘイルはマットの下を探り、見つけた鍵でドアを開けた。彼女は再び彼の腕につかまって言った。「なかへ入るのを手伝ってくれたら、あとはひとりでなんとかできると思うの」

すり寄ってくる彼女にヘイルは頭がくらくらした。彼女の身体に腕をまわしてたずねた。「スイッチはどこかな？　明かりをつけたほうがいい。行き先が見えないと危ないからね」

「だめよ、こんな時間だもの。誰かが通りかかって、へんなふうに勘繰られるかもしれない」——またしても彼女はのどの奥でくすりと笑った——「ほら、この村の人たちのことはあなただって知っているでしょう?」

「どう思われようと構わないさ」

「いまは構わないかもしれない。だけど、明日になれば気持ちも変わるわ」

「なぜそう言えるんだい?」

「なぜって男の人の心の動きがわかるからよ……あなたみたいに長く結婚生活を送っている人の心の動きは、とくにね」彼女は歯をのぞかせて小さく微笑んだ。目には暗い闇をたたえている。

「私のことをよく知っているみたいだけど、どうして?」

「理由が必要?」

いらだちが彼女を欲する気持ちに水を差した。思わせぶりな男女の駆け引きを楽しむには、ヘイルは年齢《とし》をとりすぎていた。彼女は彼をからかって楽しんでいるのかもしれない。馬鹿なまねをして物笑いの種になればいいと思っているのかもしれない。

ヘイルは彼女の両腕をつかんで強引に引き寄せた。「いまきみが考えていることを知るためならなんだってする。なぜきみは私に興味を持っているんだ?」

「なぜ興味を持っちゃいけないの?」彼女は笑いながら彼を見て、つかまれた手を振りほどこうとはしなかった。「あなたは昔から憧れていたタイプなのよ。それで数週間前に心に決めたの。いつかあなたと知り合いになろうって。あたしはそういう女なのよ。驚いた?」

「まあ、驚いていないことはないけど。それがきみの望みなんだね?」

「どうかしら。でも、ちゃんとわかっているのよ。あなたがこれまでに出会った女たちは、あたしみたいなことを絶対に言わないって。あたしは変わり者なの。それだけは間違いないわ」

「私はごく一部の女性しか知らないが」とヘイルは言った。「たしかにきみは違う。酔っていると言ったのは、ほんとうだったみたいだね」

両手を彼の首にまわして、彼女はかすれた声で囁いた。「残念ね、あなたも少しくらい酔ってたらいいのに」

支離滅裂な考えがヘイルの頭のなかを駆けめぐった。何もかもルースのせいだ。彼女が自分にふさわしい妻だったら、パトリシア・ウォーレンのようなふしだらな女を適当にあしらうすべを心得ていただろうし、興奮で高鳴る鼓動を鎮める力を持っていただろう。

すさまじい渇望がヘイルを圧倒した。その渇望ゆえにヘイルは彼女を欲し、同時に憎んだ。自分でもぞっとするほど強烈な憎しみだった。

だが……結局のところ重要なのは、この女が彼を求めているということだ。それにずっと我慢してきたのだ。何年も……何年もずっと……。

生まれてこのかた彼を押しとどめていた壁に亀裂が入り、上げ潮に呑みこまれた堤防のごとく決壊した。傷つけたいという荒々しい欲望のままに、ヘイルは力まかせに彼女を引き寄せ、彼女の唇に自分の唇を強く押しつけた。

ルースのことは忘れた。ルースは遠い昔に知っていた誰かだ。完全に頭から締めだすことができれば罪悪感にさいなまれることもない……彼女が死ねば、私は自由の身だ……。

パトリシア・ウォーレンの爪が一瞬、彼の首筋に食いこんだ。彼女の唇はやわらかく、甘やかな炎で満たされていた。

永遠とも思えるめくるめく瞬間、彼女はヘイルに劣らぬ貪欲さで激しく身体を押しつけてきた。まばゆい月が銀色の光を庭にまき散らすなか、彼女を求めるヘイルの手は性急さを増していった。

するとと彼女は身を硬くして唇を引き離し、かすれた囁き声で言った。「だめよ……ここじゃだめ。先にあたしの荷物を取ってきて。あなたが戻ってくるのを待っているから」

嫌悪と焦慮が入り混じった感情にさいなまれながら、ヘイルは彼女から手を離した。これは浅ましい行為だ。彼が長年思い描いていたことをすべて詰めこんだ茶番劇だ。こんなふうに暗がりでぎこちなく乳繰り合っているのを、ルースの世界に属する人々が見たらどう思うだろう。こんなふうに自分を貶めるなんて、まともな人間のすることだろうか。

パトリシア・ウォーレンが小声で訴えた。「ねえ……もう立っていられないわ。あなたが戻ってくるころには……あたし、二階にいるわ」

ヘイルの胸の高鳴りは鎮まりつつあった。「ふたりとも頭を冷したほうがよさそうだな。明日になれば――」

「明日になれば、あなたはまた奥さんのものになる……そしてあたしのことなんて聞いたこともないふりをするんだわ」声には悲しげな響きがあった。「戻ってきたくないのね？　ひょっとしてあたしの思い違い？　きっとあたしが馬鹿だったのね。だとしたら……」

「違う、そうじゃない。戻ってくるよ。その点は心配しなくていい」

彼女はヘイルの上着の下襟をつかむと、彼の唇にすばやく自分の唇を押しつけて別れのキスをした。そして声を出さずに笑った。「これは前金よ、あたしのバッグを持ち逃げしたいという誘惑に負けないようにね」

彼女はドアの向こうの暗闇に姿を消した。ヘイルが月明かりの小道に足を踏みだしたとき、背後でドアを閉める音がした。

門の手前で足を止め、後ろを振り返った。小さな明かりが一階のカーテンの隙間から漏れていた――部屋の奥で傘つきの電気スタンドを灯したような小さな明かりだ。

車をバックで発進させ、狭い脇道で苦労して向きを変えた。ダッシュボードの時計は十一時六分を示そうとしていた。

ヘイルは放心状態のまま、悪夢の始まりとなった標識へ至る四分の一マイルを走った。何もかもがいまだ目覚めることのできない悪夢だった。戻らないわけにはいかないだろう。彼女のハンドバッグと靴をあそこに放置することはできない。

何もなかったように自宅に持ち帰ることもできないし、処分する手だてもない。彼女と顔を合わすことなく荷物を返すすべはないものか。

ヘイルが女物のハンドバッグとヒールの折れた靴を持って出勤したら、同僚たちはどう思うだろう。コリン・ホイットリーはなんと言う？　ヘイルとホイットリーは友人であり、弁護士事務所の共同経営者でもある。当然あれこれ訊いてくるだろう……そして、いずれはルースの知るところとなる。

ルースのことを考えると、不合理な怒りがよみがえってきた。妻に私を裁く権利があるものか。妻があんなふうでなければ、こんなことは起こらなかっただろう。

妻が築いた心の壁に腹を立てる一方で、ヘイルは事の真相に気がついていた。ルースがどんな妻であろうと、遅かれ早かれヘイルはパトリシア・ウォーレンのような誰かと――彼の人生においてべつの女となるだろう誰かと――出会う運命にあったのだ。

だが、いまならまだ後戻りして、何もなかったようにすべてを白紙に戻すことができる。キスは重大な罪ではない。

……ふたりとも少々酒が過ぎたのだ。……ポーチでの出来事を忘れるのは簡単だ。正気を失っていたとしか思えないあの数分間を頭から消し去ればいい。夕闇のなかから手招きする明るい色のコートを着た女の記憶を丸ごと削除すれば……。

彼女は官能的な夢の一部にすぎない。そういう夢なら前にも見たことがある。今回が特別ということはない。家に帰りつくのが予定より十五分遅くなる――それだけのことだ。

もしルースが家にいたら、もしルースがまだ寝ていなかったら、頭痛がすると言って会話を避けるつもりだった。食べ合わせが悪かったのかもしれない……食事の前にすきっ腹で酒を飲んだのがよくなかったのかも……。

目指す標識が近づいてくると、ほんとうに頭が痛みはじめた――こめかみが疼き、血圧が上昇している気がした。おそらく検査を受けるべきだろう。このところ気分がすぐれないのはそのせいかもしれない。

頭痛はしばし続き、同時に軽いめまいを覚えた。やがて症状がおさまると、頭の靄が晴れて新たな自信が湧きあがってきた。

ヘイルは車を停めて外へ出ると、道端の砂利を踏んで、パトリシア・ウォーレンのハンドバッグとかかとの折れた靴を置き忘れた場所へ向かった。それらを回収して車に戻るまでのあいだ、再びルースのことを考えていた。

彼女は夫の様子がいつもと違うことに気がつくだろう。気がついても何も訊かず無言のまま非難がましい目で見つめるだろう。しまいに彼は告白せざるを得なくなり、夫の弱さを憐れむ妻の前で深く恥じ入ることになるのだ。そのうえ寛大な妻を演じて見せられたら、かろうじて残っていた妻への愛情は完全に死滅するだろう。妻に憐れんで欲しがっている男などいやしない。

ヘイルはハンカチで唇をぬぐい、そこに残る赤い染みを計器盤のライトで照らして見た。彼女の口紅の味はまだ口のなかに残っていた。家に帰ったとき、もしルースが起きていたら……。

何をびくびくしているんだ、とヘイルはおのれを叱咤した。ルースがどう思おうと関係ない。夫を拒絶すると彼女が決めたのだから、何があろうと自業自得だ。パトリシア・ウォーレンのような女と出会うチャンスは二度とめぐってこないだろう。

ヘイルは来た道を戻りはじめた。この夜が明ける前に、もう一度口紅をぬぐうことになるだろう――もっとたくさんの口紅を。おのれの偏狭な世界に閉じこもり、偏狭な常識に縛られて生きる連中なんてくそくらえ！　人生は一度きりなのだ。

一階のカーテンの隙間からまだ明かりが漏れていた。二階の窓はどれも真っ暗だった。ヘイルは道をはずれて車を低木の茂みに隠し、ライトを消した。ハンドバッグと靴を小脇に抱えてコテージへ向かった。

一歩踏みだすたびにヘイルは激しく葛藤し、頭痛がぶり返してきた。何も心配することはない。評判のよい弁護士であることも、尊敬される地もとの名士であることも、今夜ひと晩だけ忘れればいい。いくら自分にそう言い聞かせても無駄だった。自身の経歴や名声が寄ってたかって彼を思いとどまらせようとした。

いまならまだ間に合う。ハンドバッグと靴を玄関先に置いて立ち去れば済む話だ。彼女と言葉を交わす必要はない……彼女には好きに思わせておけばいいのだ。だが、いますぐにそれを実行に移さなければならない。ぐずぐずして決意が揺らぐ前に。

ヘイルはポーチに立って心を固めるべく奮闘しながら、ベッドで待つ彼女を思って息が詰まりそうになった。彼が門を開けて私道を歩いてくる音を彼女は聞いていたにちがいない。いまこの瞬間も、彼女は二階の静まり返った暗がりに横たわり耳を澄ましている。

彼女の足首は重症ではないようだ、とヘイルは頭の隅でぼんやりと考えていた。そうでなければ階段をのぼれず、彼が戻ってきてベッドへ運んでくれるのを待っていたはずだ。

彼女のハスキーな声が耳によみがえった。〝……これは前金よ……〟

ヘイルが逃げだすことはないと彼女は思っている。彼女を欲する気持ちが強すぎて抗えないと思っている。その証拠に玄関は施錠されておらず、一階の明かりもつけたままだ。

だが今度ばかりは、拒絶されたときの気分を味わうことになるだろう。もはやヘイルは妻のルースを求めていないのと同じように彼女を求めていなかった。コテージを出た彼が車で走り去る音を聞き、二度と戻ってこないと知ったときの彼女の心情を想像して、ヘイルは思わずほくそ笑んだ。

深呼吸をしたあと、家のなかへ足を踏み入れた。一分以内に片がつくはずだ。一分以内にこの一件は幕を閉じるのだ。彼女自身も言っていたではないか、〝……明日になれば、あなたはまた奥さんのものになる……そしてあたしのことなんて聞いたこともないふりをするんだわ……〟と。

居心地のよさそうな部屋だった。年季の入ったオーク材の家具がいくつかと、安楽椅子が二、三脚、磨きあげられた木の床には大きなインド絨毯が敷いてある。どっしりとして古めかしい暖炉の横、小さなテーブルの上の電気スタンドがついていて、銅製の寝床用あんかがその明かりを反射して光り輝いていた。

べつのテーブルの上には食事をする予定だったのか皿が並べられていた。傾斜のきつい木製の階段が二階へ続いている。

彼女が着ていた明るい色のコートが安楽椅子の背に無造作にかけられ、そのかたわらの絨毯の上には、彼が持ってきた白い靴の片割れが置いてあった。

ヘイルのいらだちが満足感にとって代わられた。彼女は自力で二階に上がることができたのだ……。足首をねんざして歩くことができないのなら――さっき彼女が演じていたくらい症状が重いのなら――両手両膝をついて階段をのぼらなければならないだろう。

それは絶対にあり得ない。パトリシア・ウォーレンは何があろうと四つんばいになるような女ではない……いかなる意味においても。

……車で通りかかった男が誰かわかった瞬間から、すべては彼女が仕組んだことにちがいない。もし彼女に再会を迫られたらどうする？　一夜限りの関係ではなくホルムウッド・コテージで逢瀬を重ねる気でいるとしたら？　どうやって彼女から逃れるつもりだ？

こんなふうに男を罠にかけるなんてもってのほかだ。あの女は何度同じ手を使ったのだろう。どれだけたくさんの男があの女の魔の手にかかったのか。

新たな怒りの炎が燃えあがり、頭が再び痛みはじめた。

ハンドバッグを椅子の上に落とし、ヒールの折れた靴はその片割れと一緒に床の上に置いた。そして彼は階段をのぼりはじめた。

ヘイルが帰宅したとき、時刻は午前零時を大きくまわっていた。ルースはベッドでぐっすり眠っていた。

心が硬く凍りついたみたいに何も感じなかった。ヘイルは浴室に入って鍵をかけ、口紅をぬぐいとったハンカチを燃やすと、その灰を洗面台の排水管に流した。歯を磨いて殺菌性の洗口液でうがいをし、熱い湯と石鹸で両手を丁寧に洗った。

少し気分がましになった――多少なりともきれいになったし、朝が来たときルースと顔を合わせられそうな気がした。明日さえ無事にやりすごせれば、きっと大丈夫。何事もなかったようにふるまうことができれば……時間の経過とともに罪悪感は薄れるだろう。

暗がりで音を立てずに服を脱ぎ、ベッドにもぐりこみながら、事務弁護士の夕食会や街からの帰り道の記憶がすっぽり抜けていることに気がついた。覚えているのは、標識の前でパトリシア・ウォーレンと出くわしたことだった。

彼女の腕が首に巻きつけられたとき……ホルムウッド・コテージの薄暗いポーチで唇を押しつけられたとき……心臓をバクバクさせながら階段をのぼっていったとき。記憶に深く刻まれたそれらの瞬間を、ヘイルは何度も思いだし、何度も追体験した。

目を固く閉じて頭から締めだそうとしたが、彼女の香水の匂いも、唇についた口紅の味もまだ残っていた。今夜の自分はどうかしていたにちがいないと言い訳しても無駄だった。それはあやまちを犯した男が口にする常套句だ。

とにかくいまは忘れることだ。パトリシア・ウォーレンという名前に聞き覚えはない。オックステッドへ至る道の途中にある、あのコテージには近づいたことすらない。

……標識の前で彼女を車に乗せたのは自分ではない……ハンドバッグとヒールの折れた靴を家に届けたのも自分ではない……。

密告される恐れはない。コテージを出るところを誰にも見られていないはずだ。自分さえ口をつぐんでいれば心配ない。そして、次の機会は二度とめぐってこないだろう。

第二章

ミセス・タッドフィールドには五歳に満たない子どもが三人いる。夫が海から帰ってきたのはこの五年間で三度きり。女の人生には子どもや仕事や慢性的な腰痛よりもいいことがあるにちがいない。口には出さないけれど、彼女はそう確信している。

ホルムウッド・コテージに住む魅力的な若い女をねたましく思ったことはあるかと訊かれたら、ないと答えただろう。彼女のもとで働くのが好きだった。仕事をしていれば、もっといやな雇い主に出くわすこともある。

やるべきことは多くないし、条件もいいし、手当も充分にもらっている。これ以上何を望めるというのか。

生まれつき運のいい人がいるという話を過去に何度か聞いたことがあるが、それは特定の誰かを示すものではなかった。ウィントリンガムの村人の多くは、ミス・ウォーレンを運のいい人と見なしている。

六月二十七日の朝、聖ミカエル教会の時計が九時の鐘を鳴らしたとき、ミセス・タッドフィールドはホルムウッド・コテージの門を押し開けた。好天は続いていた。太陽はすでに高く昇り、心地よい陽射しを浴びながら彼女は村から歩いてやってきた。

天気がいいので子どもたちは隣家の庭で遊ばせてきた。子どもと一、二時間離れることで得られる解放感は、外で働く目的のひとつである……一番はもちろん金だが。課せられた仕事の量を考えれば、彼女は充分な給金をもらっていた。

この三カ月で二十ポンド近く貯めることができた。このまま順調にいけば、子どもたちは八月の終わりに海辺の休日を楽しむことができるだろう。

鍵はいつものように玄関マットの下にあった。屋外のまばゆい陽射しに慣れた目に、居間はひときわ暗く感じられた。椅子につまずいて危うく転びそうになりながら、丈の高い窓に手探りでたどりつくと、カーテンを引き開けた。

なおも休暇のことを考えつつ、居間を横ぎって簡易台所《キッチネット》へ向かう。エプロンドレスをつけてミス・ウォーレンの朝食の準備にとりかかった。

トレーを出して薄切りのパンを三枚トーストし、玉子一個を軽く茹でるのに十分かかった。九時十分を少し過ぎたころ朝食をのせたトレーを二階へ運び、ミス・ウォーレンの寝室のドアをノックした。もう一度ノックしても返事がないので、ドアを開けて戸口からのぞきこんだ。「ミス・ウォーレン、朝食をお持ちしました。マーマレードが見当たらなくて。たぶん使いきってしまったんだと思います。それで代わりに……あら……」

ベッドに寝た形跡はあるものの、室内にミス・ウォーレンの姿はなかった。浴室にもトイレにもなかった。

ミセス・タッドフィールドはトレーを持って一階へ引き返し、しばし思いをめぐらせた。ミス・ウォーレンはたぶん朝の散歩に出かけたのだろう……そうしちゃいけない理由はない。こんな素晴らしく晴れた朝だもの、朝食前の散歩はとても気持ちがいいはずよ。だけど散歩に出かけたのなら、その前に紅茶を一杯飲んでいったんじゃないかしら。朝の紅茶を飲むまでは、だるくて何もする気がしないって口癖のように言っていたもの。なのにティーポットはからっぽ……。もちろん使ったあとで洗ったのかもしれない……普段ならあり得ないことだけれど。それに、使ったカップはどこ?

〝……あたしが来るとわかっているときに、彼女がカップを洗って片づけたことなんてあったかしら。しかもティーポットまで。だけど紅茶を飲まずに外出しようなんて、彼女は夢にも思わないはず……。ひょっとして昨日あたしが帰る前にテーブルの上に用意しておいたカップや何かを使ったのかも……〟

テーブルの上の食器はひとつも使われていなかった。ミセス・タッドフィールドは外へ出てオックステッド・ロードの右と左、両方向を確認したあとコテージに戻った。

謎を解く鍵を求めて視線をさまよわせているとき、一通の封筒が目にとまった。暖炉の横、部屋の隅の小さなテーブルの上の電気スタンドにそれは立てかけられていた。

封筒には彼女の名前がタイプしてあり、なかにはタイプされた手紙と一ポンド札が五枚入っていた。

親愛なるウィニー

レスターの友だちのところへ行きます。それで二、三週間ほどあなたに来てもらう必要がなくなりました。戻りしだい連絡します。

あなたがお金に困らないようにいくらか置いていくわね。次に会うときまでの助けになりますように。

牛乳屋さんにしばらく配達を止めるよう連絡してほしいの。それと念のため表玄関の鍵はあなたが保管して、ときどき様子を見にきてください。

P. W.

ミセス・タッドフィールドは手紙を二度読み返し、新しい一ポンド札五枚を満足そうに指でもてあそんだのち、不要になった朝食をゆっくりと味わった。食べおわると手紙と金をハンドバッグに入れ、炉棚の上の箱からタバコを一本取った。

それから十分間、彼女はタバコの煙をくゆらせながら、めったに味わうことのできない静かで平和なひとときを楽しんだ。何もせず、誰かに要求されることもない。これほど完璧な自由を味わうのは何年ぶりだろう。

九時三十分過ぎに紅茶を淹れなおして二本目のタバコを吸った。その後、朝食の皿を洗って片づけ、ミス・ウォーレンのベッドを整えるために二階へ上がった。

寝室の片づけにはいつもよりかなり時間がかかった。ドレッサーの引きだしの中身をひとつずつ手に取って眺めたり、クローゼットの帽子やコートを試したり。鏡の前でポーズをとりながら古い曲のメロディーに新たな歌詞を乗せて口ずさんだ。「ミス・ウォーレンはレスターへ……ミス・ウォーレンはレスターへ……」

母親の服でおめかしして遊んだ少女のころに戻ったような気分だった。美しくて値の張る装飾品に囲まれて夢想にふけることを、束の間、自らに許した。こういうものをちゃんと着こなすには髪をセットしなくちゃだめね、と彼女は胸のなかでつぶやいた。

……それにコルセットも新調しないと。子どものために自分のものを買えないのはしかたないと彼女は思っていた。それで礼を言われることはないだろうが。子育て中だからといって、女がすべてを犠牲にする義務はないはずだ……。

ミス・ウォーレンのクリップ式のイヤリングをつけて、さらに数分間うっとりと鏡を眺めて過ごしたあと、服をもとの場所に戻した。それからもう一度引きだしのなかを物色して、美しい下着の滑らかな感触を味わい、こんなにたくさんストッキングを持っているなら一足くらいなくなっても気づかないのではないかと思った。

〝……盗みとは違う。だって頼んだら彼女はくれるに決まっているもの……でも彼女はここにいない。だけどやっぱりそれはいけないことだわ。とてもよくしてもらっているのに、彼女が背を向けるなり物をくすねるようなまねをするのは……。それにしてもどうして彼女は突然思いたって、レスターの友だちを訪ねることにしたのかしら？　昨日はそんなことひと言も言ってなかったのに……〟

ぼんやりと思いをめぐらせながらイヤリングをもとの場所に戻し、ミス・ウォーレンがアクセサリーを収納している引きだしを閉めた。

〝……ここ何日か着ていたネグリジェを持っていったのね。どうして新しいのにしなかったのかしら。あたしが旅に出るならそうするわ……。それにドレッサーの上に並んでいたたくさんの使っていない化粧品、あんなものをスーツケースに詰めていくなんて。中身がほとんど残っていないマニキュアまで……。封を切っていない新しいのがあるのに。気に入らないと言っていたアイシャドウではなく、最近よく使っていたほうを置いていったのも腑に落ちないわ……もう一度試してみる気になったのか

しら……〃

一階におりたあとも、ミセス・タッドフィールドは雇い主の唐突な旅立ちについて考えていた。きっと誰かが彼女を訪ねてきたんだわ。昨日は一通も手紙が来ていないし、ホルムウッド・コテージに電話はない。

〝……ゆうべ出かけたパーリーで誰かと出会ったのなら話はべつだけど……。レスターへ行くというのは作り話かもしれない。どこかの男と駆け落ちしたのかも……。彼女がここへ越してきたときから怪しいと思っていたのよ。ある種の女たちはどうやってその手のことをうまくやってのけるかしら。あたしだったら、相手の男がネクタイをゆるめただけで妊娠しそうだわ……〃

ミセス・タッドフィールドは背の低い戸棚の上のメモパッドから一枚破りとり、牛乳屋に宛てた短い手紙を書いた。メモパッドの脇にはポータブルのタイプライター、裁縫道具の入ったバスケット、インク瓶、チューブのり、それに電球が半ダースほど置いてあった。牛乳瓶の口に手紙を差し入れて裏口のドアの前に置くと、玄関の鍵をかけてコテージをあとにした。

無為に過ごした一時間は最高に楽しかったが、予期せぬ空き時間にするべきことは山ほどあった。ミス・ウォーレンが留守のあいだ臨時の仕事をすれば、もらった五ポンドには手をつけずに済む。〈ロイヤル・ジョージ〉のレグ・オーウェンはいつでも雇ってやると言っていた。レグが厄介なのは、何かとちょっかいを出してくることだ。

〝……前回は貯蔵室の階段を洗っているときだった。背後から忍び寄る足音に気づかず……。バケツの汚れた水をぶちまけてやればよかった……〃

朝の陽射しにほこりが舞う田舎道を歩いて帰る途中、彼女の気まぐれな物思いは再びミス・ウォーレンへと移り、レグ・オーウェンは頭から追いやられた。〝……ゆうべ家を出たならベッドに寝た跡は残らない……とすると、今朝早くに発ったにちがいないわ……。脱いだ下着やストッキングを、いつものようにベッドの横の椅子の上に残していかなかったのはなぜかしら。お風呂に入ったあと新しいものに着がえないことなんて、あたしが覚えているかぎり一度もないのに……〟

腑に落ちない奇妙なことばかりだが、結局のところ彼女には関係のないことだった。腰を据えてよく考えれば、きっとどれも説明のつくことなのだ。ミセス・タッドフィールドにとって目下最大の問題は、〈ロイヤル・ジョージ〉で働くべきか否かを決めることだった。

第三章

　スタンリー・ワトキンは瘦せて骨ばった身体つきの男だった。不安そうな目、形のよい唇、薄くなりつつある髪を後ろになでつけている。軽い吃音があって、感情をコントロールするのが苦手なタイプであることは態度を見ればわかる。まるで精神安定剤か何かのように、火のついていないパイプを吸いつづけていた。

「間違いありませんって、パイパーさん、おかしなことが起きているんですよ」訴えるワトキンの口調には吃音の症状が表れはじめていた。「なんでわかるかなんて訊かないでください――僕にはわかるんだ。だからこそ、こうしたケースの調査に詳しい人を紹介してほしいと保険会社に頼んだんですよ」

「クレセット生命に電話をしたとき、誰が応対に出ました？」

「フォックスっていう人です。たしか生命保険部門の部長だとか」

「ああ、彼のことならよく知っています。あなたさえよければ、彼に事情を訊いてみたいのですが」

「もちろん、そうしてください。そのほうが話が早い」

　待つあいだワトキンは、タバコをパイプに詰めて指にマッチをはさんだまま、パイパーの顔を心配そうに見ていた。いらだたしげな目つきが、実際には三十歳に満たないであろう男を老けて見せていた。

電話の向こうでフォックスが言った。「……きみと話をさせても害はないと思ってね。個人からの依頼を受けていないことは知っている。しかしときには例外も作ってみるものさ」それから声を一段落として用心深くたずねた。「ところで、彼はいま一緒にいるのか？」

「ええ。聞くところによると、あなたは彼のおじが亡くなったことを事前に知っていたそうですね」

「そのとおりだ。クリフォード・ワトキンの保険の仲介業者が連絡をよこしたのでね」

「契約は有効なんですか？」

「ああ、もちろん。じきに受取人から請求が届くと思う」

「金額は？」

「二千――プラス利息。クララ・ワトキン夫人には嬉しい驚きだろうね」

その言葉が漏れ聞こえたかのように、スタンリー・ワトキンは椅子の上で尻をもぞもぞさせた。マッチをすってパイプに火をつけると、消えたことに気がつくまでせわしなく吹かしていた。

パイパーがたずねた。「そのおじについて、ほかにわかっていることはありますか？」

「たいしてないね。仲介業者と話したが、保険金以外に多少の金を遺したようだ。と言っても多くはないが。全部合わせても二、三百というところだ。仲介業者が受けた印象では、遺言を作成したことは一度もないらしい」

フォックスはさらに声をひそめて言った。「ひとつだけ誰の目にも明らかなことがある――彼とそこにいる甥っ子は良好な関係を保つことができなかった」

「どうしてそう言えるんです？」

「保険金の受取人は、もともとスタンリーだったからさ。それが一年ほど前にクララに変更された。深い意味はないのかもしれないがね、もちろん」

「たしかに、現時点では」とパイパーが言った。「それに、もし何かあるなら、ワトキンさんが知っているでしょう。情報をありがとうございます」

「どういたしまして。礼を言うのは私のほうだよ。そこにいる彼にはずいぶん手を焼かされていたんでね。彼のおじが保険金の受取人を彼からクララに変えたと知ってからずっと」

「彼はいつ知ったんです?」

「初めてここへ訪ねてきたとき、今週の始めだよ。おじが死んだ翌日に、おじの小型金庫に保管してあった保険証書と出生証明書と死亡証明書をかき集めてやってきたんだ。その場で現金を受けとれると思っていたらしい」

「善は急げ、というわけか」パイパーはワトキンの視線を痛いほど感じていた。

「まさにそのとおり。彼は保険証書を一度も見たことがなかったんだろう。持参した封筒は封をしたままだった。保険金の受取人は彼の妻であることを伝えたら絶句していたよ」

「当然でしょうね」

ひそめたままの声でフォックスが言った。「彼に聞かれるとまずいんだが……電話を切る前にもうひとつ言っておきたいことがある」

「なんでしょう」

「スタンリー・ワトキンは狡知にたけた男だ。私がきみなら彼の言うことを信用しない。あくまでも私が受けた印象だが。彼といると落ちつかない気分にさせられるんだ」

「どんなところがですか？」

「彼の名前を聞いた覚えがあるのに、いつどこで耳にしたのか思いだせなくてね。きみのところへ彼を行かせたほんとうの理由はそれなんだ。単なる虫の知らせにすぎないが……とはいえ、きみには彼から目を離さず、この一件の裏にあるものを突き止めてもらいたい。表向きは彼に雇われるという手もある――もし彼がきみを雇うと決めたら。それで、こっそりわが社のために働いてほしいんだ。わかってくれたかね？」

「ええ。覚えておきます」

パイパーは受話器を置いてデスクの上の紙にいくつか書きつけたあと、顔を上げてワトキンを見た。

「あなたはほんとうに知らなかったのですか、おじさんが一年ほど前に保険の約款を変更したことを」

タバコの味が急にまずくなったかのように、ワトキンはくわえていたパイプを口から離した。「それって金の行き先が僕から妻に変わった件ですか？」

「ええ、その件です。いつお知りになりました？」

「今週。まさに寝耳に水ですよ。証書を確認した保険会社の人から言われて初めて知ったんだから」

ワトキンは不安そうな目をすがめて、パイパーにたずねた。「どっちが受けとろうと違いはないでしょう？　なにしろ彼女は僕の妻なんだから。二千ポンドあれば、ふたりで力を合わせて出直せるはずだ」

「立ち入った質問を二、三させてください。どうか気を悪くされないように。状況を正確に把握する必要がありますので。少しでもあなたの力になるためには」

「もちろん、構いませんとも。なんなりと訊いてください」吃音の症状はほぼおさまっていた。

「あなたと奥さんが最後に一緒に暮らしていたのはいつですか?」

ワトキンはパイプを吸ったあと、陰気な顔で答えた。「数カ月前です」声には苦々しさが表れていた。

「正確に言うと何カ月ですか、ワトキンさん」

「おおよそ――そうだな、一年近くになりますね」

「それでいまは別居されている?」

「ええ、まあ、そういうことです」

「別居を決めたのは、双方合意の上で?」

「そうとも言えるでしょうね。ある日僕らは喧嘩をして、妻は家を出ていった」

「度重なる喧嘩の末に、ということでしょうか?」

「ええ。つまらない口喧嘩をずいぶんしました。ほとんどの非は僕にあると認めるべきでしょうね」

誠意の感じられない物言いだった。

「なぜあなたに非があると?」

「なぜって、妻を失望させてしまったんですよ。結婚したころ僕は稼ぎがよかった。通信販売の会社でエリアマネージャーをしていたのでね。その後、ぼ、ぼ、僕が」――急に言葉が出てこなくなった――「し、し、失業して……わ、わ、悪くなったのはそれからだ」

「なるほど。どうぞ続けてください、ワトキンさん」

「パットは慣れ親しんだ服や物のない暮らしが気に食わなかった。収入を超える生活を続けるのは無理だと理解できなかった。職を失うよりもっとひどい災難に見舞われなかったのは幸運なんだと言い聞かせても、妻は聞く耳を持たなかった」

ワトキンは小指を使ってパイプの火皿にタバコを詰めたあと、パイパーをちらりと見て肩をすくめた。「女ってのがどういう生きものか知っているでしょう？　責めてもしょうがないんですよ」

通信販売会社を辞めた理由は訊くまでもなさそうだ、とパイパーは心のなかでつぶやいた。「先ほどパットと言いましたね。奥さんの名前はクララだと思っていました」

「本名はクララだけど、妻はいつもパットと名乗っています。クララは使っていないはずですよ。学校を出てからずっと」

「なるほど……。奥さんは家を出るとき、行き先を言っていきましたか？」

「まさか。かんかんに怒って飛びだしたんですよ。でも二、三カ月後に妻の友人と出くわして、パットはベイズウォーターに住んでいると聞きました。いちおう住所はメモしたけど……訪ねる気にはなれなかった。ずいぶんひどいことを言われたので」

「しかし、おじのクリフォードさんが亡くなって、あなたはもう一度やり直す気になった」

それを皮肉と受けとったワトキンは、反論しようとして思いとどまった。

引きつった笑みを浮かべて言った。「なんやかや言ってもまだ夫婦だから。一生別居を続けるわけにもいかないし……ねえ？」

「幸せな状態とは言えないでしょうね。奥さんから離婚を切りだされたことは？」

「できないんです。妻は信仰上、離婚は許されない」ことさら語気を強めてワトキンはつけ加えた。

「絶対に不可能だと妻が自分で言っていましたから」満足そうにパイプをくわえ、ポケットのマッチを手探りした。

「奥さんがベイズウォーターに移り住んだあと、姿を見かけたことさえなかった?」

ワトキンは一瞬答えに詰まった。「ええ……でも、ときどき様子を訊いてはいました……どうやら妻は僕の名前も気に食わなかったらしい」弱々しく唇を歪めて苦い笑みを浮かべた。「家を出たあと、妻はウォーレン、パトリシア・ウォーレンと名乗っていた。ウィントリンガムでは、その名前で知られています」

「その女性があなたの奥さんであることはたしかなのですか?」

「間違いありませんよ。妻はベイズウォーターの大家に、サリー州のウィントリンガムという村に移り住むと言った。僕はその村を訪ねて、家政婦として妻に雇われていたミセス・タッドフィールドという女と話をしました。彼女から聞いた人相風体は妻そのものだった。あれはパット以外の何者でもない」

「ウィントリンガムを訪れたのはいつですか?」

「今週……ほんの数日前です」

「保険会社に行ったあとですね?」

質問の含意に気づいたワトキンは、目にいらだちの色を浮かべて言った。「以前から考えていたんですよ。そろそろ妻に会いにいってみようかと。保険の件は重い腰を上げるきっかけになった……それだけのことです」

「なるほど……。これまでの話から推測するに、奥さんがウィントリンガムに引っ越したのは三月の末……ですね?」

「ええ」

「そして六月二十七日までそこに住み、その日にレスターの友人を訪ねるために家を出たと思われる?」

ワトキンは言葉に詰まり、やっとの思いで絞りだした。「つ、つ、妻はレスターに友だちなんかいないさ」

「そうは言いきれないでしょう。なにしろあなたは一年近く奥さんに会っていなかったのですから。そのあいだに新しい出会いがあったのかも」

「どうやって? 是非とも教えてもらいたいものだね」人差し指の代わりにパイプの先をパイパーに突きつけながら、ワトキンはまくしたてた。「ウィントリンガムみたいなサリー州のちっぽけな村で、どうやってレスターの人間と出会うっていうんだ」

「現段階でその質問に答えることはできません。可能性として言っただけです。あなたの奥さんが手紙に書き残されたことをお忘れなく」

抑制された落ちついた声でワトキンが言った。「妻があの手紙を書いたとは僕は思わない。今回の一件は何もかも胡散臭くて、まともにとり合う気にはなれませんね」

「だとしても、書いたのは奥さんではないという証拠もない。仮に奥さんが友人に会いにでかけたとして、三週間後に戻ってきたとき、あなたが大騒ぎしていたことを知ったら快く思わないでしょうね」

ワトキンは腹立たしげに言った。「あんたも能無しだな。ウィントリンガムの警官と一緒だ。そいつもまったく同じことを言ってた。い、い、いくら説明しても――」

吃音のせいで息が詰まった。ようやく呼吸ができるようになると、ワトキンは話を続けた。「誰も理解しようとしないんだ。おかしなことばかりだってことを。パットが小説家じゃないのは、僕がバレエダンサーじゃないのと同じく、れっきとした事実だ。それなのに妻は、ある日突然、縁もゆかりもない片田舎に移り住んで、ホルムウッド・コテージとかいう家を借り、作家のふりをしはじめた。妻が仕事をしているのを見た者はいないし、どうやって生計を立てていたのかもわからない。どう考えても普通じゃないでしょう？」

「その女性を知らないので、私にはなんとも言えませんね」

「だけど、僕には言えますよ、何もかも筋の通らないでたらめだって。さらに悪いことに、向こうに住んで三カ月ほど経ったある日、妻は突如として行方をくらました。そんなそぶりも前触れもなかったのに……それきり妻を見た者はいない」

まるでパイパーの落ち度であるかのような非難がましい口調で話を終えると、ワトキンはパイプを口にくわえて、再びマッチを取りだした。

「なぜ奥さんは作家のふりをしたのでしょう」

「こっちが訊きたいね。僕に言わせれば、くだらない作り話だ。僕の知るかぎり妻がタイプライターを持っていたことは一度もない……使い方だって知らないさ」

「奥さんに雇われていたミセス・タッドフィールドという女性は、奥さんが出ていったあと、コテージの様子は普段と変わりなかったと言っていましたか？」

「不審な点があったとは聞いていないけど。ほんの数分話しただけだし、そこに住んでいた女がほんとうに僕の妻か確かめたかっただけだから」

「それで、あなたは奥さんだと確信された？　別人の可能性はないのですか？　名前が似ているのは単なる偶然かもしれない」

「外見がぴったり一致するんですよ」ワトキンは強硬に言い張った。「だけど仮に――あくまでも仮にの話だが、僕が間違っているとしたら妻はどこにいると？　ベイズウォーターの大家の話では、パットはウィントリンガムという村に住むと言っていた。同じころパトリシア・ウォーレンと名乗る女がそこへ移り住んだとしたら――その女がパットとうりふたつだとしたら、同一人物と考えるのが当然でしょう？」

「その点は間違いないと考えてよさそうですね」パイパーはデスクの上のカレンダーをちらりと見てたずねた。「ウィントリンガムの警察はどう対応すると言っていましたか？」

「何も。逐一メモを取りながらひととおり話を聞いたあと、それ相当の時間が経過しても奥さんが姿を見せなかったらご連絡ください、そう言っただけですよ。現状では妻を行方不明者リストに加える権限は警察にはない……少なくとも時期尚早だ。どうせ、そんなところでしょう」またしてもパイパーのせいだと言わんばかりの物言いだった。

「ふむ。事件性は低いと警察が考えているなら、私にできることは多くはないでしょうね」

「例えば、妻があそこへ移り住んだ理由を探ることはできる。それと、馬鹿げた作り話を村人に言いふらしていた理由も。まともな手紙すら書けないのに作家のふりをするなんて。それがとっかかりになるはずだ」

「私が奥さんの身辺を嗅ぎまわっているときに本人が戻ってきたら？　私のしていることを快く思わないでしょうね」

ワトキンは肩をすくめた。灰皿の上に身を乗りだし、パイプの底を指先で叩いて灰を落とした。

「責任は僕がとる。こんなふうに妻が失踪したら、夫には人を雇って妻を探す権利があるはずだ」

「現時点では奥さんが失踪したと考える根拠はありませんが」

スタンリー・ワトキンはいけすかない男だが、パトリシア・ウォーレンと名乗る女の行動はたしかに不可解だとパイパーは思っていた。サリーの静かな村で二、三日過ごすのはいい気晴らしになるだろう……ロンドンの息が詰まるような暑さから逃れられるだけでも行く価値はあるかもしれない……。

ワトキンの吃音の症状が再び表れはじめた。「へ、へ、屁理屈はもうたくさんだ。お、お、おかしなことが起きているんだ。もし妻がすぐに姿を現したとしても、それはそれで構わないさ」

「あなたが大金をどぶに捨てることになってもいいと言うなら」

ワトキンは少し考えてから言った。「二、三のことを調べるのに、いくら請求するつもりです？」

「調査にかかる時間によります。奥さんの行方がわからず、長期戦になる可能性もある……そして私が費やした時間の対価をあなたは支払わなければならない」

「だけど、普通の私立探偵を雇うよりは割安なんでしょう。クレセット生命のあの人が言ってたんですよ。あなたの本業は保険調査員で、この手のことは副業としてやっている……だから探偵を生業にしている連中みたいに高い金を請求しないって」

「親切な人だな、フォックスさんは。では、あなたの依頼は百ギニー以下では引き受けられないと言ったら？」

不安げな目をさらに曇らせて、落ちつきなくパイプをいじくりまわしたあと、ワトキンはようやく口を開いた。「大金ですね。そ、そ、そんなにかかるとは……」声は尻すぼみになり、ワトキンは再びパイプをくわえた。

「そう思われるのも無理はありません。そんな大金を払ってまで探す必要があるのですか？　もう少し様子を見てみては？　奥さんが残した手紙には二、三週間留守にすると書いてあった……とすると、数日中に奥さんは戻ってきて、私の出る幕はなかったと気づくことになるかもしれない」

独り言のようにワトキンがつぶやいた。「そんな気休め、誰が信じるもんか……あの手紙を書いたのは妻じゃない。タイプライターを使えるわけないんだ」

「では、誰が書いたというんです？」

「それがわかれば、あんたに頼んだりしないさ」ワトキンはパイパーをにらみつけたまま、しばらく腹を決めかねていた。やがて渋々といった口調で言った。「休暇用の貯蓄が数ポンドあるし……残りもなんとか工面できると思う。払うのは明日でも構わないでしょう？　いますぐ引きだすのは無理だから。前もって知らせておかないと……」

「結構です。調査を始める前に断っておきますが、これは賭けみたいなものだ。百ギニーをどぶに捨てることにならないという保証はどこにもありませんよ」

ワトキンはパイパーをじっと見た。やつれた顔にもはや憂いはなかった。「賭けじゃありません。おじの保険金からとり返します――もし妻の身に何も起きていなければ」

「悪いことが起きたにちがいないとそれほど強く確信しているのはなぜですか？」

「パットのことを誰よりも知っているからさ。妻はこんなふうに旅に出たりしないし、家政婦宛ての手紙を書くのにタイプライターを使ったりしない。おかしなことばかりだ……何から何まで怪しげなにおいがぷんぷんする」

パイプをポケットに入れて椅子の下の帽子を手に取ると、ワトキンは立ちあがって無表情で言った。

「僕の思い違いならいいんですけどね、パイパーさん。でも、妻が戻ってくるとは思えない。おそらく、彼女はもう死んでいる」

二時過ぎにパイパーが昼食から戻ると、オフィスのドアの前でワトキンが待っていた。持参した封筒には、パトリシア・ウォーレンがウィントリンガムへ行く前に住んでいたロンドンの下宿先の住所を記したメモと、パイパーが頼んでいた写真も入っていた。

第四章

ベイズウォーターのエルトン・ロードは、ウェストボーン・グローブとノッティングヒル・ゲートのあいだに位置し、ナッシュ・テラス風の優美な邸宅が建ち並ぶ、かつての高級住宅街である。そうした邸宅の大半は現在、三流のプライベートホテルに建てかえられ、一部を賃貸している建物も少なくない。

三十三号室はこの近辺ではよくも悪くもない部屋である。ミセス・ビルケットなる女は、風通しの悪い散らかった地下の部屋にパイパーを招き入れるとき、そう断言した。

やたらと胸の大きな太った女で、喘息持ちらしく、ぜいぜいと苦しげな話し方をした。上唇にうっすらと口髭が生えていて、白い毛があごから数本飛びでている。

パイパーに椅子を勧めたあと、改めて全身を眺めまわして言った。「てっきり警官だと思ったわ。見た目がそういう感じなんだもの」

「間違われたことは前にもあります」とパイパーは言った。「でも警察とはいっさい関係ありません。この調査はスタンリー・ワトキン氏の依頼で行っているものです」

「ああ、そう、その人なら二、三日前に訪ねてきたわ。パットがここを出ていくときに言ってたことを教えてあげたのよ。教えていいのかわからなかったけど。あの人、彼女に会えたのかしら?」

「いえ。彼女はたしかにそこに住んでいたのですが、三週間ほど前に出かけたきり戻ってこないんですよ。あなたなら何か知っているのではないかと思って、こうして訪ねてきたわけです」

「おあいにくさま。ここを出たあと、あの子が連絡をよこしたことは一度もないわ」

「彼女のことをよく知っていたのですか?」

ミセス・ビルケットは太くて短い足を交差させ、腕組みをするのにひと苦労した。口を半開きにして苦しげな呼吸を何度か繰り返したあと、ようやく質問に応じた。「まあ、そうね、関係はすこぶる良好だったわ。彼女は滞りなく家賃を納めていたし、あたしは彼女が居心地よく暮らせるように努めていたからね」

「ここにはどのくらい住んでいたのでしょう?」

「八カ月か九カ月――そんなところね、あたしの記憶では」

「友だちは大勢いましたか?」

ミセス・ビルケットの腫れぼったい目に警戒の色が浮かんだ。「さあ、どうかしら。だけど、あの子みたいに人目を惹く美人なら、どこへ行ってもまわりがほっときゃしないわ」

「必ずしも男性に限定したわけではありません。同性の友だちはどうでしょう?」

「そうねえ、ジリアン・チェスタフィールドとはずっと仲よくしてたみたいだけど。ふたりは最上階の続き部屋を借りていたのよ。パットが部屋を探していたとき、ここに住めるよう便宜をはかってほしいとあたしに頼んできたのもジリアンだった」ミセス・ビルケットはもったいぶった口調で言った。あたかもエルトン・ロードの三十三号室に住むのは、めったに得られない特権であるかのように。

「チェスタフィールドさんと話してみたいですね。彼女にはいつ会えますか?」

「じきに戻ってくるはずよ。美容室を予約していたし、たしか四時には帰ると言っていたから。もうすぐね……うちの時計が正しければ」

傷だらけでガラスのない目覚まし時計が、燃え残った灰がうず高く積もる暖炉の炉棚の上に置いてあった。時計は四時十分前を示していた。

表の通りでは子どもたちが賑やかに遊んでいた。ミセス・ビルケットは立ちあがって窓を閉め、うんざりした顔で不平を漏らした。「学校が休みの日は気が狂いそうになるわ。いっときだって気が休まらないんだから、朝から晩までずっと……」

重い足どりで戻ってくると、再び椅子に腰をおろし、おさまりの悪い入れ歯をのぞかせて笑った。

「紅茶でも淹れようかしらね」

「どうぞお構いなく。遅い昼食をとったばかりなので」

「じゃあ、ギネスはどう？　ちょうど一杯飲もうと思っていたところなの」

二度も断れば心証を悪くするだろう。彼女の信用を得たいなら……。パイパーは誘いに応じることにした。「では、お言葉に甘えて」

ミセス・ビルケットは苦しげに息を切らせながら、ギネスを一瓶とグラスふたつをクローゼットの足もとに積みあげられた古新聞の奥から取りだした。テーブルの上のがらくたを脇に寄せたあと、引きだしのなかをかきまわして栓抜きを探しはじめた。

「あたし気づいたのよ、おいしいお酒を午後に少しだけ飲むと調子がいいって。胸を悪くしちゃってね、つらくて起きあがれない日もあるのよ。医者には治る見こみはないと言われてるし。病院に行ったって、吸入薬を処方されて、あとはアレルギーの話を延々と聞かされるだけ」

彼女の動きは明らかに先ほどとは違っていた。黒ビールを均等に分ける作業に没頭し、ふたつのグラスにきっかり同量をそそぐべく、手にした瓶を何度も行ったり来たりさせた。その間ずっと『九月の雨』の数小節を繰り返しハミングしていた。

「乾杯しましょう……。よかったわ、あなたがお酒嫌いの堅物じゃなくて」

「害のない楽しい習慣ですよね。節度を守るのは当然ですが」

「ええ、もちろん、当然よ。豚みたいに飲み食いする連中とつき合ってるひまはないわ」

ミセス・ビルケットはビールをぐいとひと口飲むと、舌舐めずりをして満足そうなため息を漏らし、グラス越しにパイパーに向かって大げさに片目をつぶってみせた。

知ったような口調で言う。「いまは無関係でも、昔は警官をやってたことがあるんじゃないの?」

「いえ、警察官だったことは一度もありません。私は保険屋です」

「あら、ほんとに?」彼女はビールを一気にあおり、肉づきのいい両手でグラスを包んだ。パイパーの顔をしげしげと見ながらたずねた。「じゃあ、パットを探しているのは保険がらみなのね?」

「ええ、それもあります」

ミセス・ビルケットはさもありなんといった様子でうなずくと、無関心を装ってそっけない口調で言った。「とすると……パットのふところに多少のお金が転がりこんできたってことね。そんなことだろうと思ったわ。そうでなきゃ、彼女の最愛の夫があなたを雇ってまで妻を見つけだそうとするわけないもの」

「彼をあまり高く評価していないようですね」

「パットの話を聞くかぎり、あの男は第一級のくそったれね——下品な言い方でごめんなさい」彼女はグラスをテーブルに置いて椅子に背中を預け、両手を胸に押し当てて苦しげなかすれた呼吸をした。

「気にしないでね……だけど、これのせいで死にかけたことがあるの」

苦悶の表情を浮かべたミセス・ビルケットは、エプロンのポケットから噴霧器を取りだしノズルを口にくわえると、ゴム球を数回握って薬剤を噴霧した。目を固く閉じ、深く長い呼吸を繰り返しながら、手をマッサージしていた。

やがて呼吸が楽になると彼女は言った。「喘息の発作っていうのはしゃれにならないのよ、ほんとにまいっちゃうわ……。で、なんの話をしていたんだったかしら？」

「スタンリー・ワトキンのことを」

「ああ、そうだったわ。こんなこと、よそでは言わないでほしいんだけど、あの男は正真正銘のくずよ、パットから聞いた話からすると」

「彼女はどんな話を？」

「一緒にいるのが耐えられなくて家を出たって。嫉妬がひどくて気が狂いそうだったとも言ってたわ。男と気軽に口もきけないんですって。どうして、なんのためにあいつとしゃべったんだって夫がしつこく詮索するから。いつもこそこそ嗅ぎまわっていたらしいわ。妻がしちゃいけないことをしてる証拠をつかむために。それって褒められたことじゃないわよねえ？」

「ええ、たしかに」パイパーの脳裏にワトキンの声がよみがえった。〝……妻が戻ってくるとは思えないんですよ……〟

ミセス・ビルケットはさらにひと口ビールを飲むと、うまそうに舌を鳴らした。「あたしもそんなふうに男に妬かれてみたかったわ。パットはのん気すぎるところがあってね、そこがあの子の欠点なの」

「でも、結局は家を出たわけですね？」

「そうよ、彼女を責めるつもり？　あの男を少しびびらせてやったのよ。案の定、追いかけてきた夫は帰ってきてくれと懇願したけど、パットは聞く耳を持たなかった。毎度ふたりは激しくやり合って、しまいにパットが当てこすりを一発かませて夫を追い返すのが常だった。定職に就くことに興味のない男と一緒にいて、何かいいことがあると思う？」

「たいしてないでしょうね。彼が妻に会うために最後にここへ来たのはいつですか？」

「あれは……そうねえ……」ミセス・ビルケットは小さな目をくるりとまわして天井を見あげた。そうやって考えこむ姿は、髪を黒く染めた大仏のようだ。

「ああ、そうだわ。パットがサリーのなんとかっていう場所に引っ越す直前のことよ。あれはなんていうんだったかしら？」

「ウィントリンガムです」とパイパーは答えた。どうしてワトキンは、別居してから妻には一度も会っていないと嘘をつく必要があったのだろう、と思いながら。

「そうそう……それでパットがここを出ていったあと、ぱったり見かけなくなったわ。今週訪ねてくるまでは。あたしが思うに、あの男がうるさくつきまとうから、パットはここを出ることにしたんじゃないかしら」

「夫に引っ越し先を教えないでと言わなかったのですか？」

「ええ。夫のおの字も出なかったわ」

「その後、ワトキン氏を見かけたことはないのですね……今週訪ねてくるまでは」

「ここへは寄りつかなくなったからね。最後に喧嘩したとき、パットから相当きついことを言われたんだと思うわ」

ミセス・ビルケットの肉づきのいい顔を不安の影がよぎった。「おしゃべりばかりして、せっかくのギネスを味わうひまがないわね。飲み干してちょうだい。新しいのを開けるから。ジリアンが戻ってくるまで時間はたっぷりあるわ」

「ありがとうございます。でも私はもう結構です」パイパーは半分ほど空けたグラスをテーブルに置いた。窓もドアも閉めきった地下のキッチンは、風通しが悪くて息苦しかった。ジリアン・チェスタフィールドが早く帰ってきてくれるよう祈った。

「だらしないわねえ。あなたみたいな大の男がグラス一杯のギネスを飲み干せないなんて……。昼間からお酒を飲める相手が久しぶりに見つかったと思ったのに。四の五の言わずにさっさとそのグラスを空けてしまいなさい」

ミセス・ビルケットは立ちがってクローゼットの扉を開けると、身をかがめて古新聞と靴と下着類が渾然一体となった山の向こうを手探りした。新たなビールを一本つかんで身体を起こしたときには、大仕事を終えたみたいにぜいぜいと息を切らしていた。

胸を喘がせながらいたずらっぽい笑みを浮かべ、パイパーの制止を無視して彼のグラスにビールをなみなみとそそぎ足し、自分のグラスを満たした。「乾杯……。相性っていうのは不思議なものね。誰にでもこんなふうに話すわけじゃないのよ。よそさまのことに口をはさむのは野暮だと思っているし」

ビールをごくごくとのどに流しこみ、またもや片目をつぶってみせた。「あなたは信頼できる人だとわかっているから。そうでなきゃ、パット・ウォーレンを種にこんなに話しこんだりしないわ。口は災いのもと……それがあたしの座右の銘ですからね」

「ご協力感謝します」とパイパーは如才なく応じた。「それともちろん、あなたからお聞きしたことはいっさい口外しません。パット・ウォーレンは、ほかに友人はいなかったのでしょうか……ミス・チェスタフィールドを除いて」

ミセス・ビルケットはビールのグラスをじっとのぞきこんだ。まるでそこにヒントが隠されているかのように。やがて視線をパイパーに戻して言った。「あなたってほんとに口が達者ね。パットのボーイフレンドのことを聞きだそうとしているんでしょ？」

「そういう人がいたのであれば」

「いないほうがおかしいわ。パットはとびきりの美人なのよ。品もあるしね。服の着こなし方とか、話し方とか、本物のレディらしくふるまうすべを心得ているの。なんだってスタンリー・ワトキンみたいなろくでなしと結婚するはめになったのかしら。あたしにあれだけの美貌があったら、こんなごみ溜めに座って保険屋とギネスなんか飲んでやしない……あら、ごめんなさい、悪気はないのよ」

「どうぞ気になさらずに。おっしゃりたいことはよくわかります。実はポケットに彼女の写真が入っているんですよ。若くてとても魅力的な女性であることは認めます。これなんですが、いつごろ撮ったものかわかりますか？」

ミセス・ビルケットは写真を眺めながらビールをちびちびとすすり、それを口のなかでまわしてからごくりと飲みこんで、うまそうに舌を鳴らした。「そんなに前じゃないわね。彼女はいまもこんな感じよ。この写真は夫から？」

「ええ」

急にわれに返ったかのようなよそよそしい態度で、ミセス・ビルケットはパイパーに写真を返した。

「あの男がこれほど熱心にパットを探しているのは、彼女からお金を巻きあげるチャンスだと知ったからでしょう……それにしても、まだわからないのかしらね、パットはあの男にタバコの火すら貸すつもりはないってこと」

「決めるのは彼女ですから」

「まとまったお金が手に入ることを、彼女は知っているの？」

「いいえ。彼女がウィントリンガムから姿を消したあとに発生したことなので」

「何が発生したの？」

「ワトキン氏のおじが死んで、その保険金の受取人が彼女なのです」

「いくらもらえるの？」

「二千ポンドを少し超えるくらいですね」

ミセス・ビルケットは口をへの字に曲げて小さな驚きの声を漏らしたあと、かすれた笑い声を上げた。「スタンリーはさぞかしショックだったでしょうね。それって自分のおじさんにさえ、全然好かれていなかったってことよね？」

「そのようですね」

もうひと口ビールを飲んだあと、ミセス・ビルケットは思案顔でつぶやいた。「パットは夫が探しにくることを見越して姿を消したのかしら？」

「それはないでしょう。彼女が残した手紙には二、三週間で戻ると書いてありました。レスターの友人に会いにいってくると」

「レスターの？」ミセス・ビルケットはビールを飲み干し、怪訝な顔でパイパーを見た。「レスターに知り合いがいるなんて初耳だわ。レスターの消印が押してある郵便物が届いたこともないし。へんねえ……」

「手紙はたくさん届いていたのですか、彼女がここに住んでいたときに」

「ううん。一通か二通だと思うわ……それもロンドンに住んでいる人たちからね」

「訪問者はどうでしょう。彼女が客を迎えることはありましたか？」

たるんだ顔をこわばらせてミセス・ビルケットは腕組みをした。「男の客という意味なら覚えておいてちょうだい。ここはまっとうな人間が暮らす場所だってことを。喧嘩を売るようなことを言わないで、せっかく仲よくなったばかりなのに」

「悪気はないんです。とっかかりを見つけたいだけで。彼女、外出は多いほうでしたか？」

「まあ、少なくはないわね。ほぼ毎晩出かけていたから」

「特定の誰かが彼女を送り届けていたのでしょうか？」

「どうかしら。彼女が部屋で客をもてなしたことは一度もないのはたしかだけれど。この家には厳格なルールがありますからね」

「そうでしょうとも。ただ、ひとつ疑問があります。彼女はどこで働いていたのか。夫の援助を当てにできないとしたら、自分で生活費を稼がなければならない」

「そのへんはあたしの与り知らぬことだわ。パットと仕事の話をしたことはないし、あたしのほうもあれこれ詮索しようとは思わない。まっとうに暮らしてたらそれで充分」——ミセス・ビルケットは入れ歯をむきだしてにっこり笑い、ゆっくりとぎこちなく立ちあがった――「それにね、あの子たちが少しくらい浮かれて帰ってきても、うるさく言わないことにしているの。〝あなたはあなた、あたしはあたし〟。それが長年貫いてきたあたしのポリシーですからね。ここの住人はみんな知っていることよ」

「訊いてまわる必要はなさそうですね。ところで、その時計が正しいならもう四時を過ぎている。上階《うえ》へ行って、ミス・チェスタフィールドが帰宅していないか確かめようと思います。ずいぶん長いことお邪魔してしまいましたし」

「ご一緒できて楽しかったわ」

ミセス・ビルケットは片手を差しだし、肉づきのいい頬をゆるめた。「また来てちょうだい。パットを見つけだしたときにでも。彼女がどこで何をしていたのか聞きたいわ」

「今度このあたりに来たときは立ち寄らせてもらいます」パイパーは差しだされた手を握り返した。「ビールをごちそうさまでした」

彼女の手のひらは熱く、じっとりと汗ばんでいて、なんとも言えず気色が悪かった。パイパーは離した手をいますぐぬぐいたいという強い衝動に駆られた。

彼が部屋を出るとき、ミセス・ビルケットは噴霧器を口にくわえていた。一階へ続く急な階段をのぼっているとき、クローゼットの扉を開ける音が聞こえたような気がした。

ジリアン・チェスタフィールドは獅子鼻で分厚い唇の若い女だった。眉毛は一本残らず抜きとったあと新たに描いたものらしい。濃い化粧を施した顔は無愛想そのものだ。

自己紹介するパイパーを、彼女は疑わしげな目で見ていた。「スタンリー・ワトキンに雇われてるってことは、よっぽど仕事に困ってるのね。言っておくけど、あの男の奥さんのことなんてなんにも知らないわ。あたしに訊いたところで時間の無駄よ」

「そう言わずに、少しだけ時間をもらえないでしょうか」

ジリアンの視線が、パイパーの頭のてっぺんから爪先までゆっくりと移動し、顔に戻ってきた。ぶっきらぼうな口調で言った。「なんの役にも立たないと思うけど……でも、数分だったらつき合ってあげてもいいわ。入って……」

部屋には必要最低限の家具しかなく、どれも安っぽくて使い古されたものだった。部屋の一角がつい立てで仕切られていて、その向こうにシングルベッドの脚が見えた。窓と壁のあいだに渡されたひもに、ストッキングと透け透けの白いブラジャーがぶらさがっていた。

間に合わせのその物干しロープをパイパーが横目で見たのを、ジリアンは見逃さなかった。「いやなら見なきゃいいのよ。しかたないでしょ、お客が来るなんて思ってなかったんだから。で、あたしに何を訊きたいの？」

「いくつか質問をさせてください。まずは、パット・ウォーレンはあなたにウィントリンガムへ移り住む理由を言いましたか？」

「言ったかもしれないし、言わなかったかもしれない。どうしてそんなことを訊くわけ？」

「私は彼女のご主人から妻を探してほしいと頼まれています。それで何か手がかりを得られればと――」

「本人が見つかることを望んでいないとしたら？　彼女がどれほど失望させられてきたと思ってる

の？　あのろくでなしの元夫に」

「ミセス・ビルケットも同じ意見でした。しかし、正式に離婚することもできるんですよ。彼とは二度と関わりたくないと本気で思っているなら。それに居所がわかれば本人の利益にもなる。いいしらせがあるんですよ」

「いいしらせ？」

「ご主人の親族がまとまった額の金を彼女に遺しましてね」

ジリアンの冷ややかな瞳がわずかに揺らいだ。彼女は唇を湿してたずねた。「いくら？」

「二千ポンド余りです」

「へええ……。彼女、ついてるわね」一瞬足もとに視線を落とし、すぐに顔を上げて言った。「だからスタンリー・ワトキンはあなたを雇って彼女を探しだそうとしているのね？」

「理由は聞いていません」

「そうね、言うわけないわね――あのスタンリーが。だけど想像はつくわよ、ねえ？」

「想像でものを言うのはやめましょう。百害あって一利なしだ。こと、夫婦の問題に関しては」

パイパーがこれまでに話を聞いた人々のワトキンに対する評価は全員一致していた。どうしてパットはそんな本性が見え見えの男と結婚したのか。女はどうやって結婚相手を選ぶのだろう。

選ぶ立場にあったのは間違いなくパットだ。大方の男の基準に照らして彼女は美人だ。そんな彼女が、ほかの男ではなくスタンリー・ワトキンに見いだしたものとはなんだ？

ジリアン・チェスタフィールドが言った。「想像なんてする必要ないわ。あの男の話ならパットからさんざん聞かされていたもの。ぐうたらで、役に立たないヒモ男……告げ口したければどうぞ。あたしは全然構わないわ」

「私の仕事は彼の妻を見つけることで、役に立たない無駄話を持ち帰ることではない。あなたが協力してくれたら私としては大変ありがたい。お友だちの利益になることでもある」

パイパーの話し方にジリアンは面食らったようだ。手の甲をさすりながら冷めた目で彼を見ていたが、やがて心を決めた。

「いいわ、教えてあげる。パットはウィントリンガムってとこに住んでいるわ。サリー州の……ロンドンから二十マイルくらい離れたところ。住所はホルムウッド・コテージ。それと、彼女の居場所をあたしが教えたこと、本人には言わないでちょうだい」

「その住所なら知っています。彼女は三週間近く前にその家から姿を消した。その後どこへ行ったのかを突き止めるのが私の仕事なんです」

「あらそう……」ジリアンは下唇を噛んで肩をすくめた。「それなら、ミセス・ビルケットが……ううん、なんでもない」

彼女は目をそらしてあらぬほうを見ていたが、やがてパイパーに視線を戻した。「パットはウィントリンガムの知り合いに行き先を言っていかなかったの？」

「彼女が残した手紙には、レスターの友だちを訪ねると書いてありました。向こうに友だちがいると聞いた覚えはありますか？」

「ないわ。あたしの知るかぎり、彼女の知り合いはロンドンか……少なくともロンドンの南に住んでいる人ばかりだった」

「行き先がレスターでないとしたら、どうして嘘をついたのか心当たりはありますか？」

「ほんとの行き先を誰かに知られたくなかったとしか考えられないわね。うるさくつきまとわれたくなかったのよ。ここに住んでたときみたいに」

「それならどうして二、三週間以内に戻ると手紙に書いたんだろう」

「なぜ書いちゃいけないの？　たぶんそれまでに帰ってくるつもりなのよ。それより、いま気づいたけど」──片手で髪をかきあげて、いらだたしげにパイパーを見た──「なんで大騒ぎしているわけ？　二、三週間以内に戻ってくるとパットが言ってるなら、この騒ぎはなんなの？　彼女がいなくなってまだ三週間経っていないじゃない」

「あなたが思っているほど事は単純ではないんですよ。彼女が小説家を名乗っていたことをご存じですか？」

　ジリアンは一瞬躊躇した。「ええ。それが何か？」

「彼女はほんとうに物書きだった？」

「まさか。だけど、名乗っちゃいけないっていう法律はないわよね？」

「まず、ないでしょうね。彼女がタイプライターを使えるか知っていますか？」

　うんざりした口調でジリアンが言った。「それも何かの罪になるわけ？」

「彼女が家政婦に残した手紙は、タイプライターで書いたものでした。その家にはタイプライターがあるにちがいない。ここに住んでいたときから持っていたのでしょうか？」

「持ってないわ。一度も見たことがないもの。彼女の部屋にはしょっちゅう行ってたけど。でも買ったのかもしれないわ。本か何かを書いているとまわりに思わせるために……」

「かもしれない。問題は彼女がタイプライターを使えるか否かにあります。使い方を知らないなら、レスターへ行くという手紙を彼女が書いたとは思いませんよね」

胸の前で軽く手を合わせ、ジリアンは十秒か十五秒無言で考えこんだ。そのとき、彼女の態度に変化があった。もはや冷淡ではないし、質問されることに腹を立ててもいなかった。

ジリアンが再び目を上げたとき、パイパーが彼女から感じとったのは、不安ではなくぞっとするような好奇心だった。彼女がたずねた。「何が言いたいの?」

「手紙を書いたのは妻ではないとワトキンは断言している」

ジリアンは髪に手をやり、考えをめぐらせながら独り言のようにつぶやいた。「ふうん、あの男がねえ。じゃあ、誰が書いたと思ってるの?」

「彼にもわかりません。それで私は、あなたなら力になってくれるのではないかと思ったわけです。細かな事実関係を確認するのに」

「細かな事実関係?」

「例えば、ここに住んでいるとき、パットはどこで働いていたのか。どうしてウィントリンガムのような場所に移り住んだのか——田舎を好むタイプには見えないのに。それから彼女の交友関係——とりわけ男友だちについて」

ジリアンは笑みを浮かべたが目は笑っていなかった。「たくさん知りたいことがあるのね。あたしがパットの私生活についてべらべらしゃべる気になれないと言ったら?」

「ほかを当たるしかないでしょうね」

ジリアンは両手で頬をはさんで何度かうなずいた。「そのほうがいいわ。タイプライターで書いた手紙のこととか、あたしにはぴんと来ないし……それに、誰かさんの保険金がパットのものになるっていうあなたの話もいまひとつ信用できない。あたしに言わせれば、スタンリー・ワトキンが彼女を探しているのは、身勝手な理由があるからに決まってる。あの男はそれをあなたに言ったのかもしれないし、言ってないのかもしれない。どっちでも構わないけど」

「ワトキンが妻の身を案じる充分な根拠があるとしたら？　もし何かあるとしたら――」

「馬鹿馬鹿しい。スタンリーはね、パットの身なんかこれっぽっちも案じちゃいないわ。あたしがあなたの身を案じていない以上にね」

ジリアンは足早に玄関へ行ってドアを開けると、せっかちに言った。「あの男は金のにおいを嗅ぎつけた――それが真相よ。パットのお金にしか興味がないんだから……昔もいまも。あの男にとって彼女はただの金づるでしかない。あたしから見れば、あなたも同じ穴の狢よ」

「そういうことでしたら、これ以上ご迷惑をかけるつもりはありません」

「べつに迷惑なんかかけられてないけど」ジリアンは戸口から数歩下がって、パイパーに出ていくようあごで示した。「さあ、悪いけどもう帰って」

パイパーにはひとつ確信があった。手のひらを返したような態度の変化は演技以外の何物でもない。彼女はパイパーに早く帰ってほしがっている。なぜなら一刻も早くやりたいことがあるから……もしくは行きたい場所があるから。

「帰りますとも、チェスタフィールドさん。でも、あなたは間違いを犯そうとしている」

パイパーがドアの外に出るのを待って、ジリアンは言った。「パットがスタンリー・ワトキンみたいなろくでなしと結婚したときに犯した間違いに比べれば些細なものよ」

「それはどうかな」

ジリアンはこわばった笑みを浮かべて首を横に振り、彼の面前でドアをぴしゃりと閉めた。階段をおりながら、自分の勘は当たっているだろうか、とパイパーは思っていた。ウィントリンガムを目指して車を発進させたときもまだ、ジリアン・チェスタフィールドのことを考えていた。

第五章

入り口のまぐさに刻まれた日付によれば、〈ロイヤル・ジョージ〉が初めてその扉を開いたのはキリスト紀元《アンノ・ドミニ》一七六三年。見たところ、建物の構造部分には開業以来ほとんど手をつけていないようだ。

ガス灯は電灯にとって代わられ、かつて薪を燃やしていた煉瓦作りの暖炉には、現代的なコークス用の火床が設置されている。

ポンプのハンドル類も最新式のものが導入されており、アルコールの計量器やカウンターの上に置いた痙攣患者のための募金箱も新しい。しかし羽目板と漆喰の壁や、埋めこみ式の窓、低い天井に渡された黒ずんだオークの梁は、往時のたたずまいを見せている。

ガラスやクロムめっきを見慣れたパイパーの目に、それらは心地よく新鮮に映った。遠くない将来、大手の醸造会社がこの店を買いとって現代風に改装し、しゃれた照明やプラスチック天板のテーブル、それに、たぶんジュークボックスも……あるいはテレビさえ整備されている店に変えてしまうとしたら、それはなんとも惜しい気がした。

午後五時。ひんやりとした薄暗い酒場にひとけはなかった。店の奥の小さな事務室にひょろりと瘦せた男がいた。いかり肩で濃い口髭はきれいに整えられている。近視なのか瞳はどこか虚ろで、金髪の口髭はタバコの煙で汚れていた。

パイパーは自己紹介をして、〈ロイヤル・ジョージ〉がウィントリンガムで宿泊できる可能性のある唯一の場所だと教えられたことを説明した。「……この村に着いたとき、通りすがりの人にたずねたら、レグ・オーウェンのところへ行って訊いてみるよう勧められまして」

濃い口髭の男が言った。「俺がレグ・オーウェンだけど」パイパーを好奇の目でじろじろと眺めまわしたあと、言葉を継いだ。「めったに客は泊めないが、部屋を用意することはできるよ。簡単な食事でよければ。凝った料理は出せないからね。うちみたいなパブにそういうのを求めても無理ってもんだ」

「普通の家庭料理で充分ですよ」

「泊まるのはひとりで?」とオーウェンが言った。言葉の訛りからして、サリーのどこかの村で生まれ育ったわけではなさそうだ。

「ええ、シングルルームをひとつお願いしたい」

「滞在の予定は?」

「三、四日……ひょっとすると一週間くらいかな」

オーウェンはうなずいた。「まあ、それくらいならなんとかなるだろう」徐々に顕著になっていく訛りはウェールズのもののようだ。

事務室のドアの後ろの棚から、すりきれて角の折れた台帳を引っぱりだすと、名前と住所を記入するようパイパーに示した。「いい天気はまだ続くらしいね。ここへは休暇で?」

「ええ、ちょっと日光浴でもしようと思って、と言いたいところだけど、実はある人物に会いにきたんですよ。この村のはずれに住む――ミス・ウォーレンという女性に」

オーウェンの色の薄い近眼の目がきらりと光った。「いま訪ねても留守だと思うよ。二週間くらい前にどこかへ出かけたきり戻ってきていないんだ。コテージにはまだ行っていないんだろ？」

「ええ。さっき聞いたところなんですよ、彼女は留守でもう数日は戻ってきそうにないと……それで、ぶらぶらしながら時間を潰そうと決めて、いまここにいるわけです。会社の休みが二日残っているし、ここはのんびり過ごすにはうってつけの場所のようだから」

「その点は保証するよ。いまが一番気持ちのいい時期だからね、天気さえよければ。ところでおたくは」――名簿で名前を確認し、目だけ上げてパイパーを見た――「ミス・ウォーレンの友だちか何かで？　パイパーさん」

「いいえ、純粋にビジネス上の訪問です。クレセット生命保険会社からの依頼で」

「なるほど……」と感情を伴わない口調で応じたあと、さして関心がなさそうな口ぶりでオーウェンはたずねた。「おたくが来ることを彼女は？」

「知らないでしょうね。この事案が持ちあがったのはつい先日のことですから。前もって通知しておくべきでした。でも、まさか彼女が出かけているとは思わなくて。もちろん私の考えが足らなかったわけですが。だけど、おかげで都会の喧騒を離れて二、三日骨休めできるんだから文句はありません」

〈ロイヤル・ジョージ〉の主人《あるじ》はうなずいてにっこり微笑んだ。「一石二鳥ってやつだな、ねえ、パイパーさん。さて、部屋に案内するよ……」

　オーウェンは先に立って階段をのぼり二階の薄暗い廊下を進んだ。左右にドアがふたつずつあって廊下の突き当りは前後とも蔦のからまる窓だった。右側の二番目のドアの前で立ち止まって言った。「ここなら快適に過ごせるはずだ。その向かい側のドアがトイレで……浴室はひとつ上の階にある。ロンドンの水準には達しないかもしれないが、浴槽はいつだってきれいだし、おたくのような男性でもゆったり使える広さがある」

「たしかに文句のつけようがなさそうだ。乗ってきた車はどうしたらいいかな」

「裏庭にまわしてくれ。あいにく車庫はないんだ。でも、あそこは安全だから心配いらないよ。もちろん、鍵はかけなくちゃいけないけど……とくに夜のあいだは。たとえウィントリンガムと言えども」――部屋のドアを押し開けたとき、オーウェンの顔に笑みはなかった――「人間ってのは魔がさす生きものだからね」

　気持ちのよい部屋だった。天井が高く、格子窓からは村の南側、ゆるやかに起伏する牧草地を見渡すことができる。古めかしい大きなダブルベッドに特大のクローゼット、大理石の洗面台には水差しと洗面器も備わっている。天井近くの窓が開けてあるが、長く使用していない部屋特有のほこりっぽいにおいがかすかにした。

　オーウェンは洗面台の上に鍵を置いて手の甲で口髭をひとなですると、問いかけるような目でパイパーを見た。「〈サボイ・ホテル〉並みとはいかないけど、でも、うちは一泊三十五シリングだからね。どうだい？」

「気に入りました」

「それはよかった。当ホテルではお客さまが喜んでくださることを第一に考えております」歯を見せてにやりと笑うと、後ずさりしてドアノブを探った。「客が来る予定がなかったからタオルがないんだ……でも、あとでウィニーに――もとい、ミセス・タッドフィールドに持ってこさせよう。足りないものがあったら彼女に頼むといい」

「ありがとう。ところで、そのミセス・タッドフィールドというのは、ミス・ウォーレンのところ働いていた女性ですか？」

「ああ。ミス・ウォーレンが戻るまで、うちで働くことになったんだ」オーウェンはドアを開け、戸口でくるりと振り返った。「かばんや何かは車のなかだね？」

「後ろの席に。鍵はかけていない」

「それじゃあウィニーに言って、石鹸やタオルと一緒に持ってこさせよう」再びにっこり笑って無邪気な口調で言った。「泊まる用意をしてきて正解だったね……さもないと、歯ブラシやらパジャマやらを取りにロンドンへ戻るはめになるところだ」

「常に持ち歩いているんですよ。仕事柄、急な出張がいつ入るかわからないので」

納得した様子でうなずいたあと、色の薄い目がいたずらっぽくきらりと光った。「ちなみに、ミス・ウォーレンのほんとの名前はウォーレンじゃないって知っているかい？　ワトキン――ミセス・ワトキンっていうんだ。ちょっと前に彼女の亭主が訪ねてきたけど、おたくと違ってずいぶんあわてていたよ、女房が留守だと知って」

「ええ、彼女が結婚していることは知っています。おそらくご主人は、妻は自分に断ってから出かけるべきだと思ったんでしょう」

「たぶんね」オーウェンの目はまだ笑みを含んでいた。

ドアを閉めるとき、唇を歪めてさらにつけ加えた。「おおいに興味をそそられるね、われらが麗しのミス・ウォーレン——もとい、ミセス・ワトキンのふるまいには。やることなすこと、実に興味深い……」

ミセス・タッドフィールドは黒っぽい髪にブロンドのメッシュを入れ、形のよい小さな顔に用心深い雀を思わせる目をした女だった。大ぶりなイヤリングをつけ、ぴっちりしたセーターを着て、歩くたびにパタパタ鳴るサンダルを履いていた。水仕事が多いらしく手が荒れている。

洗面台の脇にタオルをかけたあと、彼女はたずねた。「他に必要なものはありますか？」

部屋に入ってきてから、まともにパイパーを見たのはそれが初めてだった。彼女は宿の主人と予定外の宿泊客について何か話したのだろうか、とパイパーは思った。

「あとで紅茶が飲みたいな。オーウェンさんにそう伝えてもらえますか？」

「かしこまりました。バーの隣の小さな部屋でお出しします。そこは宿泊されたお客さまが食事をする場所なんです……お客がいればの話だけど」

会話を長引かせたがっているのは明らかだった。「ウィントリンガムによその人が泊まることなんてめったにないんですよ」その目は子どものように無邪気で親しげだった。

「それは意外ですね。私はいまのところこの村をとても気に入っていますよ。あなたはタッドフィールドさんですね？」

「ええ、そうよ」彼女は手を握り合わせて洗面台にもたれかかった。すぐに出ていく気はなさそうだった。

「オーウェンさんから聞いたのですが、ホルムウッド・コテージのミス・ウォーレンのところで働いていたそうですね」

「そう。彼女が戻ってくるまではここで働いているけど」

「もうじき帰ってくると思いますか?」

「ええ、もちろん、数日中には。手紙に書いてあったのよ、二、三週間で戻るって……それが二週間以上前のことだから」

「私がここへ来たのはミス・ウォーレンに会うためだとオーウェンさんから聞きましたか?」

「ええ、聞きました。ミス・ウォーレンのご主人が週の初めに訪ねてきたことをあなたに伝えたことも」答える口調は依然として無邪気だった。

彼女のあかぎれのできた手や安っぽいイヤリングや自宅でパーマをかけたとおぼしき髪を見て、パイパーは言った。「お子さんはいるのですか、タッドフィールドさん」

「ええ、いますよ、三人」いきなり話題が変わっても驚いた様子を見せなかった。

「それはかなり大変な思いをされているでしょうね……つまり、家計のやりくりに」

「そりゃあ、楽じゃないわ。夫は海に出たきりめったに帰ってこないし、いくら稼ぎがいいと言ってもいつまでも持つわけじゃないもの。だからあたしが働きにでているのよ。そうしないと」——彼女は足もとに視線を落とし、再びパイパーの顔を見た——「ささやかな楽しみさえ持てないから……あなたにはわからないかもしれないけど」

「育ち盛りの子どもを抱える家庭が、昨今の不景気で苦労されていることは想像に難くありません。そのことを踏まえて私からちょっとした提案があります」

彼女は舌先で唇を湿した。「どういった種類の——提案かしら?」ごく微量の親密さが彼女のふるまいや物言いに加わっていた。

「私がこの村へ来た理由をお話しします。そのうえで二、三質問に答えていただきたい——もちろん、あなたと私、ふたりだけの秘密ということで」

彼女は再び唇を湿らせ、疑念と興奮がないまぜになった声で言った。「面倒に巻きこまれる恐れはないんでしょうね?」

「万にひとつもありません。謝礼として私の報酬の一部を差しあげるつもりです」

「いくら……」咳払いをして、もう一度言った。「いくらもらえるの?」

「十ポンドほど。そのうち半分は情報を提供してもらった見返りとして、この場でお渡しします。残りはここでの仕事が終わったあと、少しばかり力を貸していただいたときに」

彼女はうつむいて指と指をからませた。「そうねえ、絶対に大丈夫って言うなら……」

「保証しますよ。やましいことはいっさいない。いいですか、状況は極めてシンプルです。私は保険会社の調査員で、ウィントリンガムにはミス・ウォーレンの家財道具や個人的な資産を査定するために来ました。保険の契約に必要なので。私の言うことがわかりますか?」

「ええ、わかるわ」

「彼女が家にいればものの数分で片づいて次の仕事に向かっているはずだった……私にとって時間《タイム》はまさに金《マネー》なんですよ」

ミセス・タッドフィールドは無関心を装っていた。「ええ、もちろん、そうでしょうね」

「オーウェンさんには、ミス・ウォーレンが戻るまで一日か二日のんびりするのも悪くないと言いましたが、あれは強がりみたいなもので、本音を言えば早く片づけてしまいたい。ですから協力していただけたら相応のお礼はするつもりです」

いくぶん熱を帯びた口調で、ミセス・タッドフィールドはたずねた。「協力って、いったい何をすればいいの？」

「そうですね、まずは質問に答えてください――ミス・ウォーレンが急に旅に出たのには何か理由があると思いますか？」

ミセス・タッドフィールドは答えを出すのに時間がかかった。「おかしいとは思ったのよ、あの朝、彼女が出かけたと知ってすぐに。あまりにも唐突だったから。だけど、わからないわ――」

「わからないのは私も一緒です。あなたの力を借りれば、答えを見つけられるかもしれない。彼女はあなたに手紙を残したそうですね」

「ええ。あたしにはそれも意外でした」

「最初から始めましょう。あの日、あなたがコテージに着いたとき気づいたことを話してください」

ミセス・タッドフィールドは、六月二十七日の朝の出来事を詳しく話して聞かせた。ミス・ウォーレンのためにどんな朝食を作り……どんなふうにトレーを二階へ運び、持ち帰ったか……その後、暖炉の横のテーブルに封筒を見つけた。

話が一段落すると、パイパーがたずねた。「その日以降、コテージには行きましたか？」

「ああ、ええ。二日おきに様子を見にいっているわ。彼女から頼まれたとおりに」

「彼女宛ての郵便物は届いていましたか？」

「いいえ、一通も。二度目に訪ねたとき、朝刊と婦人雑誌が配達されていることに気づいて、購読を中止すると連絡を入れたわ……手紙には何も書いていなかったけど……」ミセス・タッドフィールドの声は尻すぼみになり、何やら考えこんでいる様子だった。

「牛乳は止めるよう頼んだのに、新聞を忘れるなんて不思議ですね」

長い沈黙のあとでミセス・タッドフィールドが言った。「いままで考えてもみなかった。急いでいたから、うっかり忘れても無理はないと思うけど」

「その可能性はあります。それほど急いでいた理由にますます興味が湧きますね。手紙はいまもあなたの手もとに？」

「ええ、家にあるわ。見たければ明日の朝持ってくるけど」

「是非とも拝見したい。それともうひとつ疑問があるんですよ。ミス・ウォーレンの友人は、彼女が鉄砲玉みたいに出かけたきり戻ってこない理由を知りたいと思わないのか」

「彼女、ウィントリンガムに友だちはいないと思う」

「つまり、誰も彼女を訪ねてこなかったし、彼女が近所のご婦人を訪ねることもなかった？」

「一度もないわ、あたしの知るかぎり」

「しかし、完全に引きこもっていたわけじゃありませんよね。ホルムウッド・コテージに移り住んでから二週間前に出ていくまでのあいだ」

「村から集金に来た店員に、おはようとかこんばんはとか挨拶するくらいで、近所の人と言葉を交わすことさえなかった。それに、あたしはずっと……」何か思いついたらしく、ミセス・タッドフィールドの瞳がきらりと光った。

「ずっと？」

「ずっと不思議に思っていたの。小説家を名乗っているのに、彼女がほとんど何も書いていないこと。ウィントリンガムに移り住んだのには、何かべつの理由があると思う?」

「ここだけの話」とパイパーは言った。「あなたの話を聞いたいま、どんな理由が隠されていても私は驚かないでしょうね。次にコテージへ行くのはいつですか?」

「時間があれば、明日の午前中に行くつもりだけど」

「五ポンドのためなら時間を作れますよね? そのとき、あなたと一緒に室内を見てまわりたい」

ミセス・タッドフィールドは探るような目でパイパーを見て、にわかにそわそわしはじめた。「そんなことしていいのかしら。誰かに見られたら……」

「見られませんよ。場所を教えてくれたら、明日の朝十時に歩いてそこへ行きます。たぶん、十五分もかからないでしょう、彼女が前触れもなくレスターへ旅立った手がかりを探すのに」

ミセス・タッドフィールドは少しためらったあとで心を決めた。「いいわ。だけど、あたしはいつ――いつそのお金をもらえるのかしら」

「五ポンドはいまこの場で、残りの五ポンドはホルムウッド・コテージを訪れたときに差しあげます」

第六章

パイパーは夕食後にパブへ行き、ドミノ（二十八枚の牌の点を合わせて遊ぶゲーム）に興じる村人のおしゃべりに耳を傾けた。店の奥では若者のグループがダーツをしている。店内はほどよく混み合い、陽気な会話が賑やかに交わされていた。

主人《あるじ》のオーウェンはパイパーのグラスにビールをそそぎ、たわいもない話をしながら忙しく立ち働いていた。しばらくすると、パイパーにたずねた。「ダーツでもどうだい？」

「さっきからあの若者たちを見ているけど、とても太刀打ちできないね」

「たしかに連中の腕前はかなりのものだ。もちろん、毎晩やっていればあんただってうまくなるさ。ドミノをやったことは？」

「ありますよ、そっちもずいぶん昔のことだけど。当時でさえお世辞にもうまいとは言えなかった」

「心配いらないよ、ただの気晴らしなんだから……それにとくに予定がないならいい時間潰しになる。負けてもビールを一杯ずつおごるだけだから、授業料としてはさほど高くないしね」

オーウェンは年配の男四人にパイパーを紹介した。彼らはぎこちなく握手を交わしたあと、喜んでパイパーを仲間に入れてくれた。「……ここじゃあ礼儀とかそんなもんは気にせんでいいんだ、パイパーさん。だからフレッドがクリフを馬鹿とかとんまとか呼んでも……あるいはマットがボブにあとで吠え面かくなよとか言っても……びっくりせんように」

「そのくらいでは驚きませんよ」とパイパーは応じた。

それから一時間ほど和気藹々とした雰囲気のなかでプレーは続き、長い歳月をともに生き、ともに働いてきた男たちの語らいに、いつしかパイパーは引きこまれていた。

パイパーはたまに勝ち、たいてい負けた。四人の老人がプレー中に交わす村の噂話に気をとられることなくゲームに集中していれば、もっと勝てたかもしれない。

パイパーが聞いたのはこんな話だ——村の郵便局が近代化されることになった……サー・ウィリアム・アランデールが地方裁判所の判事の座を退くらしい……九月末に退任する教区牧師は内陸部のどこかで受給聖職者に就任するとか……クック医師は自宅の庭を耕すのにエンジンつきの耕運機を買ったそうだ……。

「……その程度の買いもの、あの男にははした金なのさ。ついでに言えば、ああいう目新しい道具ってのは女には重宝されるだろうが、昔ながらのスコップや屈強な背中に勝るものなどありゃしないさ……」

十時になるころには、布きれをはぎ合わせてキルトを作るように、ウィントリンガムの生活模様がパイパーの頭のなかにできあがっていた。婦人組合は毎年恒例の慈善バザーを七月に開催すると決定した……。「……その週はたいてい雨が降ることは、馬鹿でも知ってるってのに……」

ピーター・グローブの女房は四人目の出産を間近に控えている。「……今度もまた女の子だったら気が狂いそうだって、ピーターが言ってたよ」

聖ミカエル教会を調べたロンドンの建築家によると、内陣の天井が乾燥腐敗を起こしている恐れがあるらしい……。ダン・ニュートンは中央電力公社の連中に言ってやったそうだ。何マイルにもわたる広大な土地の、よりによって一番肥えた畑のど真ん中に鉄塔を立てることなど断じて許さん、とね。そのほかに話題にのぼったのは、兎粘液腫に耐性のある新種のウサギが現れたこと、村はずれに立派な屋敷を構えるひとり、弁護士のヘイル氏がパーリー近郊の個人病院に入院したこと。「……神経症だそうだ。弁護士って商売は気苦労が多いにちがいない……」

クリフは思い出話をした。昔はエールを一パイントとポークパイと、それにタバコのパイプとマッチを買って――それでも六ペンスで釣りが出たもんだ……。

ボブはウィントリンガムのような場所は早晩消滅すると考えていた。大都市が四方八方に拡大しつづけているからだ。

「……近い将来、わしらはみんなニュータウンってやつに呑みこまれちまうのさ……」すでにロンドンの株式仲買人ふたりがゴッドストーン・ロード沿いに家を建てたし、その近くには週末だけやってくる恰幅のいい絨毯屋や、衣料品の製造業者、株式公開買付の件で紙面を賑わせているチェーンストア経営者の屋敷もある。

とりとめのない会話はやがて昔話に流れついた。農作物の収穫量がいまより多くて、金がそれなりの価値を持ち、暮らしに余裕があった時代の話に。「……若者の非行なんてわしらのころは考えられなかった。子どもらは成長の過程で物事の善悪を教えこまれるものだ。古い諺にもあるだろう。鞭を惜しめば子がだめになる、とね。最近は小遣いを与えすぎるから我慢するってことを知らん……」

十時十五分過ぎに、パイパーは外の空気を吸いたくなったと言って席を立った。「……ベッドに入る前に少し散歩してこようと思います」

ゲームを楽しんでくれたならいいが、と四人は口をそろえて言った。気が向いたらまた一緒にやろう、ドミノの相手が欲しくなったらいつでも歓迎するぞ――そう請け合う彼らの表情は真剣で思いやりに満ちていた。パイパーが酒場を出るとき、四人は笑顔でうなずきながら口々におやすみと言った。

連日の暑い一日が終わって陽が沈むと、空気がいくぶん涼しく感じられた。教会の尖塔の向こう、空の低いところに青白い三日月が顔を出している。

ハイ・ストリート沿いにある半ダースほどの店はすでに扉を閉ざしていた。〈ロイヤル・ジョージ〉から遠くない一角で、若者のグループがおしゃべりに興じていた。ロング・ホートンとゴッドストーンへ至る道を村の外に向かって歩きながら、見かけたのはその若者たちだけだった。

パイパーは宵の涼しさに誘われて低い塀に腰をおろすと、スタンリー・ワトキンの妻とタイプライターで記された手紙について考えをめぐらせた。

ワトキンの勘を信じるなら、何かよくないことが起きているのだ。あの男を信用するかどうかはべつとして、手紙に対するワトキンの疑念には無視できないものがある。

ホルムウッド・コテージに住んでいた女は、タイプライターの使い方を知らなかった。ベイズウォーターに住んでいたときは、タイプライターを持ってさえいなかった。タイピングを教えてくれる場所がウィントリンガムのような片田舎にあるとは思えない。

……最近購入したのなら、熟練の域に達するくらい練習を積んだにちがいない。急いでいるときにタイプライターを使うのは熟練者くらいのものだ。そしてパトリシア・ウォーレンがあわただしく出かけたことは間違いない。

手紙をタイプしたのは彼女ではないと考えたほうが自然だ。しかしそうするともっと深刻な疑問が生じる――彼女はどこへ消えたのか？　自らの意志でコテージを出たのでないとしたら、どうやって強制されたのだろう。

パイパーの脳裏には、デブで喘息持ちで腹の底にたっぷりと悪意を溜めこんだミセス・ビルケットの姿が浮かんでいた。〝……もしあたしが彼女だったら、こんな掃き溜めみたいな部屋に座って保険屋とギネスなんか飲んでないわよ……あら、ごめんなさい、悪気はないのよ……〟とはよく言ったものだ。

そして、ジリアン・チェスタフィールドはこう言った。〝本人が見つかることを望んでいないとしたら？　彼女がどれほど失望させられてきたと思ってるの？　あのろくでなしの元夫に〟

だが、パットはウィントリンガムという場所へ移り住むことを隠そうとしなかった。ワトキンに教えないようミセス・ビルケットに口止めしなかった。明らかに彼女は夫やほかの誰かに住所を知られることに無頓着だった。

彼女の引っ越し先に興味を持った人間がほかにもいたのか。どうして彼女はロンドンを離れたのだろう。疑問はべつの疑問を生むだけで、いっこうに問題の核心に迫ることはできなかった。

ミセス・ビルケットによれば、パットはベイズウォーターに住んでいたとき、毎晩のように出歩いていたという。パトリシア・ウォーレンのような女が、サリーのへんぴな村に何を求めてやってきたのだろう。

夕暮れが村の隅々にまで行きわたり、夜空に星が瞬きはじめたころ、ようやくパイパーは腰を上げてこわばった身体を伸ばした。とり散らかっていた考えが――それが何かの役に立つのかわからないが――いまではすっかり整理されていた。

知りたい事柄を一覧表にできるし、重要なこととそうでないことを見分ける自信もある。一日の収穫としてはそれで充分だろう――最後のひと仕事を除けば。パイパーはそれを道義的責任と考えていた。

暗闇に包まれる寸前の灰色がかった薄明かりのなかを、パイパーは村の中心部目指してほこりっぽい道を引き返した。無灯火の自転車に乗っていた少年が、サンディフォード・レーンにある駐在所への行き方を教えてくれた。

「……すぐそこだよ。二百ヤード先の角を左に曲がるんだ……それで表に明かりが出ていたら、なかに警官がいるってことだよ。名前はウィーラン、テッド・ウィーラン。ちょうど夕飯を食べに帰っているころじゃないかな……」

ウィーラン巡査は色褪せた青い目と、一日の大半を屋外で過ごす者特有の日焼けした顔の持ち主だった。大柄でがっしりとした身体つき、動きはのっそりとして遅い。制服を着ていようといまいと警察官以外の何者にも見えないだろう。

パイパーが自己紹介をするあいだ、巡査は語尾を上げる質問調で、「なるほど……」と相槌を打ち、まるで推理を重ねた末にようやく真相にたどりついたかのような重々しい口調で、「では、あなたが噂のロンドンから来た紳士なのですね」と言った。

「ウィントリンガムでは情報が伝わるのが早いですね」

「ああ、ええ、たしかに。このあたりでは何かあると、遅かれ早かれ自分の耳に入ってくるんですよ」巡査はカウンターの上のメモ用紙から、走り書きのある一番上のページを破りとり、先の丸い鉛筆でPIPER《パイパー》と大文字で記した。

それを四角い線で囲んだあと、巡査はたずねた。「それで、どんなご用件でしょう、パイパーさん」

「パトリシア・ウォーレンという女性について調べているのですが、あなたなら何か知っているのではないかと思いまして」

「なるほど」意味のない形ばかりの相槌だった。

「彼女の本名はワトキン。スタンリー・ワトキンという男と結婚しています。一年ほど前に合意の上で別居したのですが、その夫がいま妻の行方を探していて、それで私はここにいるわけです」

ウィーランは四角い線をさらに四角で囲み、「なるほど」と言ってパイパーの顔を見つめたまま話の続きを待った。

「私が聞いた話では、彼女は三月の末にウィントリンガムのホルムウッド・コテージに移り住み、そこで三カ月ほど暮らしていた。そしていまから二週間前、レスターの友人を訪ねるという置き手紙を残して家を出たきり戻ってきていない」

「なるほど」巡査は相変わらず無表情だった。

鉛筆を置いて大きな肉厚の両手をカウンターの上にのせ、パイパーの肩越しに壁をじっと見つめたあと、ようやく彼は口を開いた。「彼女の夫が二、三日前に訪ねてきました。ひどいあわてぶりでね。妻がコテージからいなくなったと血相を変えて言うんです。ご主人が訪ねてくるとは知らずに出かけたんでしょうと言って聞かせたんですけどね……来週もう一度来てみたらどうですかと。彼から聞きましたか？」

「ええ、だいたいのところは。とり越し苦労だとあなたは考えているそうですね」

「なにせ、心配しなきゃならない理由がひとつもないんですよ、自分が見るかぎりでは。結局、助言は聞き入れられなかったようですね……あなたがここにいるということは」

「妻の身に何かあったにちがいないと思いこんでいるんですよ」

ウィーランはカウンターから身体を起こし、大きく伸びをしながらあくびをしたあと、どうにも納得がいかないといった口調で言った。「あなたもこの件を深刻に考えているようですね。きっと彼はここで言わなかったことをあなたに話したんでしょう」

「そうではないと思いますよ。状況は極めてシンプルです。彼には、ミセス・タッドフィールド宛ての手紙を書いたのは妻ではない、という確信があるだけで」

「ほう、その考えはきっとロンドンに戻ってから浮かんだのでしょう。ここへ来たときは、妻にはレスターに友人などいない、の一点張りでしたから」

「かつて隣に住んでいたミス・ウォーレンの友人も同じ意見でした。ロンドン以外に知り合いがいるなんて聞いたことがないそうで、その点は元大家の裏づけもとれています」

ウィーランは考えこむような顔で首の後ろをかいた。「ミス・ウォーレンのように若くてきれいな女性が夫と離れて暮らしていたら、相当な数の友だちがいたんじゃないですかね。まわりがそのことを知らないだけで。彼女がワトキンと一緒に暮らしていたのなら、話はべつだが。いずれにしろ、警官である自分が、先頭を切って騒ぎたてることはできません。彼女は自分の都合で二、三週間出かけただけなんですから」

「べつに騒ぎたててほしいとは思っていません」

「彼女の夫は思ってましたけど。目下のこの状況で、コテージに足を踏み入れる権限は警察にはない。

ミス・ウォーレンが旅に出た朝、コテージに不審なところはなかったとウィニー・タッドフィールドが証言していることですし」不満げな口調でウィーランが言った。

「彼女は私にもそう言いました。それであなたにお訊きしたいのは、三月末にここへ移り住んでからのミス・ウォーレンの暮らしぶりについて、何か手がかりをいただけたらと思いまして」

ウィーランの口は重かった。「彼女のことを語る資格が、自分にあるかどうか……。なんであれ、村人のほうが詳しいし……自分が知っていることなどたかが知れていますから」

「多少を問わずなんでも話していただけると助かります。彼女はウィントリンガムの住民と交流があったのでしょうか?」

制服の胸ポケットに親指を引っかけて、身体を前後に揺らしながら、ウィーランの色褪せた青い目はパイパーを素通りして遠くを見ていた。やがて穏やかな口調で言った。「聞くところによると、ミス・ウォーレンは人づき合いを避けるタイプだったようです。自分から誰かに話しかけることはなく、口をきくのは限られた店員と……それと、もちろん、ウィニー・タッドフィールドだけだった」

「そもそも、どうして彼女はウィントリンガムへ移り住んだのでしょうね」

「あのコテージを借りるとき、彼女は不動産屋のレイノアに言ったそうです。自分は作家で、新作の執筆に専念できる静かな場所を探していると」

「そのレイノアというのは地もとの人間ですか?」

「いちおうは。職場はパーリーですが、自宅は村はずれの、ロング・ホートンへ向かう道沿いに建つ屋敷のひとつです」

「ホルムウッド・コテージはいつから空き家だったのでしょう、ミス・ウォーレンが借りたとき」

ウィーランの目の奥に光が灯った。「妙なことを知りたがるんですね。その点については自分も何度か考えました。ええと」――唇をすぼめて、足の親指のつけ根に体重をかけて身体を上下させながら――「所有していた高齢女性が死んだのが三月初め。彼女は遠い昔のそのまた昔からそこに住んでいました。遺産管理人がコテージの売却を決めて……それで〈タイムズ〉に広告を出した」

ウィーランはさらに深く考えこんだ。その顔は暗算をしているみたいに真剣そのものだった。

パイパーがたずねた。「それで申しこみはなかった?」

「いいえ、二件あって、実際に見にも来た……。ただ、ホルムウッド・コテージは少々奥まった場所にありますからね。結局売れなかったんでしょう。その直後にミス・ウォーレンが現れて、あの家を貸してほしいとレイノアに頼んだそうです」

「新聞広告には、賃貸も可能と書いてあったのでしょうか」

「書いてなかったと思いますよ。彼らはあくまでも売却するつもりでしたから」

ウィーランは身体を揺するのをやめて目を半ば閉じた。「言われてみると、たしかに妙だな」

「妙なのはそれだけじゃない。明日の朝、私がホルムウッド・コテージを見にいくと言ったら、あなたは反対しますか?」

「どちらとも言えませんね――立場上は反対すべきところですが」

ウィーランは胸ポケットから片手を出して、あごの横の剛毛をいじりはじめた。「室内を見てまわれるように、ウィニー・タッドフィールドを説得したのですか?」

「ええ……もちろん、誰にも言わないという約束で」

「もちろん、そうでしょう」

「あなたが望むなら一緒に来てはいけない理由はありませんよ」

ウィーランはうなり声で異議を表明した。「いや、遠慮しておきます。それは職務を逸脱する行為ですし、下手をするとクビが飛びますからね。あなたと自分とでは立場が違う。それにあなただって、不法侵入で訴えられる恐れがあるんですよ」

「彼女の夫が約束したんです、いっさいの責任は自分が負うと」

「ふむ。しかし約束というのは当てにならないものですからね。ここだけの話、自分ならあのワトキンという男の言葉を鵜呑みにしないでしょう」

「誰もが異口同音にそう言いますよ。その点は、私がこれまでに話をした人たち全員の意見が一致しています」

ウィーランはうなずいた。「転ばぬ先の杖、という諺もありますからね。あなたは自ら進んで厄介事に首を突っこむタイプには見えない。だからパイパーさん、何をするにしても、なんと言ったらいいか、くれぐれも用心して慎重に……」

「貴重な助言と情報をありがとうございます。調査に進展があったら必ずお知らせします」

「是非そうしてください、パイパーさん。不審に思うことなどひとつもないと太鼓判を捺してもいい。ただ、たしかにミス・ウォーレンには妙なところが、かなり奇妙なところがいくつかありますので」

ウィーランは首を横に振りながら再び鉛筆を手に取ると、メモ用紙のパイパーの名前の下にRAYNOR《レイノア》と書きつけた。「とりわけ腑に落ちないのは、ホルムウッド・コテージを売却するのは難しいとレイノアが思いはじめたことを、ミス・ウォーレンがいちはやく嗅ぎつけたことです。ふたりは面識がなかったはずなのに」

「それは是非とも解き明かしたい謎ですね」

第七章

コテージの前の芝生は数週間続いた日照りと雨不足でからからに乾き、一部は黄色く変色していた。花壇のバラの大半はすでに花弁を落とし、小道に沿って植えられたヴィオラは悲しげにうなだれている。手入れをされていない空気が庭全体を覆っていた。

門からポーチへ続く小道をパイパーが半分も行かないうちに、ミセス・タッドフィールドは玄関のドアを開けた。形のよい小さな顔に不安げな表情を浮かべている。

パイパーがポーチに達すると、彼女はひそめた声で言った。「誰にも見られてないといいけど。この村の人はみんな噂話が好きだから。ここへ来る途中で思ったの。うちの夫の耳に入ったらまずいことになるって。あたしがこの家で男と逢い引きして……」

気まずさが不安を上まわったらしく、彼女は自分の手に目を落とした。「どうか気を悪くしないで。悪気はないの。だけど、この手の問題で割りを食うのは女のほうだから……夫が海に出ているのをいいことに、とかなんとか陰口を叩かれかねないわ」

「気持ちはよくわかります。でも心配はいりません。どこにも人の姿はなかった。私がここへ来るのを誰にも見られていないと断言できます。それでも心配なら、門のところへ行って自分の目で確かめたら……」

「いいの、あなたが大丈夫って言うなら。あたしちょっと気が動転しているんだわ」

彼女は後ろへ下がって、ドアを大きく開いた。「入って。早く始めてちょうだい。何をするのか知らないけど、早く始めればそれだけ早く帰れるでしょう。レグ・オーウェンに約束しているのよ、今朝は開店の手伝いをするって」

パイパーが室内に入ってドアを閉めると、彼女はますます落ちつきを失い、いっときも口を閉じていられないみたいにしゃべりつづけた。「というのもね、ゆうべ彼の奥さんが具合を悪くして寝こんでしまったのよ。ひと晩寝てもベッドから出られなければ、人手が足りなくなる。それであたしがピンチヒッターを頼まれた……というわけ」

「できるだけ早く終わらせますよ。ミス・ウォーレンの手紙は持ってきてくれましたか」

「ええ。捨ててもよかったんだけど」――ハンドバッグを開けて、折りたたんだ封筒を取りだした――「取っておいて正解だったということになるかもしれないわね」

自らの発言に含まれる意味に気がついて、彼女はぎょっとした。パイパーに封筒を差しだすとき、その目はおびえているように見えた。

パイパーは手紙を二度読み返し、インクで手書きされた「P. W.」というイニシャルをじっくりと眺めた。「この手紙をどこで見つけたのですか?」

「あそこの暖炉の横のテーブルの上。電気スタンドに立てかけてあったわ」

「昨日の話では、手紙の存在にすぐには気づかなかったんですよね?」

「ええ。朝食のトレーを持って二階から戻ってきたとき、初めて気づいたの。彼女が突然旅に出たなんて知らなかったから、置き手紙があるとは思いもしなかった」

「当然でしょうね。しばらくこれをお預かりしても構いませんか?」

「ええ……どうぞ。何かの役に立つのなら」

「ご協力感謝します……。では、ミス・ウォーレンの寝室から見せていただけますか?」

玄関の鍵がかかっていることを確かめたあと、ミセス・タッドフィールドは二階へ続く階段をのぼりはじめた。あとに続くパイパーが接近しすぎるのを恐れているように、ちらちらと後ろを振り返りながら。

階段をのぼりきるなり、彼女は言った。「あの部屋よ……。とくに用がないなら、あたしは階下《した》でお茶でも淹れようかしら。あなたもいかが?」

パイパーはその誘いを断ったものの、二階の捜索につき合わせる理由はないと言って、彼女を引き止めなかった。訊きたいことがあるときは声をかければ済むことだから、と。見るからにほっとした様子で、ミセス・タッドフィールドは階段をおりていった。

ミス・ウォーレンの寝室のそろいの家具は、居間で目にしたのと同様に上等なものだった。クローゼットのなかの衣服もそこそこ値が張りそうだ。

靴や下着やアクセサリーにもかなりの金を費やしていた。パイパーはドレッサーの上の化粧品を手に取って眺め、引きだしのなかを再度確認したあと、べつの寝室に向かった。

そこには家具らしいものはひとつもなく、すりきれた四角い絨毯と小さな窓にレースのカーテンがかけてあるだけだった。からのスーツケースがドア近くの壁際に置いてあった。

洗面所で歯ブラシと歯磨き粉が持ち去られていることを確認した。洗面台の上の棚には医薬品がいくつか入っていた。アスピリン、絆創膏、消毒薬、カラミンローション。

普通の洗面所で普通に見られるものばかりだ。不審なものはひとつもない。

パイパーはミス・ウォーレンの寝室に戻った。彼女が旅立ったあとの部屋がこの状態だとしたら、必要最低限のものしか持っていかなかったのだろう。ひどくあわてた様子も緊急事態が発生した形跡もなかった。

……事前に友人の招待を受けていたなら、気が向いたときにさっと荷造りをして出立したとしても不思議はない。たとえ家政婦にとっては予期せぬ旅立ちだったとしても。その招待をいつ、どのようにして受けとったのかという疑問は残るとしても……。

だが、いまここで本人が帰ってきたら、パイパーはべつの疑問の説明に追われることになるだろう。たとえば彼女の私生活をこそこそ嗅ぎまわっているのはなぜか。どんな権利があって家主が留守中のコテージに勝手に入りこんでいるのか。村のあちこちで彼女の噂を訊いてまわっている目的はなんなのか。パイパーが夫に雇われていると彼女が知ったら、ひと悶着あるのは火を見るよりも明らかだ……。

ベッド脇の椅子の近く、壁際の絨毯の上で何かが光ったような気がした。よく見ようとして姿勢を変えると、小さな光は消えてしまった。光があった場所に視線をすえたまま、パイパーは椅子を脇によけてしゃがみこんだ。

絨毯の表面を壁に向かってゆっくりと慎重に指でなぞった。二度目に試みたとき、絨毯と壁の隙間に何かを発見した。

銀メッキを施した細長いガラスの破片だった。形は弓なりで、長さは一インチ半ほど。面取り加工をした鏡のへりの部分のように見える。片側はカミソリの刃のように鋭い。

自前のペンナイフを使って、絨毯と壁の隙間からそれを取りだした。パイパーが窓辺のあの場所に立っているときに光を反射していなければ、誰にも気づかれることなくずっとそこにあったかもしれない。どんな鏡の破片かはおおよそ見当がついたが、室内にそれらしきものはなかった。ミス・ウォーレンが割れた鏡を旅先に持っていくとは思えない。たとえ壊れたのが一部だとしても面取り加工をしたへりが欠けたのなら、その鏡は捨てられたにちがいない。ミセス・タッドフィールドなら知っているだろう。

破片をハンカチに包んで内ポケットにしまった。絨毯を隅々まで調べて破片がほかにないことを確認したあと、部屋から出て階下のミセス・タッドフィールドを呼んだ。

近くで待機していたらしく、すぐに答えが返ってきた。

彼女は階段をのぼってくると寝室のドアの前で足を止めた。落ちつきなく指を引っぱりながら、おびえた目でパイパーを見つめている。

「あまり長居しないほうがいいわ。こんなにかかるなんて――」

「この階はほぼ終わりました。それであなたにひとつ訊きたいことがありまして。ミス・ウォーレンは手鏡を持っていますか?」

ミセス・タッドフィールドの瞳に宿る不安が戸惑いにとって代わられた。「ええ、ドレッサーの上にあるでしょう」

「それがいまはないんですよ」

「へんねえ、あるはずなのに。いつも同じ場所に置いてあったのよ、彼女がここに移り住んでからずっと。卵形の鏡で、持ち手がついていて。プラスチック製だと思うけど」

ミセス・タッドフィールドはあちこち見まわして、目の届く場所にはないとわかると説明を加えた。

「ドレッサーとセットだったのよ。ブラシと櫛がそのへんに置いてあるでしょう。最後に部屋を片づけたときも、そのブラシと櫛は――」

「知りたいのは手鏡のことなんですよ。たぶん壊れていたはずだ」

「いいえ、壊れてなんかいないわ。旅に出る前の日も使っていたもの。見当たらないなら」――ミセス・タッドフィールドはそっけなく肩をすくめた――「きっと彼女が持っていったのね」

「そうかもしれない。彼女がほかに何を持っていったか教えてもらえますか」

「そうねえ、正確に言うのは難しいわ。彼女は服とかストッキングとかたくさん持っているから……だけどピンクのドレスが見当たらないから持っていったのね。あとは頭に巻くカラフルなシルクのスカーフ、それと」――ミセス・タッドフィールドは指折り数えている――「前の晩に着ていたネグリジェ。それであのとき思ったのよ……」

唐突に途切れた声は沈黙に吸いこまれ、漠然とした不安が彼女の目に再び表れた。

パイパーは続きを促した。「何を思ったんです?」

「ネグリジェのこと、へんだなと思ったの。あれは何日か着たあとだったし、彼女は毎日お風呂に入って下着や何かを新しいのに替えないと気が済まない人だから。彼女があの朝出かけたとき、当然洗濯したものを持っていったと思ったのよ」

「なくなっているのはその一着だけ?」

「そうよ。ほかにも三、四着持っているけど、全部ここにあるわ」

「彼女を最後に見たのはいつですか?」

「前日の昼食のすぐあとよ。あたしがコテージを出たのは、食器を洗ってそれをもとの場所に戻してキッチンを片づけたあとだから」

「どこかへ旅に出ることを考えている様子はなかったのですね？」

「まったくなかったわ。『じゃあ、これで帰ります、ミス・ウォーレン……』とあたしが言うと、彼女は『お疲れさま、ウィニー。また明日』と答えた。それだけよ」

「あなたが帰るとき、彼女は何をしていましたか？」

「マニキュアを塗っていたわ」

「この寝室で、ですね？」

「ええ。あたしが二階へ来て、彼女に帰ることを伝えたの」

「つまり、昼食後まもなくあなたが帰ったとすると、彼女がいつ出かけたのか実際には知らないということですね？」

「まあ、そうね。翌朝早くであることは間違いないけど。ベッドに寝たあとがあったから」

パイパーはきれいに整えられたベッドをちらりと見た。「あなたはこの部屋を片づけられたのでしょうね」

「片づけるものなんてほとんどなかったけど。彼女は洗濯物をひとつも残していかなかったのよ。下着とかストッキングとか。だから前の日と同じものを着て出かけたことになるわね」

「しかし、ホルムウッド・コテージに移り住んで以来ずっと、彼女はかなりのきれい好きだとあなたは常々思っていたわけでしょう？　つじつまが合わないことだらけですね」

ミセス・タッドフィールドの声はかすかに震えていた。「昨日あなたと話してからずっと考えていたの……そのこととか、ほかのことも。あたし心配になってきたわ、パイパーさん、ほんとうに心配だわ」

「当然でしょうね。話を聞けば聞くほど、不可解なことが増えていくばかりだ。ところで、ずっと考えていたほかのこととはなんですか？」

「彼女のマニキュア、ほとんど中身が残っていないほうを持っていって、買ったばかりのものを置いていったの。アイシャドウもそう。似合わないと本人が言っていたのを持っていったのよ。一度も使ったことがないはずなのに」

「よほど急いでいたのでしょうね」

ミセス・タッドフィールドはまた指を引っぱりはじめた。声に不安がにじんでいる。「それだけのことだと信じられたらいいのに」

「ほかにどんな可能性があると思いますか？」

「知らない……知りたくもないわ」戸口からあとずさりすると、おびえた目を再びパイパーに向けた。「あなた、あたしと同じことを考えているんでしょう――わかるのよ。昨日の保険の話は全部、この家に入って調べまわるための口実だったんだわ」

「否定はしません」

彼女の声は固くこわばっていた。「正直に白状しなさいよ。そうなんでしょ？」

「それならもう帰らせて。あたし怖いのよ……二度とここへは来ない。何があったかなんて知るもんですか。あたしにはまったく関係のないことだもの」

さらにあとずさる彼女にパイパーが言った。「怖がることなど何もありませんよ、タッドフィールドさん。この階は終わったので、あとは一階をざっと見てまわるだけです。一、二分もあれば片づくでしょう。そうしたければ、庭で待つこともできる」

「一秒でも早く退散したいけど……長くかからないと約束するなら、あと数分待ってあげてもいいわ」

彼女は先に階段をおりて玄関のドアを背にして立つと、パイパーが居間とキッチンを行き来するのを眺めていた。パイパーがミス・ウォーレンのタイプライターのありかをたずねたとき、「向こうの戸棚のなかよ」と答える彼女の手は震えていた。

パイパーはタイプライターを暖炉脇のテーブルの上に置くと、同じ戸棚で見つけた用紙をセットして例の置き手紙の文章を半分ほどタイプした。二通の文字を見比べ、手紙を打ちこんだのは間違いなくこのタイプライターだと確信した。

タイプライターを戸棚に戻したあと、パイパーは目的もなく室内を歩きまわって頭のなかを整理しようとした。ミセス・タッドフィールドのいらだちは募るいっぽうだった。

ようやくパイパーが口を開いた。「部屋のなかの様子は、あの朝あなたが来たときと変わりありませんか?」

「ええ……違いはその手紙があったことだけ。それだってあとで気づいたわけだけど……さっき話したとおりよ」彼女はそこで話をやめたが、何かが引かかっているふうだった。

「言っていないことがあるなら、どんな些細なことでも……」

「それがね」――彼女は窓をちらりと見て唇を湿した――「あそこのカーテンが閉まっていて、開けにいこうとしたとき椅子につまずいて転びそうになったの」

「どの椅子に？」

「そのドアの近くにあるやつよ」

背の低いひじかけ椅子だった。フリルのついた花柄のクレトン生地のカバーにすっぽりと覆われている。「いつもそこに置いてあるのですか？」

「違うわ。たいていもう少しドアの近くだった」

「つまり——このあたりでしょうか？」パイパーは椅子を持ちあげて一フィートほど右へ動かした。

怪訝な声でミセス・タッドフィールドが言った。「てっきり持っていったと思っていたわ」

「持っていったって、何を？」

「その白い靴」

それは椅子をよけた場所に置いてあった。片方は新品同様で、もう片方はヒールが折れ、爪先にすり傷がついている。

「彼女がこれを履いているのを最後に見たのは？」

長い沈黙のあと、ミセス・タッドフィールドは不機嫌に言った。「前の日よ——彼女が旅に出る前日」

「じゃあ、ヒールを折ったのは、あなたが帰ったあとということだ。こんな状態の靴を履いて歩けるわけがないからね。その日はほかにどんなものを身に着けていたんだろう？」

「白い麻のドレスを着ていたわ」

「それはいま二階のクローゼットのなかに？」

ミセス・タッドフィールドは二度言葉を呑みこんだあとで「ないわ」と答えた。血の気が引いて口のまわりがやけに白っぽく見えた。

「ここや寝室を片づけているとき、折れたヒールの先を見かけませんでしたか?」

「いいえ……もちろん、それはとても小さなものよね。それに、どこか外に出かけたときに折ったのかもしれない」

「念のため確認しても損はない。あなたが手伝ってくれたら見つかるかもしれない。この部屋のどこかにあるとすれば」

ミセス・タッドフィールドは手伝うふりさえ見せず、パイパーが居間を隈なく探してまわるあいだ、玄関のドアの前から動かなかった。

ひととおり見てまわったあと、パイパーが言った。「ふむ、それらしきものはなさそうだ」

ミセス・タッドフィールドがドアノブに手をかけた。「じゃあ、もう帰れるのね?」

「ええ、たぶん。ほかに見たいものもないし――差し当たりは。改めて来ることになるだろうけど――」

「あたしはもう来ませんからね。昨日お金をくれたときに、残りはここで渡すと言ったでしょう」

――彼女はドアを開けてポーチに出た――「鍵は不動産屋のレイノアさんに渡すことにしたわ。これからは彼がホルムウッド・コテージを管理するでしょうね」

「もっといい考えがある。その鍵を私に預けてくれませんか? もう一度室内を調べたあと、責任を持ってレイノアさんに渡します」

「まあ、だめよ。それはいけないことだわ」

「どうして? ゆうべ私はあなたに五ポンド払いましたよね。そしてまだ五ポンドの借りがある。それを十ポンドに引きあげると言ったら？　レイノア氏にはこう説明すればいい――私が彼を訪ねると知ったあなたは、パーリーへ出向く手間を省くために鍵を私に託した、とね」

ミセス・タッドフィールドは考えるふりをした。良心と闘う女の表情や所作をひとわたり演じたあとで言った。「いいわ、面倒に巻きこまれることは絶対にないとあなたが断言するなら……」

パイパーは十ポンドを渡して鍵をポケットに入れた。玄関のドアを閉めて無言で門まで歩いた。

オックステッドへ通じる狭くてほこりっぽい道まで来ると、パイパーはたずねた。「ミス・ウォーレンは車を持っていませんよね？」

「ええ」ミセス・タッドフィールドはホルムウッド・コテージを振り返り、安堵の長いため息を漏らした。「もう二度と来るもんですか……どんなにお金を積まれたって絶対に来ない。あの家にいるとなんだかぞっとするの。そんなふうに感じたことなかったのに、彼女が――彼女がいなくなる前は」

「彼女はどうやって村へ行っていたのですか？」

「気が向いたときは歩いていたわ……あたしみたいに」

「気が向かないときは？」

「バスに乗るのよ。あそこの標識が立っている場所から。パーリー発のバスが三十分ごとに通過するの」

「ここへ移り住んでから彼女がパーリーに行ったことがあるか知っていますか？」

「たぶん……彼女から聞いた話からして、一度や二度はあるんじゃないかしら」

「コテージの前を通るこの道を走るバスはないのですか？」

「ないわ。パーリーからオックステッドへ行くバスはべつの道を通るのよ。そろそろ行かなくちゃ。

レグ・オーウェンと約束したから……」

「ご協力ありがとうございました、タッドフィールドさん。最後にもうひとつ。ミス・ウォーレンがウィントリンガムかパーリーかどこかへ出かけて、途中で靴のかかとが折れたとしたら、彼女はどうしたと思いますか？」

ミセス・タッドフィールドは早く立ち去りたくてそわそわしていた。「まあ、あんな状態で長い距離を歩くのは無理でしょうね」

「バスに乗らざるを得なかったということですか？」

「乗ったとしても問題は残るわね。さっき言ったとおり標識のところでバスを降りなきゃならないわけだから……コテージまではゆうに四分の一マイルはある。片足で歩くには長い道のりだわ」

「靴を両方とも脱いで、ストッキングで歩いたのかもしれない」

「こんな砂利だらけの道、痛くてとても歩けないと彼女は思ったはずよ」

「それなら、どうやって家に帰ったと思いますか？」

「タクシーよ、もちろん……もしくはタクシーのようなもの」おびえた目でもう一度ホルムウッド・コテージをちらりと見てつけ加えた。「彼女にその程度のゆとりはあるわ」

「ウィントリンガムでタクシーに乗れるんですか？」

「ええ、ボイドが――自動車の修理工なんだけど――個人タクシーをやっているの」

カーブの向こうから大型車両が近づいてくる音が聞こえてきた。ミセス・タッドフィールドはあわてて言った。「見知らぬ男と立ち話をしているのを見られたくないの、悪いけど……」

「構いませんよ。どうもありがとう。当然ながらここで話したことは他言無用ということで、いいですね?」

「言うわけないでしょ、頭がおかしくならないかぎり……」

彼女が二十ヤードほど歩いたところで、カーブの向こうから農業用トラクターが姿を現した。そのときすでにパイパーは、炎天下を長時間歩いてきたという体《てい》で、道沿いの草深い土手に腰をおろしていた。

運転手がミセス・タッドフィールドに手を振り、彼女が軽く応じるのが見えた。その後トラクターは走り去り……灰色の土ぼこりがゆっくりとおさまって……騒々しいエンジン音が遠ざかり、やがて聞こえなくなった。

五分経過すると、パイパーは立ちあがって同じ方向へ歩きだした。ずっと白い靴のことを考えていた——あの優美なハイヒールは、パトリシア・ウォーレンが最後に目撃されたときは無傷の状態だった。その後、どこかの時点で彼女はヒールを折った。

……彼女は外出し、最終的に家を出る前にいったん帰宅したにちがいない……。どうしてあの靴を居間の床の上に置いていったのだろう……。

ドアの近くに置けば忘れないと思ったのでは……村へ修理に持っていくようミセス・タッドフィールドに頼むつもりだったのかもしれない。

それならどうして手紙に書かなかったのだろう。それとも、自分は些細なことを大げさに考えすぎているのだろうか。

かかとの折れたハイヒールで足を引きずりながらコテージに戻る彼女を、パイパーは想像した。やっとの思いで家にたどりつき、安堵のため息とともに手近な椅子に倒れこむ……靴を脱ぎ、床の上に放りだす。その後、べつの靴を取りに二階へ行っただろう。

依然として疑問は残っていた。あんな華奢なハイヒールで出かけたということは、最初から長い距離を歩くつもりはなかったのだろう。しかし、車やバスに乗ったのならヒールを折ることはなかったのではないか。

……車を降りたあとで折ったのかも……道路を横断するとき……階段をおりるとき……。

もし彼女が家から遠く離れた場所にいたのなら、例えばパーリーやウィントリンガムやオックステッドだったら、タクシーで帰ってきただろう。いずれにしても、彼女はその日の午後から夕方かけてどこかへ出かけ、帰宅し、それから……それから何があった？

知り合いに車で送ってもらったのか。あるいは、帰宅後に誰かが訪ねてきたか――その訪問者は彼女の失踪に関わっているにちがいない。

これは間違いなく失踪だ。その点について、もはやパイパーはいささかの疑いも持っていなかった。六月二十六日の午後もしくは夜に起きたことを、パイパーは何度も頭のなかで再現した。彼女はあの華奢なハイヒールで外出した。つまり徒歩で遠くへ行く予定はなかったということだ……ウィントリンガムでさえ二十分以上かかるのだから、歩いては行かないはずだ。

道が二股に分かれているあの標識の前で、彼女はバスに乗ったのかもしれない。ウィントリンガム行きか、あるいは反対方面のパーリー行きか……そっちはロンドンを含むいくつかの街に通じている。彼女のような目立つ外見の女を見かけたら簡単には忘れないだろう。あの日の彼女は記憶に残っているはずだ。ヒールの折れた靴で彼女がいつ、どうやって帰宅したのかを知る人がいるかもしれない。

少なくともそれがとっかかりになるだろう。

第八章

自動車修理工のボイドは可能性のひとつを排除してくれた。ミス・ウォーレンはウィントリンガムに引っ越してきて以来、彼のタクシーに乗ったことは一度もないという。

「……ああ、その女なら顔は知ってるよ。このあたりで知らないやつはいないさ。よそ者は噂話の格好の種だからね——それが美人の若い女となりゃなおさらだ」

「男と一緒にいるのを見かけたことはありませんか？」

「ないね。若い連中のなかには、会えば言葉を交わす仲になりたがってるやつもいたけど、向こうはお高くとまって相手にしやしない。ここへは本を書きにきたって話だが、姿を見かけることはめったにないね」

「私がここで彼女の話をしたことは内緒にしてもらえるとありがたいのですが」

「ああ、誰にも言わないよ。俺には関係ないことだ……それにこのへんの連中はゴシップを嗅ぎつけるのが得意だからな、俺がわざわざネタを提供しなくても……」

パーリーに本拠を置く北部サリーバス会社は、そこからケータラムとゴッドストーン行きのバスを十五分毎に運行している。加えて三十分に一本、ウィントリンガムとロング・ホートンほか六つの地域を結ぶ便があって、終点のセブノークスまでおよそ二十マイルに及ぶルートを走っている。

旅客輸送副責任者の全面的な協力により、パイパーは六月二十六日の午後及び夜間勤務の乗務員に質問をする機会を得た。パーリー発ウィントリンガム経由セブノークス行きに乗務していた車掌と運転手に話を聞きおえたときには、三時間近くが経過していた。

オックステッドとの分かれ道で、パトリシア・ウォーレンと人相風体が一致する若い女を乗せた記憶のある者はひとりもいなかった。「……ずいぶん時間が経ってますからねえ……三週間前でしょう、そのあいだに大勢の客を運んでいるんですよ」

彼女を乗せたことがあると断言する運転手がひとりいた。だがそれは六月二十六日よりも前のことだった。べつの運転手は、タバコを買いにバスを降りたとき、ウィントリンガムの店先で彼女を見かけたことがあるという。

出勤直後もしくは勤務明けの乗務員を捕まえて、ひとり一、二分ずつ話を聞いた。三時間近くが経過しても、パイパーはスタート地点から一歩も進んでいなかった。

勤務表に変更があれば、パイパーに渡されたリストから名前が漏れた乗務員もいるかもしれない。旅客輸送副責任者はその可能性を認め、リストが必ずしも正確ではないことを否定しなかった。実際の勤務状況を確認するには時間がかかります、しかし、パイパーさんがお待ちになるなら……あるいは明日出直されるなら……。

求めていた情報を与えてくれたのは、ジャマイカ人の女車掌だった。パットの写真を見るなり、この女性なら覚えていると彼女は言いきった。

パーリーのターミナルからふたつの目の停留所で乗りこんできて、ウィントリンガムまでの切符を買い求めたという。

「……よく覚えています。二十六日で間違いありません。なぜかというと、セブノークス発八時三十分の便が、あたしにはその週最後の乗務だったからです。ここへ着いたのが十時五分。だけどあの夜、同僚が急に体調を崩して、あたしが代わりを買ってでたんです」

彼女は白い歯を輝かせてにっこり笑った。「ロング・ホートン止まりだからいいかなと思って。最終便はお客さんもほとんど乗ってこないのでたいてい座っていられるし……だからその写真の女性のことも覚えているんです」

「ロング・ホートンへ向かうそのバスがここを出発した時刻は?」

「十時二十分か二十五分です」

「そして数分後に彼女を乗せた?」

「ええ。彼女が乗った停留所はここから遠くありませんから」

「ウィントリンガムに着いたのは?」

「十一時ころです。でも」――ジャマイカ娘は首を横に振ってまばゆい笑顔を見せた――「その若いご婦人はウィントリンガムへは行かず、手前の停留所で降りました」

「それは道路が二股に分かれていて、標識が立っている場所かい?」

「はい、おっしゃるとおりです。オックステッドのほうへ行く道があって、夜はひとけのない寂しい場所でもあります」

「ほかにバスを降りた客はいなかったかな? 彼女が降りたときに」

「いいえ。ほかには誰も。あの女の人はどこへ行くんだろうと不思議に思ったことを覚えています。

あたしの知るかぎり、あそこと村のあいだに家は一軒もありませんから」

「彼女がどんな格好をしていたか説明できるかい？」

大きな黒い目を見開いてジャマイカ娘は言った。「まあ、ええ、できますとも。明るいオートミール色のコートに、なかは白いドレス、それと、すてきな白い靴を履いていました。うっとりするくらいきれいだった。その写真よりも実物のほうがずっといいわ」

「バスを降りたあと、彼女がどっちへ行ったかわかるかい？」

「いいえ」ジャマイカ娘の顔から笑みが消え、真剣な目でたずねた。「あのご婦人に何かあったのですか？」

パイパーは言った。「そうでないことを祈っているよ」


パーリーでの聞きとりを終えたパイパーが向かったのは、例の標識のあるY字路だった。道端の生け垣に寄せて車を停めると外へ出た。

午後遅くの陽射しを背中に受けながら、パイパーはホルムウッド・コテージまでの四分の一マイルを歩いた。視線は常に目の前の路上にそそがれていた。パトリシア・ウォーレンは六月二十六日の夜、バスを降りたあと同じ経路をたどって帰宅したはずだ。その時点では彼女の右足のハイヒールに異常はなかった。

あのジャマイカ娘は鋭い観察眼の持ち主だし記憶力もいい。オートミール色のコートと白いドレスをまとった魅力的な若い女が、バスを降りるときに不自然な歩き方をしていたら気がついただろう。

とすると、アクシデントは標識とホルムウッド・コテージのあいだの路上で起きたにちがいない。

すでに調べて成果のなかった場所だが、もう一度トライする価値はある……。

今回も収穫はゼロだった。コテージ前の私道にも折れたヒールのかけらは落ちていなかった。さらに慎重に来た道を一歩ずつ引き返した。路上を隅々まで丹念に調べ、それらしきものを見つけると立ち止まって仔細に眺めた。

木と皮革から成る細いヒールの先は、道端の草むらにまぎれこんだのかもしれない。そんな考えがパイパーの頭をよぎったのは一度ではなかった。通りがかりの車のタイヤに弾き飛ばされたのかもしれない。小石ならよくあることだ。もはやどこに落ちていても不思議はなかった。

見つかる可能性はほとんどない。パイパーの根気を支えているのは、探しているのは小石ではないという事実だけだった。もし車に轢かれたのなら、粉々になって土ぼこりと入り混じっているはずだ。いまのところ、それらしきものは見当たらないが。

標識まで戻ると、パトリシア・ウォーレンがバスから降りたったと思われる場所を隈なく捜索した。そんな夜の遅い時刻に、彼女が当てもなく歩きまわったとは思えない。だが、道路をまっすぐ横断したとすれば……。

ふたつの考えがほぼ同時にパイパーの頭に浮かんだ。折れたヒールは彼女が持ち帰ったのかもしれない、と思うのと同時に、標識の土台周辺の砂利や雑草のなかも探してみようと思いたった。

そこで初めて発見らしい発見があった——口紅のついたタバコの吸殻が一本。近くのやわらかい土の上には、ハイヒールの跡と思われる小さなへこみも数カ所あった。

それから数秒後にパイパーは探していたものをついに発見した。折れたヒールだ。もはや何が起きたのかは明白だった。

あの晩、十一時を過ぎたころ、パトリシア・ウォーレンはこの場所に座ってタバコを吸いながらどうすべきか思案していた。吸ったのは一本だけ……ここにいたのはおそらく十分程度だろう。それから彼女は帰途についた。

四分の一マイルほど離れたコテージまでヒールの折れた靴を履いて帰ったのなら、靴には左右ともかなりの損傷が見られるはずだ。だが左足の靴は新品同様だった。

一方、靴を脱いで歩いて帰ったのなら、家にたどりついたとき、薄いナイロンのストッキングはひどく汚れてあちこち破れていたにちがいないし……パトリシア・ウォーレンが汚れたストッキングを履いて旅に出たとは思えない。

そしてミセス・タッドフィールドは泥だらけのストッキングを洗ったとも、足の裏が破れたストッキングを捨てたとも言っていなかった。そういうことがあったら居間でヒールの折れた靴を見つけたとき話題にしたはずだ。

ミセス・タッドフィールドに改めて訊いてみようとパイパーは思った。その後、もう一度ホルムウッド・コテージを訪れるつもりだった。

ミセス・タッドフィールドは汚れたり破れたりしたストッキングに心当たりはなかった。ストッキングどころか洗濯するものはひとつもなく、そのことを奇異に思ったという話を彼女は繰り返し語って聞かせた。

パイパーは必要を感じて最後にたずねた。「ミス・ウォーレンが靴を何足持っていたかわかりますか？」

指を使って無言で唇を動かしながら、ミセス・タッドフィールドは慎重にかぞえた。そしてきっぱりと言いきった。「五足ね……居間の椅子の下にあった、あの真新しい白のハイヒールを除いて。お望みならどんな靴があるか説明できるわよ。爪先がエナメルの黒のスウェードでしょ、赤いトカゲ革に……」

「ありがとう。だけどどんな靴かは問題じゃない。彼女が全部で六足の靴を持っていたことがたしかならそれで充分です」

自信たっぷりにパイパーを見返すミセス・タッドフィールドの目が、何かを察知したらしくかすかに揺らいだ。その何かとは、パイパーがもはや疑う余地はないと考えていることだった。パイパーは彼女の胸の内が手にとるようにわかった。


ラジオの天気予報が、夜間に局地的な大雨を伴う落雷の恐れがあると告げていた。パイパーが九時十分過ぎに〈ロイヤル・ジョージ〉を出たとき、陰気な黒雲に覆われた空はいまにも泣きだしそうだった。

宿の裏庭から車を出してホルムウッド・コテージへ向かった。二百ヤードほど通過して茂みのなかに車を停め、歩いてコテージへ引き返した。

居間は薄暗く、二階もたいして変わりなかった。コテージは内も外も静寂と重苦しい空気に支配されていた。

パーリーとウィントリンガムを結ぶ道の方角から、行き交う車の音がときおり聞こえてきた。風を切り裂くようなバイクのエンジン音や、遠い話し声、自転車の軽やかなベルの音も混じっている。しかし、どれもみなはるか彼方から響いてくるようだった。

立ち止まって耳を澄ませても、聞こえてくるのはパトリシア・ウォーレンと名乗る女になんの思いも関心も持たない人々が、おのおのの手段で目的地へ向かう遠い物音だけ。パイパーは彼女がすぐ近くにいるような気がした。静まり返った寝室を歩いているとき、床板がかすかに軋み、かけ金の小さな金属音とともにドアが閉まり、再び開いた。隙間風が吹きこんでいるらしい。

クローゼットの前に達すると、パイパーは立ち止まってゆっくりと振り返った。部屋のドアが音もなく一、二インチほど開き……ラッチボルトが金属の受け座に当たる、かちゃりという音とともに閉じた。ドアは開いては閉じ、閉じては開くを繰り返す……。パイパーはしばしその場にたたずんでいた。

馬鹿げた考えが頭に浮かんだ。階段のてっぺんに誰かがいて、ドアの隙間からこっちを見ているのではないか。静寂と陰鬱な空気に満ちたこの家で、彼が何をしているのか見張っているのではないか。誰もいないことは重々承知していた。このコテージにいるのは自分ひとりだし、いたずらに妄想を膨らませるのは愚かなことだという自覚もあった。

パトリシア・ウォーレンは留守だ。たとえ彼女が帰ってきたとしても、侵入者を驚かせるために足音を忍ばせたりしないだろう……たとえ彼女が帰ってきたとしても。

ミセス・タッドフィールドの表情をパイパーは思いだした。彼女がコテージを振り返って、〝……もう二度と来るもんですか……。あの家にいるとなんだかぞっとするの。そんなふうに感じたことなかったのに、彼女が――彼女がいなくなる前は……〟と言ったときの表情を。

彼女が〝ぞっとする〟と呼んでいたものに、パイパーはとり囲まれている気がした。実際に重さのある何かが心にのしかかってくるのを感じながら、クローゼットの両開きの扉を開けた。

窓から射しこむ薄明かりを頼りに靴の数をかぞえた。床から数インチの高さに渡した二本の金属棒、靴はその上に整然と並べられていた。いったんかぞえたあと、念のため靴を取りだして絨毯の上に並べてみた。

……全部で五足……。ベッドの下やドレッサーの後ろなど隈なく探したがそれ以外に靴は見つからなかった。さらに客用の寝室とバスルームとトイレも調べた。

靴はほかに存在しないという消極的証拠を完璧にするべく、一階へおりてキッチンも確認した。ミス・ウォーレンの寝室に戻ったとき、部屋はさらに暗く、ものが見えにくくなっていた。

風はぴたりとやみ、淀んだ空気が息苦しかった。北の方角から遠い雷鳴が聞こえたような気がした。ものを考えるのが難しくなっていた。

五足の靴をクローゼットに戻しながらパイパーは思いをめぐらせた。……この五足とヒールの折れた靴を合わせて六足……。ミセス・タッドフィールドも靴は全部で六足あると言っていた……。それでもパイパーは念のため家じゅうを二度にわたって捜索した。どこかにあるなら見つかっているはずだ……。

そのとき、突如としてスタンリー・ワトキンの言葉がパイパーの脳裏をよぎった。〝……僕の思い違いならいいんですけどね……でも、妻が戻ってくるとは思えない。おそらく妻はもう死んでいる〟

最後の日となる六月二十六日、彼女は昼食後まもなくそのドレッサーの前に座っていた。そして翌二十七日の朝九時には姿を消していた。

そのあいだに彼女はパーリーを訪れ、終バスで帰途につき、例の標識の前で降車した。いったん自宅に戻ったにちがいない。さもなければ、出かけるときに履いていた靴が居間の床の上に置いてあるはずはない。

いつ、どのようにして彼女は手鏡を壊したのだろう。割れた鏡やフレームを誰が片づけたのか？割れた鏡をわざわざ持ち去った理由は？

答えはひとつ。パイパーは薄暗い階段を慎重におりて、外へ出た。

小道をたどってコテージの裏手へまわると、雑に刈られた四角い芝生の庭があった。三方をリンゴの木とラズベリーの低木が囲み、さらに金網のフェンスで庭全体をぐるりと囲ってある。フェンスの向こうには背の高い雑草が生い茂っていた。

フェンスには裏口のドアと同じ高さの格子戸が設けられ、そこから道路に向かって踏み分け道が伸びている。

……たぶん、村の商店や牛乳屋がこの格子戸を通って裏口から配達するのだろう。そうすれば、注文された品物を直接キッチンに運びこむことができる。何人かの店主に訊けば簡単に確認できることだ。そのための時間は充分にある……。

道路を渡ると、そこは草木が鬱蒼と生い茂る雑木林だった。左右を農地にはさまれたその雑木林は奥へ行くほど広くなり、密生する木々のあいだを土や木の根がむきだしになったでこぼこ道が縫うように続いている。

林のなかは暗かった。パイパーは胸騒ぎを覚えながら隘路を進んだ。

曲がりくねった道はやがてゆるやかなのぼりに変わった。そのあたりの土地はウィントリンガムの村はずれに向かってなだらかに上昇している。じきに樹木がまばらになり、さらに数分歩くと開けた場所に出た。そこから道は空積みの石垣に沿ってうねうねと丘をのぼり、村の外縁を通って東へ伸びている。

林を抜けて十分ほど歩いたところで、嵐の到来を告げる黒雲が消えていることにパイパーは気がついた。空は晴れわたり、燃えるように赤い夕陽を浴びて聖ミカエル教会の窓ガラスが黄金色に輝いている。

パイパーの左側、丘に囲まれた盆地にウィントリンガム村がある。彼がたどってきた道は村の少し先でロング・ホートンへ至る道に合流した。道の両側には立派な屋敷が建ち並んでいる。

ドミノの合間に耳にした噂話をパイパーは思いだした。ここは裕福な人々が住む地区だ——ロンドンの株式仲買人、衣料品の製造業者、チェーンストアの経営者……開業医のドクター・クック……神経症を患っている弁護士のヘイル。

ひときわ年代を感じさせる屋敷は、裁判官サー・ウィリアム・アランデールのものだろう。比較的新しい二軒は道路からやや奥まったところに建っている。いずれ劣らぬ堂々たるたたずまいの、多彩な様式で建てられた石造りの屋敷には、設備の整った庭やイボタの垣根や錬鉄製の門が備わっている。

パイパーはそこに暮らす人々を想像した。ウィントリンガムの村にほど近い——だが、近すぎない場所に住む八人の資産家。彼らの出入りを気にとめる者はいないし、夜更けに帰宅したことを記憶している者もいないだろう。しかも、裕福な八人が自家用車を所有していることは間違いない……。

ウィントリンガムとその周辺の住民が所有する車は、種類を問わず何台くらいあるだろう。自動車修理工のボイドは個人タクシー用の車を持っている。牛乳屋はたぶん小型トラックを……食料雑貨店や肉屋もそうだ……自転車で配達するという手もあるが。農家にも一台や二台はありそうだ。

目当ての人物を見つけだすには、捜索の範囲を広げる必要があるかもしれない。しかし、その人物は間違いなくこのあたりに住んでいて、六月二十六日の夜の行動を問われたら答えに窮する可能性がある。なぜならその人物こそが、あの夜パトリシア・ウォーレンを自宅へ送り届けたからだ。それはもはや必然的結論だった。

来た道を引き返す途中で、聖ミカエル教会が十時の鐘を打ちはじめた。嵐の脅威が去るとともにパイパーの胸騒ぎもおさまっていた。いまや問題は彼の手を離れようとしていた。パトリシア・ウォーレンと名乗る女を自力で見つけられるとは思っていなかった。それはもっと装備や体制が整った専門家の仕事だ。個人では用いることのできない手段を、警察は意のままに行使する力を持っている。

警察は必ず彼女を見つけだすだろう。彼女の靴にまつわる話や、洗濯を要する汚れた下着やストッキングがひとつも残されていなかったというミセス・タッドフィールドの話を語って聞かせれば、たとえ彼女がどこにいようと、彼らはきっと見つけだす……。

割れた手鏡が持ち去られた件にも警察は興味を持つはずだ。それはホルムウッド・コテージに住んでいた女の失踪と関係があるにちがいない。標識の前でバスを降りて靴のかかとを折った夜、彼女はコテージから行方をくらました。

ひとつ見過ごしていた問題があることにパイパーは思い当たった。ミセス・タッドフィールドによると、ドレスや化粧品を含めていくつかのものがコテージからなくなっているという。それらはどうやって持ち去られたのか。ミス・ウォーレンは旅行用のスーツケースをいくつ持っていたのだろう。

あたりは一段と暗くなっていた。捜索を続けるには明かりが必要だし、明かりをつければ通行人に見とがめられる恐れがある……だが、そんなことを案じている場合ではない。優先すべきはスーツケースの数をかぞえることだ。そうすれば明日の朝、ウィニーに確認をとることができる。

空積みの石垣は不規則に蛇行しながら斜面をくだり、雑木林の手前で終わった。どれほど多くの人がこの道を通ってきたのだろうとパイパーは思った。この古色蒼然たる石垣は何世代にわたって冬の突風や夏の暑さに耐えてきたのか……。たぶん父と子がふたりで、ハンマーと集めてきた石だけを用いて築きあげたのだろう。

雑木林に目を移すと木々の大半もまた古かった。おそらく中世の森の一部であったそれらの木々の祖先を、人間たちが伐採して道を作り、オックステッドの街へ人や商品を運べるようにしたのだ。その森もいまでは小さな雑木林となり、道もほとんど使われていないようだ。人々はバスに乗り、べつのルートを通って街へ行く。ホルムウッド・コテージの周辺を通る者はめったにおらず、人目のつかない場所にぽつんと一軒建っている。そうした環境を求めてパトリシア・ウォーレンはあそこへ移り住んだのだ。

パイパーの頭のなかには明確な筋書きができあがっていた。スタンリー・ワトキンと結婚したあと彼女がどんな人生を歩んできたかは想像するまでもない。ページを開いたままの本を読むようなものだ——その本には抜けているページがあるが……。

あの晩、パーリー発のバスを降りたとき、彼女は何を考えていたのだろう。つまずいて靴のかかとを折っていなかったら、長い目で見たとき、彼女の行きつく先に大きな違いはあったのだろうか。

彼女の人生というパズルにはおそらく空白があって、その空白に合うピースはいくらでもあった。

標識の前で起きた小さな出来事はたまたまそのひとつだったのだ。

まるで宿命論者だな、とパイパーは自嘲した。宿命論は人を悲観的にする。パトリシア・ウォーレンのこととなると、どうして悪い結末しか想像できないのだろう。

あれこれ考えるうちに再び雑木林に足を踏み入れていた。林のなかはいちだんと暗かった。沈みゆく陽の光が木々の隙間からときおり射しこんでくるものの、夕闇は茂みのなかに色濃く影を落とし、道にはびこる木の根に注意して歩かなければならなかった。

前にもここへ来たことがあるという既視感がパイパーをとらえた。この場所には見覚えがある。空を覆う樹木の天井、足もとに描きだされる光と影のまだら模様、そのなかをでこぼこ道がうねうねと続いている。陽が沈む間際の静けさにもなじみがあった。

そうした感覚を味わうのは初めてではない。多くの人が同様の経験をすることをパイパーは知っているし、具体的なメカニズムも解明されている。意識が弛緩した瞬間に無意識に受けた印象が、一瞬遅れて過去の経験の記憶としてよみがえる、とかそういうことだ。

もちろん、さっき通った道を引き返しているわけだが……先ほどとは光の加減も雰囲気も違っていた。パイパーの心に影響を及ぼしたのはその雰囲気だった。

長く忘れていた記憶がよみがえり、頭のなかでくっきりと像を結んだ。思いだしたのは幼いころの出来事とそのときに感じた子どもらしい恐怖だった。帰宅途中に襲われた人にまつわる断片的な言葉……母と母の友人のあいだで交わされた会話の切れ端……息子が立ち聞きしていたことに気づいたとき母の目に浮かんだ無言の警告……。

その後の数カ月間、誰もいない部屋に入って暗闇にひとりで立っていると、いつもわれを忘れるほどの恐怖に襲われたことをパイパーは鮮明に思いだした。誰かが自分のすぐ後ろに立って、にやけた目でこっちを見ているという身の毛がよだつ感覚に悩まされなくなるには、長い歳月を要した。どんなに馬鹿げていようと、パイパーはいま、年端もゆかぬ子どもだった遠い昔と同じ感覚に襲われていた。その感覚は森に足を踏み入れたとき背後からそっと忍びより、もはや無視できないほど強まっていた。お化け《ブギーマン》を怖がるには年齢《とし》をとりすぎているぞと自嘲しつつ、後ろを確かめずにいられなかった。

前も後ろも誰もいないし、聞こえるのは踏み固められた小道を歩くおのれの足音だけ。自分ひとりだとわかっていた。これはただの錯覚だ。遠い過去の記憶が生みだし、想像力によって強化された幻にすぎない。

オックステッド・ロードに出れば消えてなくなるはずだ。あと百ヤードかそこらでたどりつく……。お化けが怖くて鳥肌が立ったことを告白すれば、いい笑い話になるだろう……。

次の瞬間、少年時代も懐かしい人々も遠い昔の出来事も、いっぺんに頭から消えた。前方の薄暗がりに、パイパーの目が何かをとらえた。それはオークの木の根もとを覆う茂みのなかにあった。丸めた新聞紙のようだ……たぶん風で飛ばされてきたのだろう……あるいは行楽客が捨てたのか……。しかし、新聞紙にしては嵩《かさ》がありすぎる。下生えに半ば埋もれているのは、もっとちゃんとした形のあるもののようだ。

ミセス・タッドフィールドの声がまたしても頭のなかでこだました。〝……あの家にいるとなんだかぞっとするの。そんなふうに感じたことはなかったのに、彼女が――彼女がいなくなる前は……〟

パイパーはいま、それと同じ感覚に襲われていた――幼いころ夢に見たよりもずっと邪悪なものに囲まれている気がした。このまま立ち去りたいという衝動を抑えて道をはずれ、行く手を阻む下生えのなかに足を踏み入れた。

やぶをかき分ける手はぎこちなく、暗くて視界がきかなかった。棘に引っかかれながらようやく目的のものが見えるところまで来た。それは大きなシダの葉や枯葉でおおざっぱに覆われていた。拾った枝で枯葉の山を払うと、何かがわらわらと逃げだした。よく見ようと身を乗りだした瞬間、アオバエの大群がいっせいに飛びたち、あわててやぶのなかへ姿を消した。強烈な悪臭が鼻をつき、それ以上近づくことはできなかった。

だが、必要なことはすべて見てとった。ひと目で充分だった。ひと目見てパイパーは捜索が終了したことを悟った。

第九章

彼女はあおむけに倒れていた。両腕を力なく投げだし、めくれた白いドレスのスカートが頭部を覆い隠している。下着やストッキングは土と泥にまみれ、あたかも精根尽き果てるまで必死にあがいたかのようだ。顔をすっぽりと覆うスカートに染みこんだ血はすっかり乾いていた。

パイパーはスカートを持ちあげて彼女の顔に無理やり目を向けた。とたんに胃のなかのものがせりあがってきた。たまらず顔をそむけて立ちあがり、目を固く閉じたまま吐き気がおさまるのを待った。

パイパーが瞬時に理解したことを、不吉な声が頭のなかで復唱しはじめた。〝……彼女は三週間近くここに放置されていた。ずっと暑い日が続いていたし、地中には腐肉を好む清掃昆虫《スカベンジャー》が棲んでいる。もはや彼女は人間ではない。腐りゆく屍《しかばね》だ……顔はない……めった打ちにされて肉と骨のかたまりと化している。かつて彼女は生きていたし、誰もが認める美貌の持ち主だった……それがいまは見る影もない……〟

大家のミセス・ビルケットの声が聞こえてきた。デブで口髭の生えたミセス・ビルケットが言っていた。〝……パットはとびきりの美人なのよ。……あたしにあれだけの美貌があったら、こんなごみ溜めに座ってやしないわ……〟

しばらくすると、パイパーは勇気を奮い起こしてもう一度彼女を見た。立ち去る前にいくつか確認しておかなければならない。その後、しかるべき人々の手に委ねることになるだろう。ストッキングの足裏は破れ、無数の小さな傷から血が出ていた。片方の膝に棘で引っかいたと見られる長い傷があった。頭の近くに血まみれで枯葉が付着した石が転がっていた。

〝……彼女は帰宅後、居間の椅子に腰をおろして靴を脱ぎ、それから二階へ向かった。何者かが彼女と一緒に帰宅したか、あるいは彼女を待ち伏せていた……。おそらくふたりは口論になり……おそらくかっとした相手が凶行に及んだ……〟

聖ミカエル教会の時計が十時四十五分の鐘を打った。すでに陽は沈み、闇が迫っていた。一羽の鳥が樹上で眠たげな鳴き声を上げ、それきり静かになった。

〝……彼女はとっさに手鏡をつかんで身を守ろうとしたがうまくいかず、コテージを飛びだして道路を横ぎり、森のなかへ逃げこんだ。そこで犯人は彼女に追いついた……。激しくもみあいながら犯人は手近な石で彼女を殴りつけた。黙らせたかっただけかもしれない……殺すつもりはなかったのかもしれない……〟

頭上で枝葉がこすれ合う音が聞こえ、一羽の鳥が飛びたった。丘の向こうの村で犬が物悲しげに吠えはじめた。

〝……たぶん最初の一撃では死ななかったのだろう。それにしてもこれはやりすぎだ……あるいは犯人はそれほど彼女を憎んでいたのか。返り血を浴びないように彼女の顔をスカートで覆ったうえで、犯人は事をやり遂げた……〟

本の抜けていたページはこれで全部そろった。パズルのピースはすべておさまるべき場所におさまったのだ。

パトリシア・ウォーレンが死に、犯人は大急ぎで死体を隠したあと、コテージに戻って彼女の身のまわりのものをかばんに詰め、翌朝訪ねてくるミセス・タッドフィールド宛ての手紙をタイプしたにちがいない。とっさの思いつきのはずだが、その隠蔽工作は成功した。

犯行の痕跡を消す時間は充分にあった。三週間近くが経過したいま、ある人物がある晩ある場所にいたことを証明するのは不可能に近いだろう。

ホルムウッド・コテージはウィントリンガム村から遠くない。あの夜、歩いてコテージへ向かった人物がいるとすれば、一時間もかからずに自宅へ戻ることができただろう。

三週間以上前のある日の一時間ごとの行動を思いだせる人がいるとは思えない。犯人は時間を稼ぎ……時間を味方につけた。警察の目をくらますために持ち去った彼女の化粧品や洗面道具やピンクのドレスなどは、誰にも怪しまれることなくすでに処分しただろう。

オックステッド・ロードの明かりが見え、例のY字路の向こうから車のエンジン音がかすかに聞こえてきた。パイパーは後ろを振り返ることなくシダの茂みをかき分け、雑木林を通る小道に戻ると、脇目も振らずに走りだした。

何度も木の根につまずき転びそうになりながら、道路までの百ヤードを全力で走った。途中で一度、何かがギャッと鳴いて目の前を横ぎり、急停止しなければならなかった。

間に合わなかった。運転手の注意を引くことのできる距離に達する前に、車は走り去ってしまった。パイパーは肩で息をしながら、夏の夜の静寂に吸いこまれていくエンジン音を聞いていた。視線は道路の向こう側に建つホルムウッド・コテージの暗い窓にそそがれていた。

〝……もはやあの家の買い手は現れないだろう。貸借人を見つけたいなら、採算を度外視した値下げが不可欠だ。こんな寂れた場所にある事故物件に住みたがる人がいるとは思えない。その静寂と孤立ゆえにパトリシア・ウォーレンはあの家を選んだわけだが。彼女は孤立することを望んでいた……そして、そのような環境を望んでいたのは彼女だけではなかった……〟

パイパーは村を目指して歩きながらミセス・タッドフィールド宛ての手紙について考えていた。タイプされた文章は〝親愛なるウィニー〟で始まっていた。犯人はあやまちを犯した。そのあやまちは警察の捜査範囲を狭めることになるだろう。

それ自体は些細なことだ。だがそのひとつのミスがもとで、最終的に警察はパトリシア・ウォーレン殺しの犯人を突き止めるかもしれない。

第十章

州警察の捜査員がさかんにフラッシュをたいて写真を撮り、採取できる見こみの薄い足跡を探すあいだ、ゴードン・クック医師はウィーラン巡査が掲げる明かりを頼りに死体の簡易な検分を行った。

クック医師はずんぐりとした体型で、年齢は中年にさしかかったあたりだろうか。血色がよく二重あごで、眉間に懸念のしわが薄く刻まれている。もっとよく見ようと身を乗りだすと、シャツの襟で首を絞められているみたいに呼吸が荒くなった。

「まったくろくでもない商売だよ」クックがそうぼやくのは初めてではなかった。「自分ならもう少しましな理由を用意しておくね。一日あくせく働いたあと眠りについたばかりの人間を、ベッドから引っぱりだすに足る理由を」

横から質問が飛んだ。「死後どのくらい経過していると思われますか、ドクター?」

「あくまでも暫定的な所見ではあるが、そうだな」――クックはかかとに体重をかけて腰を落とし、上目遣いに相手を見あげた。「少なくとも二週間……たぶん三週間ってところだろう。検死解剖をしないと正確なことは言えないが。この暑さで腐敗がかなり進んでいるからね」

「だいたいの目安で構いません。捜査の手がかりが欲しいんですよ」

「だから、まあ、死後十四日から二十一日以内なら、遺体の状態はこれほどひどくない。それだけは確信を持って言える。内務省の病理学者なんぞにならなくてよかったよ。死体を切り刻んだのは学生時代が最後だし……それだってこれに比べればピクニックみたいなものだ。この気の毒なお嬢さんの検死はひどく気の滅入る仕事だろうね」

「顔や頭部の明らかな外傷を除いて、何かべつの方法で危害を加えられた可能性はあると思いますか、ドクター？」

「いや……それはないと断言できる」スカートのへりを親指と人差し指でつまみあげ、もう一度遺体に目をやったあと、クックはこわばった口調で言った。「よほど残忍なやつのしわざにちがいない。彼女が死んだあとも執拗に石で殴りつづけている。目も輪郭も潰れてぐちゃぐちゃだ。こんな目に遭わされるほど誰かに恨まれたくないものだね」

ふたりの警官が重い足どりで折りたたみ式のストレッチャーを運んできた。道路脇に停めた車のヘッドライトに照らされて、それは複雑な影を投げかけていた。

州警察の警察官が言った。「さて、お済みでしたら、ドクター、遺体を運びだしますが。構いませんか？」

「ああ、ええ、どうぞ、私は構いませんよ。この場でできることはもうないし、みなさんに異存がなければ、私はベッドに戻りたい」

クックは立ちあがって後ずさりしながら言った。「彼女が靴を履いていない理由は誰かわかっているのかな」

「わかっているつもりです」とパイパーが答えた。

「ほう、あなたが？　もしかすると明日あなたを訪ねていくかも。どうして彼女がこんな目に遭わされたのか聞かせてもらいたいものだ」

警官ふたりが灰色のシートで覆った遺体をストレッチャーで運び去った。

パイパーはロックという名の男につき添われてウィントリンガムの駐在所へ行った。そこでいくつかの質問に答え、明朝、詳しい事情聴取に応じる約束をした。

ロックは彼に感謝の言葉を述べ、帰ってかまわないと言ったあと、思いだしたようにつけ加えた。

「おっと、ところでパイパーさん、被害者の夫の住所を知りませんか。奥さんの身に起きたことを知らせなければ……それに、スタンリー・ワトキンさんとは一度じっくり話をしてみたい」

「住所ならお教えしますよ。ただ、彼と話しても得られるものは多くないと思いますが」

ロックは伸びをしながらたずねた。「どうしてそう思うんです?」頭のてっぺんが禿げた四角い顔の男で、耳の上に硬そうな灰色の毛がもじゃもじゃと生えている。愛想はいいものの、その目から不信の色が消えることはなかった。

「彼のおじが死んだのは、彼の妻が殺害されたあとだからです。それが逆なら犯行の動機になりますが。この順番ではつじつまが合わない」


翌朝、パイパーがパブの隣の小部屋で朝食をとっていると、レグ・オーウェンが顔をのぞかせ、来客を告げた。「……なんでも〈モーニング・ポスト〉の記者で、あんたの古い友人だと言ってる。クインって名前だそうだ。食事の邪魔をされたくなければ、向こうで待たせておくけど」

パイパーが言った。「昔からクインには邪魔されてもいいことにしているんですよ……いろんな意味で。どうぞ通してください……」

現れたのはいつものクインだった。くたびれたネクタイも、しわの寄ったレインコートも、ぶかぶかのフランネルのズボンもいつもと同じ。伸びすぎたつやのない髪や、瘦せた顔に浮かぶ軽薄そうな表情も見慣れたものだ。相変わらずベルトの端をぶらぶらさせているのは、ちぎれたループをいまだに直していないせいだ。

おなじみのからかうような目つきでクインが言った。「今回の忌まわしい発見をした男がジョン・パイパー氏だと聞いて、すぐにぴんと来たよ。そいつはきみ以外の何者でもないとね。それで口うるさい上司を押しのけ振りきって……ここにいるってわけさ。この店のビールはどうだ？」

「相変わらずだな。初めて会ったときから全然変ってない。もうずいぶん昔のことなのに。きみはあの日から一日分も年をとっていないみたいだ」

クインは目を丸くしてうなずき、ポケットのなかを漫然と探りながら言った。「〝年齢に衰えることも、歳月に裁かれることもない……〟（英国の詩人ローレンス・ビニヨンによる戦没者を弔う詩の一節）。俺の場合は、悪魔の息がかかってるのかもな。ひょっとしてタバコを持ってないか。会社のデスクに置いてきたらしい」

「というより、タバコ屋の棚に忘れてきたんだろう。ほら、何本か取れよ」

「悪いな。実を言うと禁煙中でね。きっとやり遂げてみせるよ。まずは買わないようにしているんだ」

コートのポケットから古いマッチを探しだし、慣れた手つきで親指の爪でマッチをすった。タバコに火がつくとクインは言った。「ハゲワシどもの先陣を切ったのは俺かな？」

「ほかの記者はまだ来ていないよ」

「よし。やつらが押しよせてくる前に、ふたりだけで話がしたいと思ってたんだ」

「前でもあとでも変わりないだろう。殺人事件は独占記事にできないんだから」

「きみの考えを独占できる」

タバコを口の端にぶらさげたまま椅子の向きを反対にして、足を大きく広げて腰をおろすと、猫なで声で言葉を継いだ。「きみの意見が聞きたいんだよ。手始めにここへ来た理由を教えてくれ」

「いいけど、記事にはできないことを忘れるな」

「記事にするなんて誰が言った？　とりあえず事件の背景が知りたいだけさ。きみのオーケーが出るまでは、トラピストの修道士みたいに押し黙っているよ」

「そういうことなら、僕がウィントリンガムに来ることになった経緯《いきさつ》を話そう」


スタンリー・ワトキンがオフィスを訪ねてきたことに端を発する一連の出来事を、クインはタバコを吸いながら表情を変えずに聞いていた。途中で一度口をはさもうとして思いとどまったようだ。説明が終わると、しばしクインは椅子の背を指で叩いていた。「その夜、件《くだん》のパトリシア・ウォーレン嬢を車に乗せた人物について何か手がかりはあるか？」

「いや。でも、この近辺の住人で、さらに限られた数名のなかにいるのは間違いない」

「彼女がホルムウッド・コテージに移り住んだ理由は、その男だと考えているのか？」

「僕の考えは違う。彼女の靴のかかとが折れたのは偶然だし、あの標識の前で誰かと待ち合わせをする必要はない。コテージは目と鼻の先にあるんだから」

「なるほど。そいつは理に適っている」クインは煙を吸って咳こみ、いまいましげにタバコを見た。「こいつのせいでいつか命を落とすことになるだろうな。きみはどういう了見で、俺にこんな悪癖を続けさせようとするんだ……。それはともかく、誰の目にも明らかなことがひとつあるじゃないか」

「というと？」

「事件当夜に彼女を車に乗せたやつを見つければ、彼女を殺した犯人を見つけたってことだ。おおかたそいつは彼女を家へ送り届けたあと、もっと親しくなろうとなれなれしく迫ったんだろう……で、冷たく突っぱねられた」

「それはどうかな」

ミセス・ビルケットとの会話の断片が再びパイパーの頭をよぎった。〝……外出は多いほうでしたか？……まあ、少なくはないわね、ほぼ毎晩出かけていたから……。特定の誰かが彼女を送り届けていたのでしょうか？……どうかしら、彼女が部屋で客をもてなしたことは一度もないのはたしかだけれど。この家には厳格なルールがありますからね……〟

そして、ジリアン・チェスタフィールドはこんなことを言っていた。〝……スタンリー・ワトキンが彼女を探しだそうとしているのは、身勝手な理由があるからに決まってる。あの男はそれをあなたに言ったかもしれないし、言ってないのかもしれない……〟

彼女はこうも言っていた。〝……スタンリーはね、パットの身なんかこれっぽっちも案じちゃいないわ。あたしがあなたの身を案じていない以上にね……パットのお金にしか興味がないんだから……昔もいまも。あの男にとって彼女はただの金づるでしかないのよ……〟

クインはタバコをくわえたまま煙を吐きだし、うなずいて言った。「俺はそう思うよ――漠然とした直感だけどね」それからひとしきり咳こんだ。

ようやく呼吸が落ちつくとクインは言った。「棺桶の釘《コフィン・ネイル》（寿命を縮めるもの。ここではタバコを指す）とは言い得て妙だな……。

なんで彼女の顔を叩き潰した犯人はべつにいると思うんだ？」

「車で送り届けた男が犯人だとすると、その男は一方的に性行為を迫り、結果として――」

「――結果として彼女は辱めを受けるよりも死を選んだ。まあ、ありそうな話じゃないか」

「たしかにありそうな話ではある。だけど、まるでパトリシア・ウォーレンらしくない。彼女はそういうタイプじゃないんだ」

　からかうような目つきでクインが言った。「俺が全然変わっていないとしたら、きみはその逆だな。年齢《とし》をとって物の見方が辛辣になったんじゃないか」

「辛辣かどうかは関係ない。パトリシア・ウォーレンはここへ移り住む口実として自分は作家だと偽っていた。大都会の娯楽や刺激に慣れ親しんだ若い女を、こんな人里離れた寂しい場所に引き寄せたものとはなんだ？」

「考えるまでもない。事件の陰に男あり《シェルシェ・ル・オム》さ」

「そのとおり。彼女は夫と別居中ベイズウォーターに住んでいたとき、毎晩のように出歩いていた。やがて恋人ができて、その恋人が彼女をホルムウッド・コテージに住まわせた。気が向いたときいつでも人目をはばかることなく訪ねていけるように。そういう女が男の扱い方を知らないと思うか？」

「いや、いまの話を聞いて合点がいったよ」

　クインはまたしても咳こみ、おさまるとたずねた。「その恋人が彼女を殺すとしたら理由はなんだ？」

「考えられる唯一の動機は――嫉妬だろうね。でも、嫉妬に狂ったのは夫のスタンリー・ワトキンかもしれない……もし妻の不貞を知ったとしたら」

「たしかに。しかし、殺したのが彼だとしたら、きみを雇って妻を探させたのはなぜだ？　考えられるとすれば――」

またしても咳に話の腰を折られたクインは、答えを思いついたらしく、口からタバコを引き抜くと口をすぼめてパイパーをじっと見た。

「考えられるとすれば？」

「たぶん妻を見つけてほしかったんだ。死体を生みだした張本人が第一発見者じゃ具合が悪い……で、きみを雇った」

「僕があの雑木林に足を踏み入れるとはかぎらないのに？　コテージへ戻るときべつの道を通っていたら死体を発見することはなかっただろう。どうやって僕の行動を事前に予測できたと言うんだ？」

「俺に訊かないでくれ。それともうひとつ。最初に雑木林を通ったとき、きみは茂みに隠されていたものに気づかず素通りしたわけだろう。ところが、帰り道はさらに暗かったにもかかわらず、そこに何かあると気がついた。好天続きだし、この三週間で雑木林を通った人がほかにもいるはずだ――子どもとか、あるいは結婚間近のカップルとか……。誰にも発見されなかったなんて奇妙じゃないか？」

「奇妙という言葉は当てはまらないさ。僕が村に来る前、死体はもっと念入りに隠してあったと考えることもできる」

またしても咳こむと、クインは持っていたタバコを捨てた。「仮にワトキンが、自分の女房がどこかの野郎と密通《アフェール》していたと知って犯行に及んだのなら、なんだってわざわざ犯行現場に戻ってきて、死体を隠した場所を引っかきまわしたりするんだ？　そんな馬鹿げたことをする理由があるのか？」

「おじの保険金は理由になるだろうね。たぶんワトキンは知らないんだろう。その保険金はもはや彼のものにはならないことを。彼の妻はおじのクリフォードより先に死んでいた。よってクリフォードの保険金の受取人にはなれない。一般人にはなかなか理解しにくいことだけど」

「理由としては充分考えられる。とりあえず彼女の死体が発見されることを望みそうな人間はほかに見当たらないし」クインは椅子から立ちあがってレインコートの前襟についたタバコの灰を払い落とした。「スタンリー・ワトキン氏のために、六月二十六日の夜に彼がウィントリンガム近辺にいなかったことを証明できるよう祈るよ」

「もし証明できなかったら、これまでのワトキンの行動はあまりにも不合理で、世界一馬鹿げていると言えるだろうね」


ロック警部はロンドンに出かけているが、十一時には戻ってくるので待っていてほしいとウィーラン巡査に請われ、パイパーはとくに急ぐ用事もないからと言って待つことにした。

ウィーランはパイパーに椅子を勧めると、今日も暑くなりそうですねと言い残して隣の小部屋へ移動し、デスクで仕事を始めた。ドアは開け放されたままだった。

時間は遅々として進まなかった。十一時十五分前にはパイパーは手持ちの朝刊を読み飽きて、使い古された分厚い台帳に何やら書きつけているウィーランに目を向けた。巡査は一、二度顔を上げたものの仕事で頭がいっぱいらしく、パイパーとおしゃべりする気はなさそうだった。

数分後、パイパーは立ちあがって部屋のなかを行ったり来たりしはじめた。窓の外のサンディフォード・レーンでは、少年たちがテニスのボールとバット代わりの平たい木の棒でクリケットに興じていた。

　窓辺を通るたびに、丘の上で作業をする収穫機がパイパーの目にとまった。とうきびを刈りながら進む収穫機は、あたかも黄金色に波打つ海原を突き進むずんぐりとした小型船のようだ。雲ひとつない淡いブルーの空に灼熱の太陽が白く輝いている。

　十一時五分前に駐在所の前で車が停まり、ロックが姿を現した。

「待たせて申し訳ない……というのも、真っ先にあなたと話がしたかったんですよ。ほかの人たちから話を聞く前に。ご理解いただけるでしょうね」

　ロックはカウンターを手のひらでぴしゃりと叩き、パイパーは彼のあとについてウィーラン巡査が仕事をしている小さいほうの部屋へ移動した。巡査はデスクの上の台帳と書類の束をかき集めて部屋を出ていった。

　ドアが閉まるとロックが言った。「今朝早くにスコットランドヤードに寄って、あなたのことを少々調べさせてもらいました」

「満足していただけたらよいのですが」

「そりゃあ、もう。非常に満足したと言わねばならないでしょうね」ロックは耳の上のもじゃもじゃした髪を指ですいたあと、禿げあがった頭頂部をひとなでした。探るような目つきに変わりはないが不信の色は消えていた。

　ひと呼吸置いてロックは言った。「しかるべき場所に友をお持ちですね、パイパーさん」

「そう言っていただけると私としても嬉しいです」

「ホイル警視が褒めていましたよ……それと、マレットという男を覚えているでしょう」

「ええ、何度か会ったことがあります」

「いまは詐欺対策班の所属だが、あなたによろしく伝えてほしいと言われました」

「相変わらず律儀ですね」

「ええ、まったく、律儀な男です。しかしながら……」腕を組んで身を乗りだすと、ロックは打ち解けた笑みを見せて言った。「肝心なのは、あなたが信頼のおける人物だとわかったことです。そこで改めて捜査への協力をお願いしたい。私としては、事件の早期解決に向けておおいに期待しているのですよ……あなたが力を貸してくださることを」

「私にできることなら喜んで」

「よかった。それは心強い。実を言うと、まもなくある人物が訪ねてくるのですが、私が彼から事情を訊くあいだ、あなたに同席してもらえたらと思いまして」

「誰が来るのですか？」

「スタンリー・ワトキンです。もうじき現れるでしょう。妻の変わり果てた姿を見て気を失っていなければ」口調を変えずにロックはたずねた。「殺《や》ったのは彼だと思いますか？」

「彼の犯行だとしたらあまりにも短絡的だ。突然気がふれて襲いかかったのなら話はべつですが」

「彼にはそうした性向があるという印象を受けましたか？」

「いや、その点はなんとも言えませんね。ただ、ベイズウォーターで彼の妻に部屋を貸していた大家によると、パットは夫の嫉妬深さに辟易していると漏らしていたそうです」

「これまでの調査の結果に鑑みて、嫉妬の原因は彼女にあると思いますか？」

「ここに来る前の彼女の暮らしぶりから導きだしたひとつの推測があります」とパイパーは言った。

「あくまでも推測ですが、私のなかでは確信に近い。彼女がホルムウッド・コテージを借りたのは、愛人関係にある男の強い勧めがあったから。そう考えるとつじつまが合います」

ロック警部は片方の耳を引っぱりながら、独り言のようにつぶやいた。「ふむ、話を聞くかぎりでは、そのような印象を受けますな。問題の夜に、パトリシア・ウォーレンを乗せたことを覚えていたバスの乗務員の名前はわかりますか？」

「いいえ。ですが、あのバス会社でジャマイカ出身の若い娘が大勢働いているとは思えない。きっと簡単に見つかりますよ」

「まあ、そうでしょうね。その乗務員は写真を見たとき、迷わず同一人物だと認めたのですか？　つまり、考えこんだりはしなかった？」

「ええ、まったく。写真をひと目見て即答したんですよ、六月二十六日の午後十一時少し前に、標識の前でバスを降りた若い女性だと」

「その夜だとどうして言いきれるのです？」

「なぜかというと、そのバスはパーリー発ロング・ホートン行きの最終便で、彼女は病気の同僚に代わって急遽乗務することになったからです。おかげで彼女は日付や場所やそれ以外のことも正確に記憶していた……その乗客がどんな服装をしていたかも含めて」

「彼女はどんな格好をしていたのですか？」

「明るいオートミール色のコートに白いドレス、白い靴」

ロックが低いうなり声を漏らした。「あなたが発見したとき、彼女は白いドレスを着ていたがコートと靴はなかった。あなたの証言どおり、そのコートはコテージのクローゼットにかけてあったし、靴は居間の床の上に置いてあった。何が起きたかはもはや明白のようですね」

「そう思います」

「うむ、極めて明白だ。生きている彼女が最後に目撃されたのは二十三時少し前。彼女を車で送り届けた人物は、何もやましいところがなければ、警察に名乗り出るはずだ」

「彼女が、いま私たちが想定しているタイプの女だとしたら、その人物は表沙汰にしたくないと思うかもしれません。社会的地位のある既婚者ならなおのこと。ウィントリンガムのような場所では、何もしていなくても悪い評判が立つ恐れはありますからね」

ロック警部は耳の上の灰色の髪をいじりながら、かすれた低い音で口笛を吹き、しばし虚空を見つめていた。「結婚とは奇妙なものだ。私の経験からして、恋人に不貞を働いた女は、夫に不貞を働いた妻より殺される確率が高い」

長年の謎が解けたかのようにロックはにっこり笑った。「たぶん夫はいつでも仕返しできるからだ。離婚をして、妻の不貞を世間に知らしめることで」

「それに引きかえ、恋人は怒りの持って行き場がない」とパイパーは言った。「彼女に復讐するすべがありませんからね。ひとりの男をすでに裏切っている女が、次に選んだ男に貞節を尽くすことはない、と言って聞かせたところで耳入らないでしょうし」

「いま私の頭に浮かんでいる連中がその箴言を理解すれば、世のなかのもめごとは減るだろうね」

ロックは唇をすぼめて再び耳を引っぱりはじめた。「パトリシア・ウォーレンを殺したのが彼女をこの村へ呼び寄せた男なら、捜査は難航しそうだな。ウィーラン巡査は村の噂話に通じているが、彼女の名前がこの近辺の男と結びつけて語られたことは一度もないそうだ。家政婦のミセス・タッドフイールドも心当たりはないと言っているし」

「ひとつ言わせてもらえれば……。私がロンドンで関係者から話を聞いたとき、スタンリー・ワトキンに好意的な意見を述べる人はひとりもいなかったし、私の目から見ても、彼は好感を持てる人間とは言いがたい。しかしそれでもなお、どうすれば彼女の死の責任を彼に負わせることができるのか、私にはわからないんですよ」

「それはまたどういうわけで？」

「ミセス・タッドフィールドが翌朝発見した、あの手紙です。封筒には彼女の名が記されていました。誰が手紙を書いたのであれ、その人物はミセス・タッドフィールドがウィニーと呼ばれていることを知っていた……さらに言えば、ミス・ウォーレンが彼女をウィニーと呼んでいることも知っていたということです。私の言うことがわかりますか？」

「ええ、続けてください」

「ベイズウォーターの大家がワトキンに妻の引っ越し先を教えたのは、ごく最近……正確に言うと今週の初めのことです。妻がウィントリンガムに住んでいることを、大家のミセス・ビルケットに聞く前からワトキンが知っていたと考える根拠はない。そして居場所を知らなければ、家政婦の名前を知るすべはない。そうなると、ワトキンにはあの手紙を書きようがありませんよね？」

「なるほど。いいところに目をつけましたね」ロックはまたしても低く口笛を吹き、そのあとで言った。「ミセス・タッドフィールドによると、手紙はあなたに預けたそうですが、お持ちですか？」

パイパーは手紙を渡し、警部が文面に目を通したあと封筒の表と裏を点検するのを見ていた。手紙をデスクの上に置いた警部は、その上に片手を乗せたまま話を再開した。「ゆうべ、あなたから聞いた話では、この手紙を書いたのは妻ではないとワトキンは主張しているそうですね。妻はタイプライターの使い方を知らないから書けるはずがない、と。彼が真犯人ならそんなことは言わないでしょうね」

「それについては私も考えました。私の意見を言わせてもらえば、それはさほど重要なことではないと思います」

警部はうなずき、ポケットから取りだしたハンカチで禿げ頭をぬぐった。「たしかにおっしゃるとおり……。暑いですな、ここは。それにしても遅いな。遺体安置所から直接連れてくることになっているんですよ。変わり果てた妻を見たショックから立ち直る前に。とっくに到着しているはずなんだが。ちょっと失礼しますよ」

警部は席を立って部屋を出ていった。抑えた声で誰かに話しかけ、その後いらだたしげに言うのが聞こえた。「だから、構わないに決まってるだろう。彼が到着したらすぐに知らせろと言ったじゃないか……。別室であなたを待っている人がいるんですよ、ワトキンさん――ご存じの方です。どうぞこちらへ……」

第十一章

スタンリー・ワトキンは、長時間立ちっぱなしだった人のように重い足を引きずりながら、気が進まぬ様子で部屋に入ってきた。血の気の引いた顔は青白く——演技をしているようには見えなかった。

パイパーに気づいても驚いたそぶりを見せず、いかなる反応も示さなかった。片手をぶらぶらさせながら無言でうなずくと、顔をそむけて窓の外に目を向けた。背中を丸め、深く垂れた頭は重すぎて支えきれないかのようだ。

あとから入ってきたロック警部が静かにドアを閉めた。「椅子が足りないな。ウィーラン巡査に持ってこさせよう。とりあえず、ここに座ってください」

ワトキンは振り向いて首を横に振った。片手でもう一方の手をきつく握りしめている。「いえ……結構です。お構いなく。立っていたい気分なので」

「どうぞお好きに。私としては」——警部はデスクの角に尻を乗せると、ポケットに両手を突っこんで足を交差させた——「座ったほうがいいと思いますがね。耐えがたい経験をされたわけですから」

「恐ろしい……恐ろしいことです。あんな残酷なことができるなんて」ワトキンの顔には汗がにじみ、両手が小刻みに震えていた。

表情を変えずにロックが言った。「ええ、お気持ちはわかります。損傷がひどくて見るにたえない状態ですからね。奥さんだとわかりましたか？」

「ええ……はい、あれはパットです」

「では、最大の試練を乗り越えられたということだ。ここにいるパイパーさんにも言ったとおり――」警部はいったん口をつぐみ、同じ口調でたずねた。「パイパーさんをご存じですね？」

「ええ……」ワトキンは吃音のせいで言葉に詰まり、助けを求めるようにパイパーを見た。「妻のそ、そ、捜索を依頼していました」

パイパーが言った。「残念です。あなたの最悪の懸念が的中するとは……お悔やみを言わせてください」

「どうも、どうもありがとう。最初からわかっていたんだ、よ、よ、よくないことが起きていることは。だけど、ま、ま、まさかこんなことに……」ワトキンは握り合わせていた手を離して背中にまわし、放心したような声で言った。「妻は美しかった。誰の目から見てもとびきりの美人だった。なのに、あんなむ、む、むごいことを。き、き、気が狂っているとしか思えない」

短い沈黙のあとでロックが言った。「狂気にもいろいろありますからね、ワトキンさん。さぞかしつらい思いをされていることでしょう。お引き止めするのは大変心苦しいのですが、訊いておかねばならないことが二、三あります。それが済んだらロンドンに帰られても構いません。むろん、明日の午後パーリーで行われる検死審問に出席していただく必要はありますが……長くはかからないでしょう」

魂が抜けたような目でワトキンはうなずいた。「な、な、なんなりと訊いてください。協力は惜しみません。妻にあんなことをした男を捕まえるためなら。ど、ど、どんなことでも――」息が詰まって先を続けられなくなった。

「不愉快な質問も含まれているかもしれません。しかしどうか率直に答えてください。話し合いが必要な問題もあります……ご理解いただけるでしょうね」

ワトキンの力のない口もとがわずかにこわばった。「ええ、もちろんです」

「あなたと奥さんは長く仲たがいをされていたと聞いていますが、間違いありませんか」

「はい。僕らは――僕たち夫婦は別居していました」

「別れて暮らすようになってどのくらい経ちますか、ワトキンさん」

「おおよそ――一年になります」

「その間、お会いになったことは?」

「一度か二度、別居して最初の数カ月のあいだに。でも、妻がベイズウォーターで借りていた部屋を出て、こっちへ移り住んだあとは一度も会っていません」

パイパーが口をはさんだ。「すみません、警部、その点について私から質問してもいいですか?」

ロックはパイパーを横目で見た。「もちろん、構いませんよ」

スタンリー・ワトキンの目が、両者のあいだをすばやく行き来したあと、パイパーの顔を用心深く見すえた。手の震えは止まっていた。

「些細なことですが、しかし、私の思い違いでなければ、数日前にうちのオフィスで話したとき、あなたは私に言ったんですよ。家を出て以来、妻には一度も会っていないと」

怒りを含んだ声でワトキンが答えた。「そんなこと言った覚えはありません……でも、仮に言ったとしたら、たぶん妻を追いかけまわしていたことを認めたくなかったんでしょう。男は女々しいと思われるのを嫌いますから……わかっていただけますよね」

　ロック警部がさりげなく割って入った。「ごく自然な感情だと思いますよ。確認しますが……奥さんがウィントリンガムに移ってからは一度も会っていないのですね？」

「ええ、それは間違いありません。全然知らなかったんですから」――ワトキンは背筋を伸ばして咳払いをした――「妻がベイズウォーターの部屋を引き払っていたことさえ」

「お知りになったのは？」

「一週間ほど前です。おじのクリフォードが死んだあと、僕は保険金の受取人が妻であることを伝えるために部屋を訪ねた。そのときですよ、妻がそこに住んでいないことを知ったのは。大家にたずねたところ、妻はサリー州のどこかへ引っ越したという。大家が知っていたのは村の名前だけで、詳しい住所まではわからなかった」

「それで、あなたはこの村にやってきてあちこちたずねてまわり、居所を突き止めた。奥さんはホルムウッド・コテージに住んでいた。三週間前に忽然と姿を消すまでは。ということでよろしいですか？」

「ええ、そうです。僕には何もかもがひどく奇妙に見えた。僕は気に食わなかった。ま、ま、まったくもって気に食わなかった。村の警察は何もしてくれないし、僕はロンドンに戻って保険会社に相談しました。そこでパイパーさんを紹介されたんです」

　ワトキンの吃音の症状はほぼおさまっていた。虚ろだった目にも生気が戻りはじめていた。それでもなお顔色は悪く、動揺していた。

「そのあたりの事情は承知しています」とロックが言った。「では、質問を変えましょう。過去に奥さんがあなたを嫉妬させたことはありますか？」

　ワトキンの顔つきが変わった。唇をへの字に引き結んだまま、しばし躊躇したあとで言った。「そういった種類のことは話したくありません――いまのこの状況で」

「お気持ちはわかります。しかし、答えていただかなければなりません、ワトキンさん。捜査に重大な影響を及ぼす問題ですから」

　ワトキンは後ろで組んでいた手をほどくと、痛みを和らげようとするように片手で反対の手をもみはじめた。しばらくすると、ようやく重い口を開いた。「僕にはそうは思えないけど。いずれにしろ、何を言っても、妻を傷つけることは二度とありませんからね」

　ワトキンは視線をパイパーからロックに移して話を続けた。「好ましく思ったことは一度もありませんよ、妻がいつも声をかけてまわっていたらしい連中のことを。妻には括弧つきの友人が複数いた。既婚女性にはふさわしいとは思えない友だちが」

「異性の友だちということですね？」

「ええ。ことによると何もなかったのかもしれません。僕が勘繰りすぎていたのかも。そのことで僕が何度か文句を言ったのが原因で、最終的に妻は家を出ていった。ほんとに意地の悪い人ね、ほかの男に見られるのがいやだからあたしを家に閉じこめようとするんでしょう、そんなのまっぴらだわ、そう言い残して妻は出ていきました」

「特定の相手がいたのですか？」

「いいえ。たまたま出会って、妻の誘いに応じる男なら誰でもよかった」

「単なる男女の戯れを超えていると考える根拠はあったのですか？」

今度も答えるまでに長い時間を要した。ワトキンはあちこちに視線をさまよわせ、居心地悪そうに足を踏みかえたあと、ようやく言葉を発した。「あなたが何を考えているかはわかります……でも、僕は何ひとつ証明できない。それに、い、い、いまになって陰口を叩くようなまねはしたくありません」

「遠まわしな言い方はやめましょう」ロックは淡々と言った。「状況は極めてシンプルです、ワトキンさん。何者かが六月二十六日の二十三時から翌朝九時のあいだに、あなたの奥さんを殺害した。その人物は奥さんのことをよく知っていたにちがいない。そして撲殺というとりわけ残忍な方法で死に至らしめた。これまでに集めた証拠や証言はすべて、奥さんがウィントリンガムに移り住み、独身を装っていたのには、それ相応の理由があったことを示唆している。われわれは子どもじゃないんですよ、ワトキンさん。その理由がなんだったか見当はつきます」

うつむいて手をもじもじさせながら、ワトキンはもごもごと言った。「妻はどこかの男に囲われていた……そう思っているんですね？」

「納得のいく説明がほかにありますか？」

答えは必要なかった。ワトキンは床を見つめたまま首を横に振った。

ロックは質問を続けた。「奥さんの男友だちがこの近辺に住んでいるとか、もしくはウィントリンガムと縁《ゆかり》があるとか、そういう話を聞いた覚えはありませんか？」

「いいえ。当然ながら大半は僕の知らない連中だから、なかにはこのあたりの出身者がいるのかも……なんとも言えません」

「では、次の質問には答えられるでしょう。ベイズウォーターに住んでいるとき、奥さんは何か仕事らしいことをしていましたか?」

「し、していないと思いますが」

「ある程度の蓄えがあった……あるいは、あなたが生活費を渡していたのでしょうか?」

「数ポンドは持っていたかもしれません。だけどたいした額じゃない。それと、僕は妻に金を渡すことができないんですよ。しばらく前から仕事がうまくいっていないもので」

「お仕事は何を?」

「出版業です――細々とですけど」

「なるほど……」ロックは小首をかしげてワトキンを見ながら、片脚をぶらぶらさせはじめた。「つまり奥さんは、一年前に家を出たとき一文なしも同然で、あなたは生活費を援助せず、奥さんはいかなる仕事もしている様子はなかった。それでもロンドンで八カ月か九カ月生活できたし、ここへ来てからはコテージを借りて、さらに三カ月近く何をするでもなく無為に暮らしていた。この不可解な状況を説明する唯一の答えがあることを、あなたも知っていますよね?」

スタンリー・ワトキンは首を横に振ったが、今回のそれは否定ではなかった。咳払いをしたあとで言った。「すみません、警部。知らなかったと言ったら、救いようのない馬鹿だと思われるでしょうね。だけど、知ってました。そんなこと信じたくなかった……でも、妻の身の丈に合わない贅沢な暮らしぶりには、最初から気づいていました」

「最初から、というと?」

「結婚してからずっとです。妻は高価な洋服やら何やらに囲まれていないと気が済まない。だけど、僕にはそういうものを買い与えるだけの経済的余裕はない……そう気づいてから妻はべつの方法で手に入れるようになりました」

パイパーが言った。「ちょっといいですか……。私はウィントリンガムに来る前に、ベイズウォーターで奥さんが住んでいた部屋を訪ねたのですが、大家もジリアン・チェスタフィールドという奥さんの友人も口をそろえて言っていましたよ。彼女が家を出たのは、あなたの度を越した嫉妬深さも一因ではあるけれど、一番の決め手はあなたが長期にわたって定職に就かず、奥さんに金の無心をしていたことだと」

弱々しい怒りがワトキンの目に表れて消えた。「誰がなんと言おうとそんなの嘘っぱちだ。僕は不運続きで何をやってもうまくいかなかった。だからパットとふたりで一からやり直したいと思っていた。過去は全部水に流して……たとえ妻がどんな女だとしても。おじの保険金を元手に事業を拡大して、それで……」

ワトキンは片手で顔をぬぐうと、そっぽを向いて窓の外をじっと見つめていた。食いしばったあごの筋肉がぴくぴくと引きつっている。

「その保険金に関して、あなたが知らないかもしれないことがあるんですよ」とパイパーが言った。「奥さんの死亡日が六月二十六日前後とすれば、あなたのおじさんよりも約二週間早く亡くなっていたことになる。とすると、奥さんの近親者としてあなたがその保険金を相続することはできない。おじさんは奥さんより長く生きていたわけですから」

顔をそむけたまま、ワトキンが言った。「わかってますよ……だけど、どうだっていいさ、そんなこと」口調は投げやりで無関心そのものだった。

窓の外のサンディフォード・レーンでは、子どもたちが喧嘩をしていた。「気づいてないと思ったら大間違いだぞ！　おまえらとはもう遊ばない……だってずるいよ。ツーアウトだったのに。正々堂々と勝負しろよ……」

ロック警部が言った。「もう二、三質問させてください、ワトキンさん。奥さんが殺害されたと思われる夜、ご自分がどこにいたか覚えていますか？」

針で突かれでもしたかのように、ワトキンはびくりとして振り返った。顔には戸惑いと驚きの表情が浮かんでいた。

「なぜそんなことを訊くんですか？」

「われわれが必ずする質問ですよ。他意はありません。奥さんの友人が見つかったら、全員に同じ質問をします。例外はありません――それで、まずあなたにたずねたわけです」

ワトキンはパイパーを横目で見たあと、不満がましくぶつぶつと言った。「六月二十六日にどこにいたかなんて覚えてるわけないでしょう。今日は七月十六日ですよ……それに、ここ数週間は心配事で頭がいっぱいだったし」

「思いだしてみてください」励ますようにロックが言った。「その日付の前後に自分が何をしていたか記憶にありませんか？」

ワトキンは警部の頭上の壁をじっと見つめたまま、もう一度手で顔をぬぐった。それから上着の内ポケットから小型の手帳を取りだした。

ページをめくりながら言った。「それなりの理由があって……。ああ、やっぱり思ったとおりだ。ほら、ここに書いてあります。ニューカッスルで競馬のレースがあったんです。六月二十六、二十七、二十八の三日間」

「それで……？」

「実は、観戦に行ってたんですよ。木曜の朝にロンドンを発って、戻ってきたのは土曜の夜でした」

「日付を確認させていただけますか？」

「どうぞ。特別なことは書いてありませんが。賭け金とか……そういったことくらいで」

手帳のスケジュール欄をじっくり眺めたあとでロックは言った。「うむ、たしかに二十六日は木曜日だ。ニューカッスルへは何時の列車で行かれたのですか？」

「七時四十五分発。ニューカッスルのレースに行くときはいつもその便に乗ります。十二時半前には到着するので、第一レースの前に昼食をとる時間があるんですよ」

「滞在中はどちらにお泊りで？」

「〈ウィンザー〉。僕の定宿です」

「誰かに会いましたか？　お友だちとか……賭けの胴もととか」

「ええ。いつものように毎晩集まってポーカーをしていました」

「木曜日の夜も？」

吃音の症状が再び顔を出しそうな、つかえ気味の口調でワトキンが答えた。「ええ。木曜日の夜もです、警部。何を探ってるのか知りませんが、知ってることはすべて話しました……それにお忘れかもしれませんが、僕は朝から胸が引き裂かれるような思いをしてきたんですよ。いまの願いは強い酒を飲むこと、それだけです。だから用が済んだのなら……」

「質問はこれで全部だと思います、現時点では」ロック警部はデスクの角から尻を上げ、ドアを開けた。「ウィーラン巡査が最寄りのバス停をご案内します。明日の午後パーリーで開かれる検死審問をお忘れなく」

「忘れやしませんよ」

棘を含んだままの声でワトキンがウィーランに何か言うのが聞こえた。やがて玄関の扉が閉まった。

パイパーが言った。「舞台に立つ前に必ず酒を飲む俳優の話を聞いたことがありますが、出番が終わるまで我慢しようと思う人もいるんですね」

ロックは耳の上の髪を引っぱりながら、冷ややかな笑みを浮かべた。「すなわち、ワトキンは演技をしていたとあなたは考えているのですね」

「違いますか?」

「ええ、ええ、私も同じ印象を受けたことを認めますよ。ポケットから出したあの手帳は、都合よく記憶を呼び覚ますための便利な小道具に見えますよね」

「私もまったく同じことを考えていました。しかし、ワトキンも充分に承知しているはずです。あなたが〈ウィンザー・ホテル〉に問い合わせて、六月二十六日木曜日の夜に彼がニューカッスルにいたことを確認することは。そして、ワトキンが事件当日ひと晩じゅうポーカーをしていたか、彼の競馬仲間に確かめることも。もし彼の話がほんとうなら……」

「スタンリー・ワトキン氏は容疑者から除外できる」

「では、もし嘘だったら?」

「身柄を拘束する」

第十二章

検死陪審よる形式的な身もと確認が行われ、手続きは十分もかからずに終了した。その後、検死審問は八月二日まで延期された。

パイパーは証人として召喚されたわけではないが傍聴に来ていた。法廷にはクインの姿もあった。遅れて到着したクインは、記者席はすでに座りきれないほどの人であふれていたため、一般の傍聴席に空きを探さなければならなかった。

審理が終わったあと、ふたりは法廷の外で顔を合わせた。クインが言った。「午前中ずっとウィントリンガムでほうぼう探りを入れたり、田舎者とおしゃべりしたりしていたんだ。それで、ちょっときみに訊きたいことがあってね」

「答えられなくてもよければ……もちろんどうぞ」

「社会的地位も名誉もある紳士が、ある日もしくはある晩、かっとなって人を殺してしまったとする。自分がしでかしたことに気づいたとき、その紳士は動揺すると思うか？」

「当たり前だろう。誰だって動揺するさ。どうしてそんなことを訊くんだ？」

ぶかぶかのレインコートのポケットを両手で探りながら、クインは邪気のない口調で重ねてたずねた。「ものすごく動揺する？」

「ああ、ものすごく動揺するだろうね。たぶん恐ろしくて頭がおかしくなりそうなくらい。その質問の裏には何があるんだ?」

「何もないかもしれないし、たっぷりあるかもしれない。ウィントリンガム近辺に住んでいて、車を所有しているやつを調べた。数はそんなに多くない。で、そのなかに気になる人物がいる……ヘイルって男だ。アラン・ヘイル。職業は事務弁護士。村はずれのロング・ホートンへ通じる道沿いに立派な家が並んでいるだろう。あのうちの一軒に住んでる」

パイパーの頭の隅で、四人の老人がドミノをしながら噂話に花を咲かせていた。〝……神経症だそうだ。弁護士って商売は気苦労が多いにちがいない……〟

「ヘイルの噂は僕も聞いたよ。パーリー近郊の個人病院に入院しているとか。パトリシア・ウォーレンが殺されたことと何か関係があるのか?」

クインは真剣な目つきでポケットから片手を出して言った。「モクを一本恵んでくれよ、優しい旦那、そしたら話してやるからさ」

パイパーはタバコを一本差しだした。クインはそれに火をつけて深々と煙を吸いこむと満足そうな顔をした。

唇の端から煙を漂わせながら言った。「われらが弁護士先生が入院したのは、神経症を発症したからだ――極めて突発的な神経症をね。どこから見ても健康そうだったのに、ほんの数日で完全に精神を病んじまったらしい」

「とくに珍しいことじゃない。よくあることさ。ぎりぎりまで我慢して限界を超えると一気に崩れてしまうんだ」

「たしかに……で、その紳士が限界を超えたのは、パトリシア・ウォーレンが顔を叩き潰された二日後のことだった」

「それが何かの証明になるのか？」

クインは咳払いをした。「ウィントリンガムのほかの住民はみんな普段どおりの生活を送っていた。彼女が殺害された翌日も……それ以降もずっと。きみが死体を発見するまでは。だがアラン・ヘイルは違う。彼だけが普通じゃなかった」

「一年は三百六十五日ある。彼が精神を病んだのは、そのうちの一日であることは間違いない」

「茶々を入れるのは最後まで聞いてからにしてくれ。ヘイルが初めて変調をきたしたのは六月二十七日。その日の午後に職場で気を失ったとか卒倒したとかで、共同経営者のひとりが自宅へ送り届けるはめになり、夜にはクックという地もとの開業医が往診に来て鎮静剤を処方した。翌朝になると今度はヒステリーの症状が表れた……それで、個人病院として知られている環境のよい静かな場所に運びこまれたそうだ」

「きみの精力的な働きぶりは認めるとしても、その話はどこへ行きつくんだ？」

「そうあせるなよ。いいか」――クインの顔から皮肉めいた笑みが消えた――「肝心なのはここからだ。噂によると病院に運びこまれたとき、ヘイルはショック状態にあったそうだ……そして、そこは病院じゃなかった。精神病患者のための〝保護収容施設〟と呼ばれる隠れ家的な場所らしい」

「それで？」

「それで、俺は何かあると直感した。その直感に従ったところでわれらがボスの時間と金を多少浪費するだけだから、ちょっと調べてみることにした。そしたら何がわかったと思う？」

「続けて。僕は聞き役に徹するよ」

「六月二十六日木曜日の夜、アラン・ヘイルは事務弁護士の夕食会に出席した。うちの社に電話で確認したところ、会がお開きになったのは午後十時、そのあと数分立ち話をしたと考えても、十一時にはヘイルは自宅に着いていたはずだ。ロンドンからウィントリンガムまではたったの二十マイルだからね」

「すなわちそれは、パトリシア・ウォーレンがバスを降りたのとほぼ同時刻に、ヘイルがあのY字路を通ったことを意味している。きみが言いたいのはそういうことなのか？」

声を硬くしてクインが言った。「まだ続きがある。本題はここからだ。あの夜、ヘイルが実際に帰宅したのは十二時半近くだったと言ったら、きみはそれをどう考える？」

「安易な結論に飛びつかず、きみの直感には何かあるのかもしれないと考えるところから始めるね。その情報はどこで仕入れてきたんだ？」

「ヘイル家には女中がひとりいる。イレーヌという名の少々おつむの弱い田舎娘でね。俺が長年かけて磨きをかけた甘い言葉に、うっかり乗せられちまったのさ」クインはわざとらしく咳払いをしてつけ加えた。「ご婦人がたの口を軽くする才能には、ときどき自分でも怖くなるよ」

「ヘイルがあの夜、十二時半まで帰宅しなかったことを女中はどうやって知ったんだ？」

「車を車庫に入れる音が聞こえたのさ。車庫の扉ってのは途中で引っかかることがままある……その音で目が覚めたんだ」

「その時間に間違いはないのか？」

「絶対に間違いないそうだ。あの娘にはふたつのことを結びつけて考える想像力はないけどね。目下、彼女の頭を占めているのは、夜にひとりで留守番をしているとき、いつか自分もミス・ウォーレンと同じ目に遭うんじゃないかってことだけだ」

「本人に訊けば、十一時から十二時半のあいだどこにいたのか、ちゃんと説明できるんじゃないか。少なく見積もっても一時間以上の空白があるんだから」

「ヘイルに説明する義務はない。いやなら拒否して構わないんだ……そこが悩みどころでね。イレーヌの思い違いだとヘイルが言えば、それで片がつく話だ。あるいはロンドンを出る前にどこかのパブに寄って、見知らぬ誰かとたわいない話をしたことにしてもいい。パブの名は覚えていないし、なんと呼ばれていたかも記憶にないとしらを切って。警察はそれをいかようにも解釈できるが、ヘイルを殺人の罪に問うことは断じてない。裏のとれない女中の証言より信憑性のある証拠が見つからないかぎりは。何もかも女中の夢物語だった可能性もあるからね」

「ことによると、ほんとに夢だったのかも」

「ことによるとね。だが、ヘイルの神経症は夢でも幻でもない」

「それは単なる偶然とも考えられる」

「たしかに。だけどそんな偶然がほんとにあると思うか？　何者かが彼女をあの標識の前で車に乗せたのも、何者かが彼女を殴り殺したのも、ヘイルが変調をきたす前の晩のことなんだぞ」

「両者が同一人物とはかぎらないさ」パイパーが反論した。「彼女を殺害したのはヘイルだと仮定しよう。割れた手鏡の破片を拾い集めて捨てたのはなぜだ？　わざわざ置き手紙を残し、彼女の身のまわりのものを持ち去ってまで、ミス・ウォーレンは自発的に旅に出たと家政婦のミセス・タッドフィールドに思いこませようとしたわけは？　ミセス・タッドフィールドの名前をどうやって彼は知ったのか？　パトリシア・ウォーレンと標識の前で出会ったのが偶然なら……」

「偶然じゃないのかも」クインが口をはさんだ。「彼女がウィントリンガムに移り住んだ理由はヘイルかもしれない。難しく考えなくても意外と答えは簡単なのかも」

「簡単に答えられない問題もある。例えば、ふたりが愛人関係にあるなら、どうして彼女は村人に見られる恐れのある標識の前で彼と落ち合ったのか」

「落ち合ったとはかぎらない。あの日、彼女はこれといった予定のない夜をやりすごすべくパーリーへ出かけ、帰りのバスを降りたとき靴のかかとを折ってしまった。ロンドンでの夕食会に出席したヘイルが、まもなく帰宅途中にその道を通ることを知っていた彼女は、のんびりとタバコを吸いながら待っていた。ぴかぴかの自動車に乗った騎士が颯爽と現れて、かよわき乙女を窮地から救いだしてくれるのを。この再現ドラマに何か不都合な点はあるか？」

クインはタバコを深々と吸いこみ、あらぬ方向へ煙を吐きだした。ひとしきり咳をしたあとでたずねた。「どうなんだ、疑問はすべて解けたのかい？」

「まさか。きみが関心を持ちそうな新たな疑問がいくつも浮かんでいるよ」

「例えば？」

「どうしてスタンリー・ワトキンは、おじの保険金のおこぼれを妻からもらえると思っていたのか。すでに妻がほかの男の愛人としてウィントリンガムで暮らしていることを知っていたのに。彼女に夫とやり直す気があったとは思えない。もしワトキンが保険金の分け前を期待していなかったとしたら、なけなしの百ポンドをはたいて僕に妻を発見させようとしたのはなぜか」

「頭を使うと、のどが渇いてしかたないな。近くにパブがあるなら一杯おごるよ……」

陽射しが照りつける通りをふたりは無言で歩いた。たまに吹く弱い風さえ生ぬるかった。

やがてクインが言った。「このクイズゲームはきりがないな。仮にワトキンのアリバイがいんちきで、やつが妻を殺害したとする。その後、やつはきみを雇って妻の死体を発見させようとした。だが、なんのために？　おじの保険金を相続できると思いこんでいて、そのために妻の死を証明する必要があると考えたからだろうか」

「べつの理由を考えるべきだろうね。昨日、本人に伝えたんだ。いずれにしてもあなたが保険金を受けとることはできない、とね。わかっていると彼は言った。僕の受けた印象では、彼は初めから知っていたようだ。とすると、きみはどう考える？」

「うーん」

「ワトキンが嘘をついているとは思えない」

「これで振りだしに戻ったわけだ。残された動機は、俺が見たところ嫉妬だけのようだな。裏切られた夫の復讐心。きみは俺にそう言わせたいのか？」

「スタンリー・ワトキンは何よりも利益を優先するタイプだ。たとえ彼の犯行だとしても理由は妻の不貞じゃない。妻がどうやって生計を立てているのか、ワトキンはずいぶん前から知っていたはずだ」

「じゃあ、ワトキンの動機になり得るものとはなんだ？」

「金だよ」とパイパーが言った。「どんな形であれ金がからんでいるにちがいない。昔もいまも人を殺すのに金に勝る動機はないだろう？」

第十三章

パーリーでクインと別れたあと、パイパーはひとりでウィントリンガムに戻った。〈ロイヤル・ジョージ〉の裏庭に車を停めると、店主のレグ・オーウェンが裏口から姿を見せた。「車を入れる音が聞こえたんで、帰ってきたと思ったんだ。検死審問はどんな具合だい？」まばゆい陽射しから顔をそむけたとき、近眼の目が暗く翳っているように見えた。

「あっという間に終わりましたよ。審理は八月二日まで延期だそうです」

「警察は誰が彼女を殺したかわかっているんだろうか」

「誰かが殺したことはわかっているでしょうね」と答えたあとで、パイパーはとっさにつけ加えた。「犯人はウィントリンガムの住人にちがいないというのが、彼らの見立てらしい」

「へえ、警察はそう考えているのか」片手で陽射しをさえぎりながら、オーウェンは斬新な意見でも聞いたかのようにパイパーを見つめていた。それから軽い口調で言った。「今回の一件で発見があったよ。〝風が吹けば桶屋がもうかる〟っていう古い諺には一理も二理もあるね。いまの活況が続くなら、宿屋の通年営業を考えるんだが」

「殺人は客寄せに使えませんよ」とパイパーは言った。その酒場兼宿屋の主人を嫌う明確な理由があるわけでないが、常に冷ややかな笑みを口もとに貼りつけ、ひそかに冗談を飛ばしてほくそ笑んでいるようなところがオーウェンにはあった。

「まあ、そりゃそうだな」オーウェンは軽い口調を変えずに話題を変えた。「ところで、あんたが初めてここへ来たとき、名前に見覚えがあるような気がしたんだ。保険会社に勤めていると聞いてなおさらそう思った。で、あとになって思いだしたよ。何カ月か前にあんたが関わっていた事件の記事を読んだこと」

「なるべく表に出ないようにしているんですけどね」

「おや、名前が新聞に載ったところで誰も傷つきやしないさ……そりゃあ、まあ、他人の女房と楽しくやっていたとなれば話はべつだが」オーウェンは濃い口髭を手の甲でなであげ、心得顔でにやりと笑って見せた。「きっとあんたは最初からわかっていたんだな。あのウォーレンって女は友だちのとこになんか行っちゃいないって」

「それはどうかな。さて、そろそろ失礼しますよ。やらなきゃいけないことがいくつかあるのでね」

オーウェンは顔に笑みを貼りつけたまま脇へよけた。「俺だって猫の手も借りたいくらいさ。朝から酒場は新聞記者であふれ返っているし……あんたの食事の用意もあるし、それにクインとかいう記者の分も。おまけに今日はご婦人の泊り客もひとりいるからね」

すれ違いざまにオーウェンが言ったことが引っかかって、パイパーはたずねた。「ご婦人というのは？」

「ロンドンから来た若い女だ。名前はジリアン・チェスタフィールド。休暇で二、三日こっちに来ている……とかなんとか本人は言ってるけどね」何がおかしいのかオーウェンはまたしてもにやりと笑った。

部屋へ向かう階段の途中で、パイパーは彼女と出くわした。「やあ……ここできみに会うとは思わなかったよ」

あごのとがった小さな顔にいっさい表情を浮かべることなく、彼女は平然と脇によけた。「それじゃあ嬉しい驚きでしょうね」そう言うと、同じ口調でつけ加えた。「あなたがまだウィントリンガムをうろついているとは思わなかったわ。パット・ウォーレンを発見したんだから仕事は終わりじゃないの？」

「彼女の夫に頼まれた仕事は終わったよ……きみがそういう意味で言ったのなら。だけど、急いでロンドンに戻らなきゃならない用事もないのでね。もう何日かとどまって成り行きを見守るつもりなんだ」

「成り行きってなんの？　パットは死んだんでしょ？」

「ああ。だが、誰が彼女を殺したかはわかっていない」

「あなたにはわからないかもしれないわね……でも、あたしにはわかる。あなたを雇って彼女を探させることでみんなの目はごまかせたとしても、あたしはだまされない。あの男が殺したのよ。誰がなんと言おうと絶対に間違いないわ」

「どうして殺さなきゃならないんだ。彼女が一年前に家を出てからずっと、彼は戻ってきてほしいと懇願していたのに」

「あたしだってそれくらい知っているわ」

「だとしたら動機は？　ワトキンは彼女を金づるだと思っていると言ったのはきみだぞ。それはともかく、妻がウィントリンガムに引っ越したことを、ワトキンはほんの一週間前まで知らなかったんだ」

「だからどうだっていうの？」

「いいかい、遺体の検分に当たった地もとの医者が断言しているんだよ。パットが死亡したのは遺体が発見される三週間も前のことだって」

ジリアンははっと息を呑んだものの、即座に言い返した。「ワトキンはべつの方法でパットがここにいることを知ったのかもしれないわ。ミセス・ビルケットに住所を訊いたのは、すでに知っていることを隠すためだったのかも」

「充分あり得るだろうね。だが、ワトキンが妻を殺害するに至った動機について、まだきみの意見を聞いていないよ」

一瞬のためらいがあった。「ワトキンみたいな男にとって、嫉妬は充分な動機になるんじゃないかしら」ジリアンは階段を二歩おりて、横目でパイパーを見あげた。「ねえ？」

「もしそうならワトキンは何を知ったんだろう。妻を殺すほどの嫉妬心を抱かせたものとはなんだ？」

「とっくに知っていると思っていたわ。パットにはウィントリンガムに恋人がいたのよ——彼女を養っていた裕福な男がね」

「きみはそのことをどうやって知ったんだい？」

「本人から聞いたのよ、ロンドンからこっちへ引っ越す前に。その恋人の奥さんが不審に思いはじめたらしいの。夫がしょっちゅう街へ行くものだから……それで、男はパットに金を与えてホルムウッド・コテージに住まわせたわけ」

「そういうことなら、恋人がパットに飽きたのかもしれないとは思わないのかい？」

ジリアンはきっぱりと言った。「男がパットに飽きるには三カ月じゃ足りないわ」

「かもしれない。だけど彼女のほうが恋人に飽きたとしたら？　ほかの男と浮気していたか……あるいは、恋人が彼女の浮気を疑っているとしたら？」

その発想は頭になかったらしく、ジリアンはいっとき考えこんだ。下唇を噛みながらパイパーを見あげ、彼の胸のうちを探ろうとした。

ようやく彼女が口を開いた。「それって、スタンリー・ワトキンが疑われないように考えだしたこと？　それとも本気でそう思っているの？」

「ワトキンを守るつもりはない。彼が妻を殺したのなら、理由がなんであれ、かばったりしないさ。だけど、きみも知っておいたほうがいい。彼には妻が殺害された夜のアリバイがあるんだ」

「警察はそれで満足しているの？」

「まだ確認はとれていないはずだ。警察による裏づけ捜査が行われれば、おそらくワトキンはあの夜、ウィントリンガムから遠く離れた場所にいたことが明らかになるだろう。……ワトキンを見る私の目に狂いがなければ」

ジリアンは唇の端を噛んで考えこんだ。「スタンリー・ワトキンが犯人じゃないなら、パットをここへ呼んだ男のしわざにちがいないわ。ひょっとするとあなたが正しいのかも。彼女がほかの男に心変わりしたと思ったのかも……」

「パットの恋人だったその男は、犯人であろうとなかろうと、いまごろひどくとり乱しているはずだ。

パットは何か手がかりになりそうなことを言っていなかったかい？　どんな仕事をしているとか、どんな身分や立場にあるとか」

ジリアンはパイパーをちらりと見あげた。明るい色の小さな瞳は秘密めいていて、口もとに満足げな笑みが広がっていく。「仕事の話はしなかったけど、彼のことなら飽きるほど聞かされたわ。あたし、本人に会ったらわかると思う」

「きみが知っていることを教えてくれれば、捜査の助けになるかもしれない」

顔から笑みがすっと消え、ジリアンは激しく首を横に振った。そして、舌も滑らかに言った。「知っているとかそういうんじゃないの。たぶんこんな人だろうな、というイメージが漠然とあるだけ」

ジリアンの瞳の奥がきらりと光った。あたかも新たな狙いを定めたかのように。

「その男を見つけたらどうするつもりだい？」

「どうしようとあたしの勝手でしょ」

ハイ・ストリートの電話ボックスには先客がいた。パイパーは次の角まで歩いて道路を渡り、通り沿いの店のショーウィンドウをのぞきながら引き返した。再び道を渡ったときもまだ、電話ボックスでは先ほどの若い女が話をしていた。

待つあいだパイパーは男のことを考えていた。六月二十六日の夜にあの標識の前でパトリシア・ウォーレンを車に乗せ、十一時過ぎに自宅へ送り届けたと思われる男のことを。理屈で考えれば、その男は彼女の恋人ではないはずだ。

彼女をホルムウッド・コテージに住まわせた男はべつにいる。その男は事件当夜、彼女と会う約束をしていなかった。そうでなければ、彼女がパーリーへ出かけて夜遅くに帰宅することはなかっただろう……。

仮に恋人がコテージで帰りを待っていたとしたら……べつの男を家へ連れこむのを見たとしたら……。送り届けた男が去ったあと、ふたりは口論になったかもしれない。嫉妬に狂った男が彼女に襲いかかる……家を飛びだした彼女は道路を横ぎり……森へ逃げこんだところで男に追いつかれた。

その男がパット・ウォーレンの恋人なのか？　疑り深い妻がいるのはその男なのか？　ウィントリンガムのような小さな村で、ホルムウッド・コテージを訪れることができるのは、人に見られる恐れのない夜に限られていたはずだ。

夜間に出歩いても事情を説明する必要がないのは、どんな立場にある人間だろう。言い訳として使えそうな理由は？　夜の散歩……酒場へ一杯やりに……。しかし三カ月は長い。しかも彼には疑り深い妻がいるのだ。

もしその男の住まいが、ロング・ホートンへ至る道沿いに建つあの立派な屋敷のひとつだとしたら、例の石垣沿いの小道を利用すれば、村を通らずにコテージへ行くことができる。そうは言っても遅かれ早かれ誰かに見られるはずだ。四、五、六月と同じ道を頻繁に通れば必ず目撃される……それも一度や二度ではないだろう。

男の行動が村人の口の端にのぼらないのはなぜか。噂話の温床のような場所で、どうやって噂にならずに夜の遅い時刻に出歩くことができたのか。できるとしたらどんな種類の人間だろう。株の仲買人ではない……不動産屋でもない……衣料品の製造業者でもない……チェーンストアの経営者でもない……弁護士でもない……。

答えがパイパーの頭にひらめいた。どんな地域社会にも、昼夜のべつなくどんな時刻にどんな場所で目撃されても不審に思われない特権的な職業がある。医者だ。患者がほうぼうに散らばっている田舎の開業医は、古い慣習に縛られて行動を制限する必要がないのだ。

……医者はどこでも好きな場所へ行って、都合のいい場所に車を停めることができる。帰宅時間が遅かろうと早かろうと誰も気にしない。昼夜を問わずかかってくる呼びだし電話は、好きな時刻に好きな家を訪ねる格好の言い訳になる……。六月二十六日木曜日深夜十一時、ゴードン・クック医師はどこにいたのだろう……。

ようやく若い女が電話ボックスから出てきた。開いたドアを手で押さえると、申し訳なさそうな笑みを浮かべてパイパーが来るのを待っていた。コインの投入口におしろいが付着し、受話器の通話口から安っぽい香水の匂いがした。

フォックスはまだオフィスにいた。「きみにはテレパシーがあるにちがいない。どうやって連絡をとろうかと考えていたところなんだ。ウィントリンガムにいると思っていたよ。事務所や自宅に電話をかけても応答がなかったから……しかし、滞在先がわからなくてね」

「もちろん、ニュースは耳に入っていますよね?」

「ああ、それできみと話がしたかったんだ。彼女が殺害された背景について、警察は何か手がかりをつかんでいるんだろうか」

「具体的なことは何も。いまのところ彼らが知り得た確たる事実は、彼女が六月二十六日の夜から翌朝にかけて殺害されたことだけです。それと、彼女にはこの近辺に愛人がいたと考えて、まず間違いないでしょう」

「そいつの犯行だと警察は見ているのか？」

「まだその段階にありません。いまは目についた人々を手当たりしだいに調べている状態で」

「なるほど……」受話器の向こうから、シーシーという歯の隙間から息を吸うような音が聞こえてきた。やがてフォックスがたずねた。「きみはこの事件をどう考えているのかね？」

「私のほうが警察より真相に近づいているわけじゃありません」

「そうは言っても、われらが親愛なるスタンリー・ワトキン氏の人物評は、ある程度固まっているはずだ。検死審問で彼を見かけたかね？」

「ええ。ワトキンの事情聴取にも同席しました。昨日の朝、村の駐在所で州警察犯罪捜査課のロック警部によって行われたのですが」

「ワトキンはどんな様子だった？」

「打ちひしがれた男そのものでしたよ。一部は演技かもしれない――でも全部ではないでしょう」

「スタンリー・ワトキン氏のすることは全部、芝居の一部だと私は確信しているがね」

「そう言われるとそんな気もします。ところで、この事件にずいぶん興味をお持ちのようですが、何か理由があるのですか。妻を殺したのがワトキンだろうとほかの誰かだろうと、クレセット生命には関係ありませんよね」

大きな咳払いをしたあとでフォックスは言った。「ああ、いや、それがおおいに関係があるんだ。われらが狡猾なるワトキン氏について重大な情報を入手した。私はそれを警察に知らせるべきだと思っている。もし警察が動機を探しているなら、もってこいの……」

受話器の向こうからカチリ、ブーン、ジーという雑音が聞こえてきた。それがやむとパイパーは言った。「回線が途切れたようですね。それで、どんな動機ですか?」

「今日の午後、フォークストン支店の人間と話しているとき、驚くべき情報を耳にした。スタンリー・ワトキンが一年ほど前に、妻に生命保険をかけていたことを知っているかね?」

「死亡保険金は?」

「五千ポンドだ。まるで彼女は余命十二カ月と宣告されていたみたいじゃないか?」

第十四章

クインはその夜、パイパーと夕食の席で合流した。食事を運んできたのはミセス・タッドフィールドだった。いつになく控えめな態度のミセス・タッドフィールドは極端に口数が少なく、ふたりが食事を終えると、どこかほっとした様子で空いた食器を運び去った。

ジリアン・チェスタフィールドは、階段でパイパーと言葉を交わしたあと外出したまま戻ってきていなかった。ひょっとしてパトリシア・ウォーレンから聞いていた男を運よく見つけだしたのではないか、とパイパーは思っていた。

人づき合いを避けていたホルムウッド・コテージでの三カ月間とは対照的に、ベイズウォーターで部屋を借りていたときのパットは、隣人相手に多くのことを語っていたらしい。パットとジリアンのあいだには強い絆が生まれていたようだ。スタンリー・ワトキンに対する共通の嫌悪が根底にあるのかもしれないし、ジリアンも不幸な結婚を経験しているのかもしれない。

〝……それにしても、フォックスから聞いた生命保険の話は不可解だ。契約したのは一年前で、パットが家を出たのもほぼ一年前。夫が自分の命に保険をかけたことを彼女は知っていたにちがいない……〟

保険会社が被保険者と正式に面会することなく契約を結ぶことは通常考えられない。ワトキンが抜け道を見つけたと考えられなくもないが……可能性は極めて低い。

〝それに夫がしていることにパットは気がつくはずだ。言い争うほどのことではないと思ったのか。とりあえず、夫がかけ金を払うなら自分には関係ないことだと思ったのか。最初から殺すつもりで夫が妻に生命保険をかけるとは、普通の女なら夢にも思わないだろう〟

クインが言った。「今日の午後、パーリーできみと別れたあと、アラン・ヘイル氏に話を聞こうとしたんだが、門前払いを食らったよ。病院の女院長が大のマスコミ嫌いでね。しかたないからヘイル氏の自宅に夫人を訪ねてみた」

「何か聞きだせたのか？」

「ほんの少しね。もっともらしい話をでっちあげて、彼女の夫に興味を持っている理由を説明したんだが、間違いなく見透かされていた」クインはにやりと笑うと、パイパーからタバコを一本受けとってポケットのマッチを手探りした。「こっちも見透かしていたけどね」

「どういう意味だい？」

「ヘイルの女房は何か知っている――知っていて、そのことをひどく気に病んでいる。おびえていると言ってもいいくらいだ」

「特別な意味はないのかもしれないぞ。妻が夫を心配するのは自然なことだ。夫が突然心を病んだとなれば、相当なショックを受けたにちがいない」

クインはタバコの煙にむせながら首を横に振り、咳がおさまると言った。「その程度のことで思い悩むタイプじゃない。ああいう中流階級のご婦人は、血管に血の代わりに酢が流れていて、その血管が破裂しないかぎり、どんな感情も表に出すことはないのさ」

「外見の印象は?」

「うーん、最初は女らしかったけど、途中で迷子になったって感じかな。セックスはある種のタブロイド紙が作りだしたものである――ヘイル夫人はそんなふうに思っているタイプだ。俺の見るかぎりでは」

「夫人がきみの言うとおりの人間だとしたら、あの夜ふたりが出会ったとき、パトリシア・ウォーレンがヘイルに与えた衝撃は相当なものだったろうね。ことによると、ロック警部に伝えるべきかもしれないな、きみがヘイル家の女中から聞きだしたあの話を」

「俺はごめんだね。この前、当局に知恵をつけてやったとき、危うく逮捕されそうになったんだ。余計な口をはさむなって言われてさ。だけど、まあ、ちょっとばかり立ち寄って、検死報告書が届いたかどうか訊いてみるとするか。きみも一緒に来ないか?」

「ああ、おともするよ。僕も彼に話したいことがあるし……」

店を出るとき、オーウェンの妻とすれちがった。顔色の悪い白髪混じりの陰気な女で、時代遅れの花柄のドレスを着ていた。

ハイ・ストリートに出ると、クインが言った。「おかしいと思わないか、小説や映画には必ずセクシーな酒場のママが登場するのに、現実の世界じゃめったにお目にかかれない。さっきのあの女じゃ、長い冬の夜にわれらが宿主を充分にあったためてやれるとは思えない。もっとも、レジー坊やの目は若い女の尻ばかり追いかけていたけどね」

「きみの悪い癖だぞ、そうやって色眼鏡で人を見るのは」

クインは癖のない髪をかきあげて、しゃがれた声がもとに戻るまで咳払いをした。「男の考えることはみんな一緒さ——普通の男ならね。いつかきみに生の実態《ファクツ・オブ・ライフ》（とくに子どもに教えるセックスにまつわる事柄）ってやつを教えてやらなきゃいけないな、ジョン・パイパー君……」

ロック警部は黙って話に耳を傾け、いくつか質問をしたあと、窓辺に立ってサンディフォード・レーンの向こうに広がる暮れゆく大地を眺めていた。しばらくすると、ようやく振り返って言った。「理に適った筋書きだ……実に理に適っている。私とクック医師が旧知の仲でなければその線で捜査を進めたと思いますよ」

警部はズボンのポケットに入れた小銭を鳴らしながら、しかめた顔をパイパーに向けた。「たしかに医者なら、夜遅くに若いご婦人を訪ねても妙な噂を立てられないかもしれない。だとしても、それはゴードン・クックではない。彼は容疑者から除外できる」

パイパーが言った。「クック医師とは一度会ったきりですし、彼に疑いの目を向ける理由はありません……それにしても、どうして彼ではないと言いきれるのですか？」

「ゴードンと彼の奥さんは理想の夫婦だと思っているからです。彼は奥さんにべた惚れだし、奥さんは甲斐甲斐しく夫の世話を焼いている。まるで小さな男の子を相手にしているみたいにね」

「ほかにご家族は？」

「ああ、子どもが三人。長女はカーライルの医者に嫁ぎ、次女はロンドンの病院で看護師をしている。息子は二、三年前にウガンダへ行った。いい家族ですよ……爪の垢を煎じて呑みたいくらいだ」

クインが言った。「どっちの肩も持つ気はないが、金がかかるわけじゃないし、その父親《パトレス・ファミリアス》に訊いてみればいいじゃないか。六月二十六日木曜日の夜に何をしていたか覚えているかって」

警部はクインをちらりと見た。穏やかな顔に非難の色がうっすらとにじんでいた。「独特な言いまわしをされるようですね、クインさん」相変わらずポケットの小銭を鳴らしながら警部は言葉を継いだ。「目下、最も私を悩ませているのはワトキンです。妻にかけられた生命保険には重大な意味があるにちがいない。しかしながら、パトリシア・ウォーレンを殺したのが誰であれ、それは断じて彼女の夫ではない」

「なぜですか?」

「ニューカッスルの競馬《レース》に行っていたというワトキンの話の裏がとれたからですよ。よって彼は犯人ではない。事件当日の午後から夜にかけて鉄壁のアリバイがあるのでね……その後の二日間も同様に。〈ウィンザー・ホテル〉の従業員によれば、六月二十六日の十八時半から二十時のあいだにワトキンが夕食をとったことは間違いない。その後、彼は一時間ほどホテルのバーで過ごし、二十一時を過ぎたころ仲間と一緒に部屋へ戻った」

「友人たちは?」

「そっちも調べさせたんだがね、その場に居合わせた全員が断言しているんですよ。ワトキンは一度も中座することなく午前二時半過ぎまでポーカーをしていた、必要なら法廷で証言してもいいと」

クインが言った。「アリバイが完璧すぎると、前もって準備していたんじゃないかと思われそうだけど」

「誰がどう思おうと関係ありません。事件当夜、ワトキンがひと晩じゅうニューカッスルにいたことに疑問の余地はない。したがってウィントリンガムにいることは不可能だ」

禿げたてっぺんを囲む髪の後頭部をかきながら、ロック警部は窓辺から離れ、不満たらしい声で言った。「クインさんが重大な発見をしたと考えている件に関しては、ホルムウッド・コテージにはいっさい近づいていないとヘイルが断言すれば、われわれは壁にぶち当たることになる。たとえヘイルが標識の前で被害者を車に乗せた男だとしても――さらに本人がそれを認めたとしても――彼が殺害したことにはならない」

「あなたの推理がすべて正しければ」とパイパー。「おそらく彼は無実でしょうね」

クインが大げさな咳払いをした。「俺なら無実という言葉は使わないね。ミセス・タッドフィールドはあの日、ミス・ウォーレンのベッドを整えてからコテージをあとにした。彼女が言うには、ベッドには明らかに寝た形跡が残っていたそうだ。知ってのとおりパットは殺害されたとき外出時と同じ服装をしていた。とすると、彼女は服を着たままベッドに入り……そう思うのは俺がスケベだからか？」

ロックが言った。「声に出して考えてみよう。あの夜、彼女を家に送り届けたのはヘイルだとする。彼女はヘイルを自宅へ招き入れ、ふたりは親密な雰囲気になったとする。その後、何が起きた？　なぜヘイルは突如として彼女に襲いかかったのか？　彼女が手鏡で攻撃をかわしてコテージから逃げだすと、ヘイルはあとを追って道路を横断し、森のなかへ分け入って、そこで息絶えるまで彼女を叩きのめした。それはいったいどうしてか？」

「一時的な錯乱状態に陥ったのかも」とパイパー。「二日後に精神疾患を発症したこととつじつまが合うと考える人もいるでしょう。そうした事例は今回が初めてではありません」

「たしかに。しかしアラン・ヘイルはそういうタイプではない。何度か会ったことがあるが、いつだって彼は紳士然としていた。物静かで、道理をわきまえた人物ですよ」

「人を見た目で判断できるなら、警察の仕事はずいぶん楽になるでしょうね」

クインが再び咳払いをした。「核心をつく意見だな……多少おもしろみには欠けるけど。あと、そういう問題発言をするときは俺のほうを見ないように」

タバコの吸い殻をポケットから探しだし、それに火をつけると、クインは痩せた顔に改まった表情を浮かべて言った。「ひとつお訊きしますが、警部。彼女がホルムウッド・コテージを借りることになった経緯はわかっているのですか?」

「ああ。わかったからと言ってなんの助けにもならないが。今日、不動産屋のレイノアから事情を聞いたんですよ。彼が言うには、パトリシア・ウォーレンから電話がかかってきて、ローンを組めるならあの家を買いたいという申し出があったそうです。レイノアはお安い御用と引き受けたが、古い物件のため住宅協会からの貸付金は売値の七割五分までしか見こめないことが判明した。かたやパットは二割五分の頭金を払うだけの金はないという……それで彼女は興味を失ったらしい」

パイパーは頭の隅でジリアン・チェスタフィールドの声を聞いていた。〝……パットにはウィントリンガムに恋人がいたのよ――彼女を養っていた裕福な男がね……男はパットに金を与えてホルムウッド・コテージに住まわせたってわけ〟

男が彼女を近くに住まわせたいと考えたのなら、多少の予算オーバーには目をつぶるはずだ。彼女との関係が続くかぎり無期限に、生活費や服飾費をまかなう覚悟でいたのだから。しかし、彼女は予算をきっちりと決めていたようだ。

パイパーがたずねた。「コテージの売値はいくらだったのですか?」

「二千四百ポンド」

「六百ポンドの手付金は、恋人には荷が重すぎると考えたわけか」とクインが言った。「それとも俺たちはその男を見くびってるのか。すでに金は渡してあって、受けとった女が万一に備えて貯蓄しておきたいと考えた。彼女は知っていたのかもしれないな。愛するパパは永遠に貢いでくれるわけじゃないし、最も信頼できる友だちは預金残高だってことを」

「ありそうな話ではある」と言ってロックは禿げ頭をハンカチでぬぐった。窓をさらに少し開き、言葉を継いだ。「あくまでも推測にすぎないが。私が事実として把握しているのは、コテージの賃貸はレイノアから提案したということだけです。契約期間は十二カ月。すぐ売れる見こみはないし、短期間の賃貸なら、そのあいだに買い手を探せると考えたらしい」

パイパーが言った。「いくらそれらしい仮説を立てても、事実による裏づけがなければ、あやまった推測を生むという証しですね」

パイパーの頭のなかには、〈ロイヤル・ジョージ〉の階段でジリアンと交わした会話がまだ居座っていて、そこから新たな考えが生まれていた。

……ベイズウォーターの部屋をパットに斡旋したのも、ウィントリンガムに裕福な愛人がいるとパットに打ち明けられたと言ったのも、ロンドンを去ったパットの行き先を知っていたのもジリアンだ……ジリアンならワトキンに情報を流すことができる……。

ジリアンとワトキンがぐるだとしたら……ワトキンを毛嫌いしているのは演技だとしたら……ふたりが共謀してパットに多額の生命保険をかけ、疑われる恐れのない状況で彼女を殺害したとしたら……。

しかし、疑問もある。彼らはどんな手を使ってパットがホルムウッド・コテージを借りるよう仕向けたのか。パットは自らの意志でウィントリンガムに三カ月間住んでいたようだし……それに、ワトキンには六月二十六日の完璧なアリバイがある。

あの夜、ジリアンはどこにいたのだろう。彼女が殺人計画の片棒を担いでいた可能性はあるだろうか。パットの死体が発見された直後にジリアンが現地にやってきたのは、捜査の進捗状況が気がかりだったからと考えることもできる。

彼女が何かにつけてワトキンに不利な証言をするのも、それで説明がつく。パットから聞いた男を探すというのは出まかせで、そんな男は実在しないのかもしれない。

だが……恋人が存在しないとしたら、どうしてパットはウィントリンガムへ移り住む気になったのか。推理はそこで行きづまった。事件当夜の行動についてジリアンから満足のいく説明がなされれば、この線は完全に消えるだろう。

パイパーはたずねた。「パトリシア・ウォーレンを撲殺した犯人が女である可能性はありますか?」

ロックは大きな角ばった顔を曇らせて言った。「どうしてそんなことを訊くのかね?」

「ちょっと思いついただけです。女でも可能でしょうか。石で相手の顔を殴りつけるのに、それほど大きな力は必要としませんよね」

「しかし、女が女を絞め殺すことはめったにないだろうね。パトリシア・ウォーレンの遺体の頸部にはあざがあって、そのあざは両手で圧迫したときに残るものだった。内務省の病理学者による報告書が二時間ほど前に届いたんですよ。そのなかでワード教授は、首を絞めたのは男の手と考えてほぼ間違いないと述べている。被害者は首を絞められて殺害されたわけではない……しかし、何者かが締め殺そうとしたのはたしかだ」

遠くに思いをはせるような口調で、クインが言った。「じゃあ、こういうことかな。彼女がドレッサーの前に座っていると、背後から男が忍び寄り、彼女の首に手をかけた……彼女は手近にあった手鏡をつかみ、必死で男を殴りつけた……思わぬ抵抗にひるんだ男は手を離し、彼女は追っ手を振りきってコテージから逃げだした……」

ロック警部が言った。「事件の夜、何が起きたかは、いまや一点の曇りもない水晶のごとく誰の目にも明らかだ——ただひとつのことを除いて。その男はいったい何者なのか。動機があろうとなかろうと、それはスタンリー・ワトキンではない」

ドアにおざなりなノックの音がしたあと、ウィーラン巡査が部屋に入ってきた。ほぼ新品に近い小型のスーツケースをたずさえている。

「すみません、警部、パーリーからこれが届いたもので。詳しいことは電話で警部に伝えてあると言われました。大至急こちらへ送るように警部から頼まれたとか」

「うん、私が頼んだんだ。デスクの上に置いてくれ」

「先方に何か伝えますか？」

「いや。パーリーには午前中に私から電話するつもりだ」

ウィーランは部屋を出ていった。スーツケースの金具をはずしながらロックが言った。「このスーツケースには非常に興味深い由来があってね。六月二十九日に英国鉄道警察隊の警官がパーリー駅で勤務中に挙動不審の男を発見した。けちな窃盗の前科がある名の知れた悪党で、前科には他人の荷物を持ち去る置き引きも含まれていた。名前はリスボン、トニー・リスボン。と言っても、聞き覚えはないでしょう……ねえ？」

クインとパイパーが無言でいると、ロックは小さくうなずいて話を続けた。「その警官はトニーをしばらく泳がせた末に、トイレの前に置き去りにされたスーツケースを持ち去ろうとしたところで捕まえた――これがそのスーツケースです。トニーは拘留され、スーツケースの持ち主探しが始まった」

「ところが誰も名乗り出てこなかった」と言ったのはパイパーだった。

「そのとおり。誰ひとり現れなかった。よってトニーは遺失物等横領の罪で三カ月の刑を宣告され……それでこの件は終わっていたでしょうね。パーリーの犯罪捜査課に常に注意を怠らない優秀な警察官がいなければ。ホルムウッド・コテージから持ち去られたものの種類や特徴を聞いた彼は、あれこれ考え合わせてひとつの結論に達した」

警部はスーツケースのふたを開けた。「彼が出した結論が正しいかどうか見てみよう」

中身は乱雑に詰めこまれていた。しわだらけのピンクのドレス、ナイロンのストッキングと下着が数枚、頭に巻くスカーフ、薄手のネグリジェ、ハンカチが半ダースほど。衣類の下にはヤギ革の白いハンドバッグと、化粧品の入った小瓶や小箱が入り乱れていた。

ロック警部はひとつずつすばやく点検しながらデスクの上に並べていった。最後に残ったのはハンドバッグだった。

バッグの中身はファンデーションのコンパクト、オレンジスティック、爪やすり、櫛、ふちにレースのついたハンカチが二枚、エナメルと金メッキのケースに入った口紅、鏡、半分残ったタバコのパック、ライター、ヤギ革の白い財布。財布には一ポンド札一枚、十シリング札二枚、銀貨と銅貨を合わせて七シリング四ペンス入っていた。折りたたまれたバスの乗車券は北部サリーバス会社が発券したものだった。

取りだしたものを財布に戻しながらロック警部が言った。「これらの出所は考えるまでない。犯人は身もとの特定につながるものを取り除いたうえで、機を見てこのスーツケースをパーリー駅へ運び、誰も見ていないときにトイレの前に置き去りにした」

クインが言った。「置き去りにする前の三日間はどこに隠していたんだろうな」

「車のトランクに入れておいたとか……本人に訊かなきゃわからないさ。差し当たりそれは問題ではない。だが、犯人がスーツケースを駅に捨てたのは六月二十九日だったという事実は、極めて重要な事柄を証明していると言えるでしょうね」

パイパーが言った。「アラン・ヘイルは犯人から除外されますね。二十八日には入院していたわけですから」

「いかにも。もちろん裏づけ捜査は行うが、この分なら彼も容疑者から除外できそうだ。これでワトキンとヘイルの線は消える。そうなると――」

電話が鳴った。ロックはデスクの反対側にまわって受話器を取った。「ロック警部です……ええ……はい、私ですが……」

ロックの顔つきが変わった。相手の話をさえぎるようにして言った。「いや……しかし、もし何か知っているなら、あなたには話す義務が……くそっ！」

ロックは数秒待って受話器を置くと、いらだたしげに禿げ頭をかきむしった。「一方的に切られた。どこの女かわからんが、アラン・ヘイル氏が好きじゃないらしい」

「彼のことで何か言われたんですか？」たずねたのはクインだった。

「パトリシア・ウォーレンが殺された晩どこにいたか、ヘイルに訊いてみろと」

クインの痩せた顔がにわかに活気づき、鋭さを増した。「その女は、自分が誰かは明かさなかったが、誰かでないことははっきりと示したわけだ」

「謎かけみたいだな。どういう意味です？」

「つまり彼女は、六月二十九日にスーツケースを駅に置き去りにした人物と関わりのある誰かではない……もしくは、その前日にヘイルが入院したことを知る誰かではない」

「僕は後者の考えを採用したいね」とパイパーが言った。「ヘイルが入院したことを知らないとすれば、その女は地もとの住民ではない。とすると、真っ先に思い浮かぶのは僕らの宿に新たに加わった客だ」

ロック警部は低く口笛を吹き、スーツケースのふたをなでた。「この機会にジリアン・チェスタフィールド嬢から少しばかり話を聞くとするか」

ホルムウッド・コテージを捜索したときにパイパーの胸にきざした疑念が、新たな説得力を持ってよみがえってきた。「駅に置き去りにされたその荷物には腑に落ちない点があります」とパイパー。「犯人は無闇に多くのものを詰めこみながら——靴だけ入れ忘れた。あるいはわざと忘れたのか。ひょっとすると、ミス・ウォーレンが靴を履かずに出かけたことを、ミセス・タッドフィールドに気づかせたかったのかも……ミス・ウォーレンの身に何かあったのではないかと思わせるために」

「どうしてそんなことを？　犯人は彼女の死をできるだけ長く隠しておきたかったのでは？」

「その理由がわかれば、彼女を殺した犯人もおのずと明らかになるでしょう」

〈ロイヤル・ジョージ〉でたずねてみると、ミス・チェスタフィールドは夕食を食べにきていないことが明らかになった。夜の十一時を過ぎても、彼女は戻ってこなかった。ロンドンから持ってきた彼女のバッグは、レグ・オーウェンが彼女に言われて部屋に運んだときのまま、ベッドの上に置かれていた。

クインが言った。「どこへ行ったにせよ、とりあえず、戻る意志はあるってことだ。パットの恋人を尾行しているのかもな……」

翌朝、彼女のベッドには寝た形跡がないと、宿主のオーウェンから報告があった。もはや冗談を言って笑う気にはなれないらしく、その目はいつも以上に暗く翳って見えた。

パイパーとクインが朝食の席についたとき、ミセス・タッドフィールドが伝言をたずさえてやってきた。「たったいま警部さんから電話があって、大至急サンディフォード・レーンへ来てほしいそうよ。緊急事態だとかで……すぐに行ったほうがいいわ……」

駐在所の前で待ち構えていたロック警部は、顔を合わせるなり無愛想に言った。「例のジリアン・チェスタフィールドだが、見れば本人だとわかりますか、パイパーさん？」

「ええ、もちろん。彼女とは昨日話したばかりです」

「金髪で、瞳はブルー、小柄で、鼻が少しばかり上を向いている？」

「ジリアンだ。彼女はどこにいるんですか？」

苦虫を噛み潰したような顔で、警部が答えた。「友だちと同じ場所ですよ。真夜中過ぎに、パーリーの裏通りにある建物の入り口で倒れているところを発見された。首を絞められて殺されていたんです」

第十五章

「……二十三時から二十三時十五分のあいだにウェリントン・ストリートを巡回したときは、どこにも異常はありませんでした。女性を発見したのは一時間後の次の巡回中で、二十七番地の戸口で倒れていました。身体はまだ温かいが脈はなく、自分は電話で応援を要請し……医師が死亡を確認しました」

ブロックルバンク巡査は手帳を閉じると、片手を口に当てて咳払いをした。潑剌とした知性を感じさせる顔つきの若者だった。

ロック警部がたずねた。「巡回していた二十三時から二十四時のあいだに、不審な物音を聞かなかったか？」

「はい、聞いていません」

「その時刻だと人通りは多くなかったと思うが？」

「ごくわずかでした。自分が見かけたのは近所の住人だけです」

「すれ違った車は？」

「一台か二台。ウェリントン・ストリート方面からは一台も来なかったと記憶しています」

「それが何かの手がかりになるのかね、巡査？　仮に被害者が車で現場に運ばれたとして、きみが反対側の巡回区域にいたら、目撃することはなかっただろうね？」

「おっしゃるとおりです」

「悲鳴とか言い争う声とか不穏な音はいっさい聞いていないんだな？　……夜のその時間帯なら、街は静まり返っていたはずだが」

「何も聞いていません」

「では、とりあえずきみは帰って構わん。ご苦労だったな、巡査」

ロック警部はパイパーにうなずいてみせた。「では、身もとの確認をしてもらえますか、パイパーさん……」

遺体は布を敷いた台の上に横たえられていた。がらんとした細長い部屋は冷気と防腐剤のにおいがした。

ロック警部は布をめくってたずねた。「彼女ですか？」

死は彼女の身体をひとまわり縮めたうえに肌からあらゆる色を奪い去り、鼻と口の周辺だけがくすんだ紫に変色していた。苦しげに開いたままの下あごは、膨れあがった舌をしまいきれないかのようだ。首に残された扼痕が生々しく際立っていた。

「ジリアン・チェスタフィールドです」とパイパーが言った。

警部は遺体の歪んだ顔を再び布で覆ったあと、ハンカチで手をぬぐった。「彼女は探していた男を見つけたと考えてまず間違いないでしょうね。そして、その男に口を封じられた」

「どうして彼女はあなたに電話をかけて、アラン・ヘイルに嫌疑がかかるように仕向けたのでしょう。昨日、私たちは彼を容疑者から除外した。にもかかわらず、ヘイルは犯行をなし得たのでしょうか」

「その可能性はない。今朝、事件の一報を受けて病院に確認を入れたんですよ。この一週間、見舞いに来たのは妻だけで、しかも昨夜のヘイルは、二十三時四十五分には自室でぐっすり眠っていたと看護婦とつき添い夫が口をそろえて断言している。寝つけないと訴えるので、二十三時十五分に看護婦が温かい飲みものとペントバルビタールを一・五グレーン与えたそうです」

「そうなると、アラン・ヘイル氏は除外できそうですね。ゆうべの二十三時から深夜零時あいだ、クック医師がどこにいたか興味があると私が言ったら、決着のついた話を蒸し返そうとしているとあなたは思われるでしょうか」

布で覆われた遺体に最後の一瞥をくれたあと、ロックはハンカチをポケットにしまった。「ここは自由の国ですからね、パイパーさん。私が同意しようがしまいが、好きなように考える権利があなたにはある。たまたま私は、昨夜二十二時三十分から二十三時四十分くらいまで、クック医師がどこにいたか知っていますが」

「どこですか、それは？」

「彼の自宅で私と話をしていたんですよ。すでに寝る支度をしていた彼を引き止めて、隣近所の住人のことをあれこれ訊いていました」警部は笑みを浮かべ、首を横に振った。「あなたはワトキンやヘイルやクック医師からいったん離れて、外へ目を向けるべきだと思いますよ。ヘイルと医師にはゆうべのアリバイがあるし、妻が殺害された夜のワトキンのアリバイは水も漏らさぬ完璧なものだ」

「でも、ゆうべのアリバイはないかもしれない」

遺体を安置してある部屋を出て、廊下を歩きながらロックが言った。「同一人物による犯行にちがいないと私は思いますが」

「そうとは限らないでしょう。パトリシア・ウォーレンを撲殺したのは女かもしれない」

「女？」

「ジリアン・チェスタフィールドです。彼女とワトキンは初めから共謀関係にあったのかもしれない。ふたりはパットに五千ポンドの保険金をかけ、パットが死ぬ予定の日、ワトキンは計画どおり二百マイル離れた場所にいた。パットの友人であるジリアンを疑う者はいなかった」

考えをめぐらせながらロックが言った。「その後、ワトキンは金を独り占めしたくなった……ということですか？」

「ええ。それならつじつまが合うし、ワトキンのアリバイの問題も解決します」

「しかし、説明がつかないこともある。パトリシア・ウォーレンの頸部に残っていた手の痕。覚えているでしょう」——警部は冷ややかな笑みを浮かべて言った——「病理学者に照合試験をさせたんですよ。チェスタフィールドという女の手は、彼女の友人の頸部に残された扼痕に比べて小さすぎると彼は明言している。しかも、ふたつの事件は同じ人間の手による可能性があるとも言っています」

「では、そういうことなのでしょう。同一人物がふたりを殺したのなら、犯人はワトキンでもヘイルでもない。そして、クック医師に関する私のいいかげんな推量もはずれているにちがいない」

パイパーの頭をクインの言葉がよぎった。〝アリバイが完璧すぎると、前もって準備していたんじゃないかと思われそうだけど〟

ふたりの女の死には、パトリシア・ウォーレン殺しに付随する基本的事柄——ホルムウッド・コテージの居間に残された白い靴、ミセス・タッドフィールド宛ての手紙、ドレッサーからでたらめに持ちだされた化粧品——と鎖の輪ごとく結びついているはずだ。

行きつく答えはいつも同じ――犯人はウィントリンガム近辺の住人である。得をするのはワトキンひとりだとしても、彼の妻はほかの誰かに殺されたのだ。

〝……ワトキンにはアリバイがある。完璧なアリバイが。問題はそれが完璧すぎることだ。妻の死によってワトキンの手には五千ポンドもの金が転がりこむ……しかし妻が殺害された夜、ワトキンは二百マイル離れた場所でポーカーをしていた……〟

すべてが周到に用意されていた。ニューカッスルのホテル、ポーカーゲーム、手帳に記された予定。あのときワトキンはロック警部になんと言った？ 〝……特別なことは書いてありませんが。賭け金とか……そういったことくらいで〟

そう言いながら、ニューカッスルの競馬の日程を手帳に記していた。ワトキンがアリバイを問われてすぐに答えられなかったのは、純然たる演技だったのかもしれない。いったん思いだすと、その旅のことを細部まで記憶していた。あたかも念入りに暗記していたみたいに。

一方、彼の妻の首に残っていた扼痕は男の手によるものだった。絞め殺すのに失敗して撲殺したのなら……どちらも同じ夜のほぼ同時刻に行われたにちがいない……。

パトリシア・ウォーレンは嫉妬に狂った愛人によって殺害されたと裁判で認められれば、クレセット生命保険会社がワトキンの請求を拒否する根拠はない……スタンリー・ワトキン氏にとっては願ったり叶ったりだ。

〝……しかし、いくらワトキンが怪しくても、六月二十六日のあの夜、ふたつの場所に同時に存在するのは不可能だ。もしワトキンが妻を殺したのなら、手品師も真っ青の恐るべきトリックを習得したにちがいない。そんな能力があるなら、この先も使わない手はないだろう……〟

ロック警部が言った。「どこかよそで話そう。ホルマリンのにおいはどうにも好きになれない」

遺体安置所の外に出ると、むっとする熱気を含んだ喧騒がふたりを包んだ。ロック警部はパイパーを見てたずねた。「まだクック医師のことが気にかかっているのかな?」

「いや、彼のことは警部におまかせします。ウィントリンガムの住人の誰かが、ホルムウッド・コテージへ移り住む理由をパット・ウォーレンに与えた。それが誰であれ、私よりもあなたのほうが見つけだす可能性は高い」

「かもしれない。ひょっとして村を離れるつもりですか?」

「ええ、また戻ってきますが。いったんロンドンに帰ります」

「よければ、向こうで何をするつもりか教えてもらえませんか」

「論理《ロジック》から逃れたいんです。パトリシア・ウォーレンが殺害されたあとの出来事はすべて論理的に説明できる。あらゆる疑問に適合する答えも見つかっている。その答えがどれもぴたりと合いすぎている気がして。これは人間関係に根ざした問題です。われわれが扱っているのは生身の人間であって、数学の方程式ではない」

ロックが言った。「あなたは簡単には満足しない男だ。大切なのは事実から離れないこと。そうすれば道をあやまることはない。それと、裏づけのとれたアリバイは、無視できない事実であることもお忘れなく」

片手でもう一方の手をこすりながら、ロックは遺体安置所の入り口をちらりと振り返った。「いまそこで見てきた女性もまた事実だ。彼女が死亡した時刻も」

「いつですか?」

「二十二時から深夜零時のあいだですよ、医師の報告によれば……。パット・ウォーレンは六月二十六日の深夜に殺害された――これも事実。ミセス・タッドフィールドが見つけた手紙は、彼女がミス・ウォーレンのもとで働き、ウィニーと呼ばれていることを知る誰かによってタイプされた。ゆえにその誰かはウィントリンガムになじみの薄いよそ者ではない――これも事実。そして、ウィントリンガム村もしくはその近辺に、ミス・ウォーレンの愛人が住んでいることをわれわれは知っている……」

「この状況で、どうしてそう言えるのですか？」

「ミス・ウォーレン本人がジリアン・チェスタフィールドに言ったからですよ」

「ジリアンの話は信用できません。彼女は何かを知っていて、それを隠していた。そうでなければ死なずにすんだでしょう」

「たしかに。しかし、それが作り話だとして、そこから得られるものはありますか？」

「とくに何も……。スタンリー・ワトキンは一年前、妻に五千ポンドの生命保険をかけたのち、彼女が家を出ていかざるを得ないような態度をとった。まずは、そのとき実際に何があったのか正確に知る必要があります」

「何か当てがあるのですか？」

「時計を巻き戻してみます」

　サマセットハウス内にある戸籍本署の閲覧室は、暑くて風通しが悪かった。ガラス張りの屋根から降りそそぐ陽射しが、波打つ熱気のなかで揺らめいている。パイパーが調べものをしている机の上でさえ、触るのがためらわれるくらい熱かった。

パイパーは婚姻記録を調べていた。その年の第一四半期分……前年の全四半期分……さらにその前年分。根気のいる作業だった。ときには係員がべつの利用者に対応しているのを待たねばならず、閲覧したい台帳がほかの利用者と重なることも二度あった。

その間、パイパーは繰り返し自問していた。ワトキンが妻に生命保険をかける前、結婚生活はどのくらい続いていたのか。もしワトキンが彼女を殺したのなら、一年以上前から殺害計画を立てていたにちがいない……もしワトキンが彼女を殺したのなら。彼女と結婚したのは保険金目当てなのか。結婚してから保険をかけるまでワトキンはどのくらい待ったのだろう。

パイパーが探していた記録は、二年半前の第四四半期の台帳にあった。イーストサセックス州のヘースティングズで……クララ・バートルズ〈未婚女性〉はスタンリー・ワトキン〈寡夫〉と結婚した。寡夫……。それ以前の婚姻記録は同じ年の台帳にはなかった。しかし、前年の五月にスタンリー・ワトキン〈寡夫〉は、ベラ・ナイト〈未婚女性〉とロンドン南西部のバースで結婚していた。

さらにその二年前、イーストサセックス州のイーストボーンでコンスタンス・プラム〈寡婦〉と結婚しており、このときの記録ではスタンリー・ワトキンは〈未婚男性〉だった。

メモをとった紙をポケットに入れると、パイパーはストランド街へ足を踏みだした。頭が混乱していた。予想外の展開だった。これまでの認識を根底からくつがえす新事実が判明したのだ。

ワトキンが寡夫になるのは今回で三度目だった。先妻ふたりはなぜ死んだのだろう。彼女たちの死はワトキンに……同時にふたつの場所に存在するという難問を解決したにちがいない男に……六月二十六日木曜日の夜の完璧なアリバイを持つ男に……どんな恩恵をもたらしたのだろう。

さすがに五分では無理だが、時間をもらえれば情報センターで調べがつくはずだとフォックスは請け合った。パイパーがウィントリンガムの連絡先を教えてくれたら、できるだけ早く電話で結果を報告するという……。

次にパイパーはパーリーへ向かった。もはや先延ばしにできない問題があった。クインの推測ははずれているかもしれない。女中のイレーヌの勘違いか、あるいは嘘をついているのかもしれない。だが、彼女が真実を語っているとしたら……。

クロフト医院の女院長は、広い庭に面した明るい部屋にパイパーを迎え入れた。花瓶に生けた花がそこここに飾られ、いくつかの趣味のよい複製画と時代物の家具を備えた部屋の空気はひんやりとして、暑い屋外から来た身に心地よかった。

パイパーが自己紹介をして手短に用件を伝えると、女院長は言った。「場を設けることはできると思います……長居をしないということでしたら。面会に応じられるくらい快復したとはいえ、無理はさせたくありませんからね」院長はぽっちゃりとした体型の、明るい目をした女だった。どこか教師然としていて、パイパーは学生時代に戻ったような気分になった。

「ええ、もちろんです。五分か十分、話ができれば充分です」

「動揺させるようなことは言わないでしょうね？」

「ご心配なく。それどころか、私と話したあとは気分がよくなっているかもしれません」

院長はふくよかなピンク色の指先を重ね合わせると、穏やかな瞳に新たな期待をこめてパイパーを見た。「ヘイルさんが急に体調を崩した理由を、あなたは知っているということかしら?」

「知っているつもりです。私が考えているとおりなら、私に会うことで症状が改善するかもしれません」

「だといいわね。もちろん、彼が面会を拒む可能性はあるでしょうけど」

「その場合は、あなたから説得していただきたいのですが」

とがめるような口調で院長が言った。「パイパーさん、当院では意に染まぬことをさせるために患者を説得することはありません。人々は現代生活から受けるプレッシャーやストレスを逃れてここへ来るのですから。とはいえ、あなたとの面会は彼の利益になることだと伝える努力はするつもりです」

「彼を苦しめるつもりは断じてありません」

「ええ、あなたを信じています。彼が面会に応じるなら」——立ちあがって微笑む院長の心はすでにべつの問題に移っているようだった——「二、三分以内に来るでしょう。この部屋を使ってちょうだい……ここなら誰にも聞かれる心配はないわ。だけど忘れないで」——微笑む瞳がいたずらっぽくきらりと光った——「長くて十分、それ以上はだめよ」

「肝に銘じます」

アラン・ヘイルは中背の痩せた男だった。眼窩は深く落ちくぼみ、後退しつつある黒い髪の生え際に白いものがちらほら見える。病的に青白い顔は緊張で引きつり、目の下にはくっきりと隈《くま》ができている。

ヘイルは部屋に入ってくると、ぎこちなくパイパーと握手を交わし、その場に立ったまま落ちつきなく指を引っぱりはじめた。「私にどんなご用件で?」ようやく絞りだした声は震えていた。

「クレセット生命保険会社の代理人として参りました、ヘイルさん。三週間ほど前にウィントリンガムで発生したある事件について調べています。これまでの調査結果から、あなたが力を貸してくださるのではないかと思いまして——あなたにその意思があれば」

ヘイルはパイパーと目が合わないよう、あちこち視線をさまよわせたあとで言った。「数週間前からここで治療を受けているので……ウィントリンガムの話題にはうといと思いますが。見舞いに来る妻を除けば、体調を崩してから村人には会っていませんし」

「私が知りたいのは、あなたがここへ来る二日前に起きた出来事についてです」

「ああ、なるほど……」ヘイルはがくりと肩を落とし、うつむきそうになるのを必死にこらえていた。精いっぱい虚勢を張って言った。「わかったふりをするつもりはありません。保険がらみのことだと言いましたか?」

「ええ。パトリシア・ウォーレンという若い女性にかけられていた生命保険です」

アラン・ヘイルの目の下の隈がいっそう濃くなった。「そのような名前の知り合いはいないと思いますが」手の動きがぴたりと止まり、きつく握ったこぶしが白くなっている。

あとひと押し、ほんのひと押しすれば……。そう思いつつパイパーは言った。「あなたは彼女に会っているんですよ。ロンドンで開かれた事務弁護士の夕食会から帰宅する途中で」

ヘイルはゆっくり背筋を伸ばし、青白い顔にわずかな赤味がさした。「なんの話をしているのかわかりませんね」

「では、率直にお話ししましょう。目撃者がいるのです。彼女のコテージからほど近いY字路で、あなたが彼女を車に乗せるのを見た人物が。靴のヒールを折って難儀していた彼女をあなたは家へ送り届けた。車であなただとわかりました。それでもまだ私を疑っている場合に備えて、そのときの時刻が二十三時少し前だったことも言い添えておきます」

ヘイルは片手で頭を押さえると、必死に逃げ場を探すように後ろを振り返った。そのまま長いあいだ無言で震えていたが、やがて苦しげに息を吸いこみ、言葉を絞りだした。「妻には、もう話したのですか？」

「いいえ。すでにご存じだと思っていました」

「たしかに、妻は何かを知っていると思っている。だが、妻が想像しているのは」――ヘイルは頭から手を離すと、生気のない目でパイパーを見た――「私があの晩、ロンドンでどこかの女と関係を持ったとか、そういうことだ。真相を知っているわけじゃない」

「真相とはなんですか、ヘイルさん」

「わ――私はミス・ウォーレンを家に送り届けた。その点は否定しても無駄のようだね。しかし、彼女には指一本触れていない……神に誓って。私がコテージに戻ったとき――彼女は消えていたんだ」

「最初から話していただいたほうがよさそうですね」

ヘイルの話はまとまりがなく欠落している部分もたくさんあったが、大筋は予想していたとおりだった。ヘイルが語りおえたところで、パイパーは言った。「率直に話してくださってありがとうございます、ヘイルさん。お礼と言ってはなんですが、あなたの力になれるかもしれません」

「どんな力になってくれるのか知りたいものだね」そう言うヘイルの顔は依然として青ざめているものの、いくらか生気が戻ったようだった。

「その前に一、二点確認させてください。彼女の首に手をかけたことは一度もないと断言できますか?」

うわずった声でヘイルが言った。「危害はいっさい加えていないと言っただろう。ハンドバッグと靴を取りに戻るためにコテージを出たとき、彼女はぴんぴんしていたし、どこも変わったところはなかった。私はただ――ただキスをしただけだ」

ヘイルはゆるく握った両手のこぶしを打ち合せ、ひどくかすれた声で言った。「頭がどうかしてたんだ……いまならわかる。言い訳にはならないが、酒が過ぎたのかもしれない」

「それはあなたと奥さんの問題です。ひょっとすると奥さんは〝あなたは罪を犯されこそすれ、犯した覚えのない者だ（シェイクスピア『リア王』第三幕第二場より。リア王の台詞のもじり）〟と信じる心積りがあるのかもしれない。いま私が知りたいのは、あなたがコテージに戻ったあと何があったのかということだけです。ヒールの折れた靴をもう片方の靴とそろえて床の上に置いたのを覚えていますか?」

ヘイルはいぶかしげに目を細めて言った。「ええ」

「それはクレトン地のカバーをかけて、玄関のドアからさほど離れていない場所に置いてあった椅子の近くでしたか?」

「そうです」

「ハンドバッグはどうされました?」

「椅子の上に置きました。背もたれに彼女の白いコートがかけてあったのを覚えています」

「たしかですか──つまりそのコートの件ですが」

「絶対に間違いない」唇を歪めてヘイルはつけ加えた。「私は何もしていないが、あの夜のことを思い返してみたんだ。とりわけ新聞で彼女が──彼女が死体で発見されたと知ったとき」

「なるほどよくわかりました。では、できるだけ詳しく話してください。あなたが二階へ上がったとき目にしたもののことを」

「どっちを向いても真っ暗だった……」記憶をたどるヘイルの目が暗く翳った。「階段をのぼりきってすぐのドアが開いていて、窓から白い月明かりが射しこんでいた。そこは寝室のようだった」──ヘイルはパイパーの視線を避けて自分の手に目を落とした──「それで、私は部屋に入った」

「明かりをつけましたか?」

「いや。か──彼女の名前を小さな声で呼んでみた……でも返事はなかった。そこはやけに静かで、不意に私は、自分以外誰もいないことに気がついた。最初のうちは、ベッドの上がけの下に隠れているのかもしれないと思った。私を驚かせようとしているのではないかと。でも彼女はいなかったし、ベッドに寝た跡はなかった」

「それはたしかですか?」

「ええ、自信を持って言いきれます。もうひとつの寝室と浴室を見てまわったあと、私は一階へおりた。小さな電気スタンドがついていたから、キッチンにも誰もいないことがわかりました」

ヘイルは唇を震わせて大きく息を吸いこんだ。「そのときだった。何かがおかしい、彼女の身に何かあったにちがいないと私が思ったのは」

「どうしてそう思ったのですか?」

「いやな予感がした――ただそれだけです。私と別れたときの態度からして、彼女が自分の意思で姿を消すとは思えない。そこまで考えてふと思いついたんです、誰かが彼女の帰りを待っていて、私たちが玄関先でキスをするのを見ていたにちがいないと……」

「なのに、どうして何もしなかったのです？」

「こ――怖かったんですよ、スキャンダルになるのが。そんな夜遅くにコテージで何をしていたか説明しなきゃならないだろうし……そしたらすべてが露見してしまう」

ヘイルは再び手もとに視線を落としたあと、気力を奮い起して顔を上げた。「いまは自己嫌悪のかたまりです。私がそんな身勝手な臆病者じゃなかったら、彼女を救えたかもしれない」

「その点は罪悪感を覚える必要はありません。彼女を助けるには遅すぎた。あなたがコテージに戻ってきたとき、彼女はすでに死んでいた」

「どうしてそう言いきれるんです？」

「あらゆる証拠や状況が示していることです。コテージには誰もいないと知ったとき、あなたはどうしました？　そのまま車で走り去ったのですか？」

「違う。まずは外に出て、あたりを見まわした。でも何も見えないし……何も聞こえなかった」

「コテージの外にはどのくらいいましたか？」

「せいぜい一分か、二分。長居をして、姿を見られたくなかったので」

「二階へ上がった時点に話を戻しましょう、ヘイルさん。窓から射しこむ月明かりは、床に何か落ちていたら見えるくらい明るかったですか？　例えば、割れた鏡の破片とか」

怪訝な面持ちでヘイルは答えた。「充分に明るかったと思いますよ。落ちているものにつまずかない程度には。でも、床を見た記憶はありませんね」

「ベッドにはどちら側から近づきましたか？　右手のほうからか……あるいは化粧台に近いほうからか」

少し考えてからヘイルは言った。「右手のほうからです」

「だから破片を踏まなかったのか……。化粧台のほうはまったく見ませんでしたか？」

「意識して見た覚えはありません。彼女がいないことに気づいて動転していたし」

「最後にもうひとつ。その夜、あなたが帰宅したのは何時ですか？」

「午前零時半近くです」哀れっぽい口調でヘイルはつけ加えた。「まっすぐ家に帰る気になれなくて。頭がひどく混乱していたし、あてどなく車を走らせながら自分はどうすべきか考えていました」

「そして結局のところ、あなたは何もしなかった。異変を感じたとき警察に通報していれば、パトリシア・ウォーレンを殺した犯人は捕まっていたかもしれない。そうですよね？」

さらなる長い沈黙のあと、ヘイルは再び大きく息を吸いこんだ。「ええ、おっしゃるとおりです。捜査の役に立つようなことは何も知らないと自分に言い聞かせても、心が安らぐことはなかった。こうして洗いざらい打ち明けることができてよかった。もう隠れている必要もない。誰かが見舞いに来るたびにびくびくしていたんですよ、私のところへ来たのでないときでさえ」

「いまの話が真実なら、あなたは自分で思っているより運がいいかもしれない。ことによると、事件のあなたに関する部分は公表せずに済むかもしれません」

「真実ですよ、ひと言残らず」ヘイルの目が明るくなった。もはや彼は病人には見えなかった。

「それなら何も心配することはありません」とパイパーは言った。「しかし、パトリシア・ウォーレンを殺した犯人は、いまごろどんな気分でいるのでしょうね……」

第十六章

その夜、〈ロイヤル・ジョージ〉での夕食は話し相手がいなかった。パイパーはひとりきりで食事をした。料理を運んできたのはミセス・タッドフィードではなくオーウェンの妻で、見るからに会話を楽しむ気分ではなさそうだった。

食事のあとに立ち寄ったバーで、オーウェンと少しばかり言葉を交わし、勧められて酒を一杯飲んだ。店内はほどほどに混雑していたが、ドミノに興じていた四人の老人はまだ来ていなかった。

オーウェンは忙しさが一段落すると、カウンターから身を乗りだして言った。「お友だちの記者が今日の午後あんたを探してたよ。朝食のあとは姿を見ていなかったから、そう答えておいたけど。ミス・チェスタフィールド殺しに関する最新情報はないのかい?」

「あなたが知っている以上のことは知りませんよ。クインから伝言は?」

オーウェンは両手で濃い口髭の端を整えてから言った。「たぶん今夜には会えるだろうと言ってただけさ」彼の目は気分を害したことを表に出すまいとしていた。

ふと思いついて、パイパーはたずねた。「そういえば、ミセス・タッドフィールドはどこです? 今夜は姿を見ていないけど」

「早く帰したんだ。具合がよくないって言うから……今夜はそんなに忙しくないとわかっていたし」

必要以上に語気を強めてオーウェンは言った。「あんたの食事の世話は、うちの女房がちゃんとやってただろう?」

「ああ、いや、べつに不満があるわけじゃなくて。ミセス・タッドフィールドはどうしたのかなと思っただけで。今朝はどことなく元気がなかったから」

オーウェンは無言でうなずき、カウンターの向こうでグラスを洗いはじめた。その後、場所を移動してべつの客と話しはじめた。数分後、酒を飲みおえたパイパーは二階へ向かった。

パイパーは長らく寝室の窓辺に立っていた。丘の向こうに沈む夕陽を眺めながら、わずか数年で三度も妻を失った男について考えをめぐらせていた。三度の合法的な結婚。三度の死別。いままで誰も疑問を持たなかったなんてことがあるだろうか。

仮にスタンリー・ワトキンが、生きているより死んだほうが金になるからという理由で三人の妻を殺害したのなら、どうして罰せられずに済んでいるのだろう。ワトキンにはパットが殺害された夜のアリバイがある。ふたりの前妻にも同じ手を使ったのだろうか。

それとも悲劇がたまたま重なっただけなのか。三番目の妻であるパットは夫を捨てて愛人のもとへ走った……その後、愛人はパットという女の正体に気づいたのかもしれない。

六月二十六日の夜、コテージでパットの帰りを待っていた愛人は、彼女がヘイルの車から降りるのを見ていた。そうとは知らず、ふたりは腕をからませて小道をやってくる。

玄関に隠れて待つ愛人は、彼らがポーチで交わす睦言に耳をそばだて、抱き合わんばかりに身を寄せて、〝あなたが戻ってくるころには……あたし、二階にいるわ……〟とパットが甘く囁きかけるのを見ていたにちがいない。

パットがホルムウッド・コテージに住んでいた三カ月間、その愛人が彼女を養っていたのなら、自分を裏切ろうとしていることを知ってわれを忘れたとしても無理はない。ヘイルが彼女の靴とハンドバッグを取って戻ってくる前に、すべては終わっていたのだ。

ヘイルが最終的に立ち去るのを待って、愛人は彼女の身のまわりのものをスーツケースに詰め、ミセス・タッドフィールド宛ての手紙をタイプした……。スタンリー・ワトキン犯人説を打ち砕いた、あの手紙を。

妻のもとで働く女の名前を知るには、妻が死んだその夜以前に、ウィントリンガムを訪れていなければならない。しかし、ワトキンが初めて村で目撃されたのは、妻の死から二週間以上あとで、それ以前に見た者はいない。しかも、どんなに強力な動機があろうと、どんなに怪しい結婚歴があろうと、ワトキンには鉄壁のアリバイがある……。

廊下から足音が聞こえてきた。その静かな足音はパイパーの部屋の前で止まった。誰かがそっとドアをノックした。指で叩いているような小さな音だった。

パイパーがたずねた。「どなたですか?」

「クインだ。きみに知らせたいことがあって……」

クインは疲れた顔をしていた。パイパーからタバコと火を恵んでもらうと、ベッドの端に腰をおろして両脚を伸ばし、よれよれのネクタイをゆるめた。

クインがたずねた。「一日じゅうどこへ行っていたんだ?」

「ロック警部と一緒にパーリーの遺体安置所に行って、そのあとロンドンへ出てスタンリー・ワトキンの過去を少しばかり調べてきた。ここへ戻ってくる途中に、例のヘイルという男のところにも寄ってきたよ」

「忙しくしていたらしいな。やっぱりヘイルなのか、あの晩、彼女を家へ送り届けたのは？」

「ああ。ちょっと鎌をかけたらすぐに認めたよ」

「やつが殺《や》ったと思うか？」

「いや。玄関先で多少いちゃついたことは認めたが、ヘイルと別れたとき彼女は無事だったそうだ」

「ふうん……。ヘイル弁護士先生は手が早いらしいな。やつの話を信じるのか？」

「信じない理由はないからね」

「ヘイルはコテージのなかに入ったのか？」

「最初に彼女を送り届けたときは入らなかった。でもそれは、標識のところに置き忘れた彼女のハンドバッグと靴を取りに戻るはめになったからだ。コテージに戻ってきたとき、ヘイルは二階に上がり、彼女の姿が消えていることに気づいた」

「さぞかし落胆しただろうね」と言ってクインはタバコを吸い、ひとしきり咳こんだあとで言葉を続けた。「ワトキンの過去から何かわかったのか？」

「サマセットハウスの記録によると、あの男は前にも二度結婚していた」

クインは口からタバコを離して目を丸くした。「なんとね。詳しく聞かせてくれ。パトリシア・ウォーレンと結婚する前のふたりの女房に何があったのかわかっているのか？」

「ふたりとも死んだよ。二度目と三度目の結婚のとき、ワトキンは自らを寡夫として届け出ている。ちなみにパットの旧姓はクララ・バートルズというんだ」

「変えたくなる気持ちもわかるな」クインはタバコをもうひと口吸って再び伸びをした。吐きだしたまがなかったんだ」

煙を目の周りに漂わせながら言った。「俺が何をしていたか、きみには想像もつかないだろうね」

「ウィントリンガムじゅうを嗅ぎまわっていたんだろう。靴を見ればわかるよ。朝からほとんど何も食べていないことも。腹ペコで死にそうな顔をしているからね」

「おや、紅茶とサンドイッチを四時ごろ腹に入れたんだけどな。忙しくてちゃんとした食事をするひまがなかったんだ」

ひとしきり咳こんだあとでクインは話を続けた。「いずれにしても、きみは間違っている。俺は一日じゅうウィントリンガムの近辺にはいなかった。きみがロック警部と出かけたあと、とある大きな街まで行ってみることにしたのさ。有意義な旅だったよ。胃を食いもので満たす時間はなかったが、考える材料をたっぷりと仕入れることができた」

クインは舌についたタバコのかすをつまんで取ったあと、眠そうな声でさらに話を続けた。「その前に、話しておかなきゃならないことがある。今朝、駐在所できみやロックと別れてここへ戻ってきたとき、非常に興味深い内輪話を耳にしたんだ」

「どんな話だ?」

「われらが宿主とその奥方のあいだで交わされた、短いけれど、愛情のかけらもない会話だよ。奥方はさんざん猫にもてあそばれたみたいなくたびれた顔をしていたが、それでも旦那を厳しく糾弾していたのは間違いない。旦那はぐうの音も出なかったよ」

「喧嘩のきっかけはなんだい?」

「さあね、第一ラウンドは聞き逃したんだ。言い争いは俺が二階に上がる前から始まっていたからね。ふたりは通路をはさんだ浴室にいて、ドアは閉まっていた」クインは唇をとがらせて煙を吐きだし、何かを思いだしてにやりと笑った。「バンターならよくやったと褒めてくれただろうな。ちょうどそのとき、靴ひもがほどけていることに気づいて俺が立ち止まったことを」

「細かいことはいいから」とパイパーは言った。「喧嘩の原因を教えてくれ……僕に伝える価値があると思うなら」

「まあ、とくに価値はないかもしれないな――ただ興味深いだけで。レグ・オーウェン氏の私生活は、ほぼ俺の想像どおりだったことが裏づけられたけどね。どうやらあの男はウィニーと好ましくない行為に及んでいた……もしくは及ぼうとしていたようだ」

「彼女もその場にいたのか？」

「いや、たぶんクビになったんだろう。オーウェン夫人が言ってたんだ。〝……ウィニー・タッドフィールドがここへ戻ってきたら、あんたとは別れる。ただの脅しだと思ったら大間違いだよ。あんたがよその女にちょっかいを出してることは、何年も前から気づいてた――だけど、こんなふうに目の前でやられたら、いくらなんでも我慢できない。今度あの女をこの家に連れてきてごらん……〟」

　クインは最後まで言わず、期待に満ちた面持ちでパイパーを見ていた。「どう思う？」

「どうって何が？　ミセス・タッドフィールドは、近くに奥さんがいないと思ってオーウェンが尻を触った初めての女給《バーメイド》じゃないだろう」

「イギリスのパブにおけるセクハラ事情なら、本を一冊書けるくらいよく知ってるよ。だけど、見目麗しいご婦人に家政婦として雇われていて、そのご婦人が殺害された経歴を持つ臨時雇いのバーメイドには、ウィニー・タッドフィールド以外にお目にかかったことがない。きみを見ていると、空の星に目を奪われて麦わらにつまずいた男を思いだすよ」

「僕らが追っている男は、レグ・オーウェンかもしれないと考えているのか？」

「そうさ、否定する理由はないだろう？　条件にぴったり当てはまるんだ。俺たちが探していた村の女たらしはあの男かもしれない。ここからホルムウッド・コテージまでは歩いてすぐの距離だ。オーウェン夫人があんな身なりをしているのは、彼女の夫が家庭外のお楽しみに金をつぎこんでいるせいだと考えることもできる」

「本気でそう思っているのか？」

「俺がどう思おうと関係ない。事実がおのずと証明するさ」クインは二、三度咳払いをしたあと、にやりと笑った。「ちょっとばかり矛盾する点もあるけどね」

「矛盾……？」

「オーウェンは他人の女房にちょっかいを出すような野郎かもしれないが、嫉妬深いタイプには――少なくとも、嫉妬に狂って愛人を殴り殺すタイプには見えない。それなら金を渡すのをやめて、たっぷり嫌味を言って聞かせたあと、彼女を家から叩きだしたほうがよっぽどあの男らしい」

「男の性癖を分析しても証拠にはならないさ。僕なら彼の行動を調べるだろうね。六月二十六日木曜日の二十二時半から二十三時半のあいだ、彼が何をしていたか」

「われらが狡猾なるワトキン君は、おかげで捕まらずに済んでいるわけだからね。それにしても」

――クインは噛み潰したタバコの吸い口をひとにらみしたあと、からっぽの暖炉に投げ捨てた――

「ワトキンにアリバイがあるのは返す返すも残念だね。やつの過去が明らかになったいまとなってはなおのこと。やつのおじがどうして死んだか知ってるか？」

「いや、きみは？」

「調べるのにえらく時間がかかったよ。近所の住人やら店員やらクリフおじさんの主治医やらに訊いてまわったんだ。一番の収穫は、彼が糖尿病を患っていたとわかったことだ」

「いつから?」

「何年も前からさ。症状を抑えてかなりいい状態を保っていたらしいが。鉄道員だったクリフォードは、引退して年金生活を送っていた。市民菜園で野菜を育て、自分で食べきれないだけ採れると、近所の連中に売って小金を稼いだりもした。かなり活動的な生活を送っていたと、話を聞いた全員が口をそろえて言っていたよ。七十に近い年齢と、砂糖に傷めつけられていることを考えれば……」

「それで?」パイパーは先を促しつつ頭の隅でべつのことを考えていた。パット・ウォーレンの愛人だった男のことを――ジリアン・チェスタフィールドが言っていた男のことを考えていた。そこから突拍子もない考えが芽生えて、花を開かせはじめた。馬鹿馬鹿しいと笑い飛ばそうとした……だがその考えは、いままで解けずにいた多くの疑問に答えるものだった。

クインが話を続けた。「……それでだな、五時間足を棒にして得た成果を五秒にまとめると、つまりこういうことだ。クリフォードおじさんはカムデン・タウンの小さな二軒長屋にひとりで暮らしていた。ある朝、配達された牛乳が放置されていることに気づいた隣の奥さんが、何かあったんじゃないかと心配してドアをノックした……返事はなかった。しばらくして、彼女に呼ばれた知り合いが一階の窓から室内に入ってみると、爺さんはベッドのなかで意識を失っていた。搬送された病院で、糖尿が進行したことによる昏睡状態にあり、もはや手の施しようがないと診断された」

「とくに珍しいことじゃないさ」とパイパーは言った。先ほど芽生えた考えをこれまでに判明している事実に当てはめてみると、それほどとっぴでないことがわかった。だが、証拠がない……。六月二十六日の夜、ホルムウッド・コテージで何が起きたのかを明らかにする証拠は、この先も見つからないかもしれない。

「それ自体は珍しいことじゃない。としても、ワトキン爺さんの場合、症状の急激な悪化は予期せぬものだった。病院では血糖値を安定させることに成功していたし、本人がインスリンを一日一回注射することで正常値を保っていた。だから彼の主治医は腑に落ちなかった……死亡診断書を書くことに異議を唱えはしなかったけどね」

「医者は何が腑に落ちなかったんだ？」

「昏睡状態で発見される二日前、ワトキン爺さんは普段と変わりなかった。五、六人から話を聞いたが、その点は間違いないと全員が断言している。次の日、爺さんを見かけたのは例の隣に住む女だけで、朝方に少しばかり言葉を交わしたそうだ。寝室の壁紙を張りかえるつもりだと言っていたらしい」

「そのときも普段と変わりなかったのか？」

「当時はそう思った。でも、あとで思い返してみると、どことなくやつれて見えた気がしたそうだ。それを最後に彼女は爺さんを見ていない。翌日ベッドで意識を失っているのを発見するまでは」

「外傷はなかったのか？」

「ああ。死因は糖尿病性昏睡で間違いない。主治医が腑に落ちないのは、まさにその点なんだ。ちゃんとインスリンを注射していれば起こるはずのないことだ」

「していないとどうしてわかるんだ？」

「病院で検査したのさ。一日か二日、爺さんは摂取できていなかったらしい」

「自宅からインスリンは見つかったのか?」

「医者が言うには、爺さんの皮下注射キットには使用済みの小瓶《バイアル》が二本残っていたそうだ。いつ使ったかはわからないが」

「いつも適切な量のインスリンを打っていたんだろう?」

「何年も続けていたことさ。健康状態を維持するために、自分で注射を打たなきゃならなかった。毎朝」――クインは目を半分閉じて天井を見あげ、暗記したものを諳んじるように言葉を継いだ――「毎朝、一ミリリットルあたり四十単位のインスリンを、十ミリリットル入りのバイアルで一度に二本注射しなければならない……かかりつけの薬剤師の話では」

「ずいぶんあちこち訊いてまわったんだな」

「そうやってたくさんの答えを手に入れてきたのさ。すこぶる刺激的な答えをね」

クインはゆっくりと視線をめぐらせてパイパーの顔を見ると、歯を見せずににんまり笑った。「薬剤師の友人がいるんだ。水溶性インスリンの十ミリリットル入りバイアルを見せてもらっているとき、使用者に気づかれることなくバイアルをこじあけて細工をするのは可能かと訊いたら、彼は面食らっていたよ」

「可能なのか?」

「ああ。バイアルはゴム栓で封をして、その上から金属のベルトをはめて機械できつく締めつけてある。痕跡を残さずにゴム栓をはずすのは不可能だが、二十番の皮下注射針で穴を開けて、注射器を使って中身を抜きとることはできる……同じ方法で水道水に入れかえることもできる」

「穴の痕跡は?」

「まず気づかないだろうね……何年も毎日注射を打ちつづけて、いまでは機械的な習慣と化していた年寄りならなおのこと。ワトキン爺さんは日々同じ手順でバイアルから薬剤を抜きとっていたにちがいない。その姿を想像すれば、彼の目をあざむくのがいかに簡単か、きみにもわかるはずだ」

「水溶性インスリンと水はどのくらい似ているんだ？」

「見分けがつかないくらいさ」

クインはベッドから立ちあがってパイパーに歪んだ笑みを見せた。「クリフォードおじさんが昏睡状態に陥る三、四日前に、甥っ子のスタンリーが訪ねてきたかどうかは誰にもわからない。したがってスタンリーがインスリンのバイアルをいじくって、そのせいでクリフォードおじさんが水道水を二日続けて注射するはめになったのかどうかもわからない……もしそうなら、彼は発見されるまでの三日間、インスリンを摂取していないことになる。実に巧妙なやり方だと思わないか、自分に保険金を遺してくれる親族を消すには」

「しかも、スタンリーは保険金の受取人が書きかえられていたことを知らなかった」

「そのとおり。唖然として言葉も出なかっただろうね……やつがおじさんを殺したのなら」

「きみはそう確信しているんだと思ったよ」

「あくまでも状況証拠にすぎないからね。事実はまるで違うのかもしれない」

クインはドアの前で立ち止まると、逡巡するように足を踏みかえ、皮肉めいた眼差しをパイパーに向けた。「どんなに怪しいと思っても、捕まえて縛り首にするわけにはいかないだろ？　いまの話はただの推測だ。クリフォードおじさんは自然死かもしれない」

「だが、きみの考えは違う」

「もちろんさ。ウィントリンガムへ来てからというもの、新しい考えがどんどん浮かんでくるんだ。空気に何か入っているにちがいない。今朝も、オーウェン夫人がウィニー・タッドフィールドのことで亭主をやりこめているのを聞いて、素晴らしい考えがひらめいたんだ。クリフォードおじさんとインスリン問題のせいですっかり忘れていたけど、たったいま思いだしたよ」

「今度はなんだい？」

「オーウェンの女房をよく見ればわかるさ。彼女が近くに来たときに」

「わかるって何が？」

「女にしては手が大きいんだ」とクインは言った。笑みを浮かべているが、その目は真剣そのものだった。「パトリシア・ウォーレン殺しの動機を、俺たち全員が読み違えているとしたら滑稽だよな……」

第十七章

その夜、パイパーは眠りが浅く、いやな夢を見ては目を覚まし、再びまどろむと形を変えた悪夢にうなされるという不快な一夜を過ごした。常に記憶の端に何かが引っかかっていて、目を覚ますとそれは消えてしまうのだった。

知らぬ間に眠りに落ちるたびにパイパーは、六月二十六日夜のアラン・ヘイルの役どころを自分が演じていることに気がついた。パトリシア・ウォーレンの寝室のドアが開き、彼女は月明かりを浴びて立っている。美しかった顔は血みどろの肉塊と化し、両の目が熱せられた石炭のごとく赤く燃えあがっている。その光景を目にした瞬間、パイパーはびっしょりと汗をかいて飛び起きるのだった。

パイパーが子どものころ、大人たちのあいだで声をひそめて語られていた得体の知れない恐ろしいもの、それが彼女だった。身の毛がよだつばけものと化した彼女は、あの夜、自宅に帰りついた若くて美しい女が、静まり返ったホルムウッド・コテージで絶命するのを待っている。

部屋の窓は全開にしてあったが、生ぬるい闇は息苦しく耐え難かった。四方の壁が迫ってくるような錯覚に襲われた。夜が明けて東の空が真珠色に染まるころ、ようやくパイパーは夢のない穏やかな眠りについた。

次に目が覚めたのは八時過ぎ。そのまま三十分近くベッドに横たわり、ジリアン・チェスタフィールドと最後に言葉を交わしたときのことを思い返していた。

〝……パットは仕事の話はしなかったけど、彼のことなら飽きるほど聞かされたわ。あたし、本人に会ったらわかると思う……〟

おそらくジリアンは目当ての男を見つけたのだろう。そして男は彼女を殺すしかなかった。さもなければ、パトリシア・ウォーレンの愛人だったことを暴露されてしまう。

だが……犯人はほかの誰かかもしれない。クインと話をしているときに思いついた考えが再びパイパーの頭に浮かんだ。ジリアンはいったい何を知り、口を封じられることになったのだろう。

髭を剃って身支度をするあいだ、べつの何かがパイパーの頭に引っかかっていて、無視することも否定することもできなかった。あの夜、アラン・ヘイルがパトリシア・ウォーレンを車で送り届けたことを知る人間は、ヘイル本人を除けばひとりしかいないはずだ。その唯一の人間が彼女を殺害したにちがいない……。だが、ジリアンは知っていた。さもなければ、ロック警部に電話をかけてヘイルに嫌疑がかかるように仕向けたりしないだろう。

……だが、ジリアンはパット・ウォーレン殺しの犯人ではない。とすると……警察に匿名の電話をかけたのはジリアンではないのか。

そこまで考えたとき、状況をさらにややこしくするクインの思いつきに、パイパーは再び直面した。問題はすでに充分複雑だというのに。レグ・オーウェンの妻を犯人と仮定すれば、そこから生まれる新たな筋書きはひとつでは済まないだろう。ったく、クインめ！

少なくともひとつだけクインは正しかった。オーウェン夫人は大きくてがっしりとした手の持ち主だった。パイパーがそのことに気づいたのは、一階に彼宛ての電話が入っていると夫人が呼びにきたときだった。まるで泣いていたみたいに夫人のまぶたが赤く腫れていることにもパイパーは気がついた。

店内に電話ボックスはなく、パブの横の通路に設けた棚の上に電話機が置いてあった。

受話器の向こうでフォックスが言った。「今朝は早めに出勤したんだよ。頼まれていた調査の結果を伝えようと思ってね。その結果が手もとにあるんだが……何か言ったかね？」

「この電話は安全とは言えないんですよ。バーの横にあって、私が言ったことを誰かに聞かれる恐れがある。だからあなたが一方的に話してください。結果はどうでしたか？」

「はずれだったよ。ワトキンの前妻ふたりは保険をかけられていなかった」

「それは確実ですか？」

「確実と言って構わないだろう。どちらの名義でも保険契約の記録は一件も残っていなかった。すべての保険会社だけでなく、名簿に記載されている共済組合の大部分にも問い合わせたんだが。したがってわれらがワトキン君には、そっち方面の動機はなかったと言えるだろうね」

「そのようですね。正直言って落胆しました。その結果はこれまでに判明している事実にそぐわないものですから」

「判明している事実とは？　ワトキンには三度の結婚歴があり、三番目の妻は彼が二百マイル離れた場所にいるときに殺害された、ということかね？」ひと呼吸置いてフォックスは言葉を続けた。「おそらく私の責任なのだろう。最初からワトキンを疑ってかかるようにきみを仕向けてしまった。偏見を植えつけたことが足かせになっているのかも」

「では、偏見にとらわれないように努めながら初めから考えてみます」――どこか遠くないところでドアが開き、石の床を踏む足音が聞こえてきた。パイパーが話しているあいだにその足音は止まった――「振りだしに戻ったつもりで。ほかに伝えておきたいことはありますか？」

「いや、いまのところは以上だ。今後も連絡をとり合おうじゃないか」

「ええ、もちろんです。情報をありがとうございました……たとえ期待していた結果ではなかったとしても」

受話器を置くと足音が再開した。どこかのドアが蝶番を軋ませて開いた。そのドアが閉まったとき、パイパーはバーの奥の部屋に足を踏み入れた。

テーブルの上のトレーには、コーヒーとホットミルクとカップが二客置いてあり、カップのひとつは使われていた。パイパーはコーヒーをそそぎながら思いをめぐらせた。クインはこんな朝早くにどこへ出かけたのだろう。サンディフォード・レーンに行けば会えるだろうか。もし会えなければ、今夜遅くにでも話す機会があるといいが……。

ロック警部は駐在所の小さいほうの部屋にひとりでいた。パイパーに椅子とタバコを勧め、それからクレセット生命保険会社による調査の結果に耳を傾けた。

パイパーの話が一段落すると、警部は言った。「興味深い情報だ……非常に興味深い。ワトキンの波乱万丈な結婚にまつわる報告がちょうど上がってきたところなんですよ。あなたがサマセットハウスの登記所で書き写してきた記録よりも若干詳しい。こっちの報告書はワトキン第一夫人すなわちコンスタンス・プラム（未亡人）と、ワトキン第二夫人すなわちベラ・ナイト（未婚女性）が死亡した経緯にも触れていますからね」

「どんな経緯ですか?」

「第一夫人はワトキンよりいくつか年上で、脾臓摘出術という手術を受けたあと病院で死亡した」

「第二夫人は……?」

「ええと、彼女はべつの原因で不幸な最期を遂げている。記録上は偶発事故だ。ヘースティングズで溺死したらしい」

「泳《ベイジング》いでいる最中に?」

「ああ、ある意味ではね。入浴中《ベイジング》に死亡した」

ロックは大きな四角い顔の表情を変えることなく言葉を継いだ。「彼女と彼女の夫は休暇で高級ホテルに滞在していた。三日目の晩、彼女はディナー用の服に着がえる前にいつものように風呂に入り……浴槽に出入りする際、足を滑らせたにちがいない。発見されたとき、彼女は湯に顔をつけた状態で倒れていた」

「誰が発見したのですか?」

「担当の客室係だ。ワトキン夫妻は浴室つきのツインに泊まっていた。夫のワトキンは階下《した》のバーで妻がおりてくるのを待っていたが、ディナーの終了時刻が近づいても現れないので様子を見にいった。ドアには鍵がかかっていて、いくらノックをしても返事はない。そこでもう一度階下《した》へおりてみると……鍵はフロントに預けられていないとわかった」

ロックはデスクの上の書類をめくり、該当する箇所を読みあげた。「『ワトキン夫人は在室しているにちがいないことが明らかになると、客室係は合い鍵を使って夫のワトキン氏とともに部屋に入り、浴室で倒れている夫人を発見した。数分後に駆けつけた警察医によると、夫人は発見される一時間以内に溺死したと考えられる。これは四十五分ほど前に故人と言葉を交わしたというほかの宿泊客の証言を裏づけるものである』」

ロック警部は質問を促すように顔を上げた。パイパーがたずねた。「浴室のドアは施錠されていたのですか？」

「されていたとは書いていない」

「部屋の鍵はどこに？」

「ベッドのサイドテーブルの上だ」ロックは該当箇所を指で示し、首を横に振った。「いくら頭をひねっても無駄ですよ、パイパーさん。妻がひとりで部屋に戻ってから死体で発見されるまでのあいだ、ワトキンは一度もバーを出ていない。ここに書いてある……」

ロックは再び報告書を読みあげた。「『ワトキン夫人が死亡したとき、彼女の夫が一階のバーにいたことは、いかなる疑問も差しはさむ余地のない確固たる事実である。夫婦で宿泊していた部屋に夫が向かったのは、客室係が合い鍵でドアを開けるわずか五分前のことであり、その時点でワトキン夫人が死亡してから少なくとも三十分は経過していた』」

「つまりワトキンは関与しようがないということか」

「いずれにしろ彼には動機がない。彼女には生命保険がかけられていなかったと言ったのはあなたですよ」

「保険だけじゃありませんよ、生きているより死んだほうが女の利用価値が上がる理由は。夫人に財産はありましたか？」

「死んだ父親が遺した土地があって、そこから終身の借地料を得ていた。年に四、五百ポンドほど。むろん、彼女が死んだときに権利は失われたわけだが」

「誰が引き継いだのですか?」

「遠い親戚ですよ……中年のいとこで、彼女の死んだ父親の筋らしい。住んでいるのは……ええと……」ロックは報告書を見直した。「ああ、そうだ……ウェールズのブライナイ・フェスティニオグというところだ……舌を嚙みそうだな。ともあれ、そのいとことスタンリー・ワトキンが裏で手を組んでいる可能性は万にひとつもない」

「そうすると、妻が死んで経済的には悪化したということですね。最初の妻はどうです? ワトキンと結婚する前は未亡人だった、コンスタンス・プラム夫人は?」

ロック警部はべつのページを開いて言った。「これによると、多少の金をワトキンに遺したらしい……だが、ワトキンが彼女の死に関与していないことはたしかだ。ワトキンと出会う何年も前から、彼女は脾臓の病気を患っていたんだから」

「しかし、にもかかわらずワトキンはそんな年上の女と結婚した。あるいは、だからこそ結婚したのか。求めていたのは愛情か金か、あなたはどっちだと思います?」

ロックは報告書を閉じると、椅子の背にもたれて胸の前で手を組んだ。「三人の妻と死別した経験のある男はワトキンだけじゃない。ありふれたことではないが、前例はある」

「記憶が正しければ、いつだったかスミスという男が絞首刑になりましたよね、新聞が〝連続花嫁浴室殺人〟と名づけた事件で」

「両者のあいだに類似点はありませんよ。スミスは三人の女性が死ぬことで利益を得ていたし、三人とも他殺だった。ワトキンの場合は違う。一番目の妻は事件性のない自然死だった。二番目の妻を亡くしたことによりワトキンは不労所得を失った——しかも彼女の身に起きたことに対して、ワトキンは責任のとりようがない」

「なぜなら、彼にはアリバイがあるから」とパイパーが言った。「ちょうど三番目の妻が殺害された夜もアリバイがあったように。三人のうちふたりの妻は変死を遂げ、どちらの場合もスタンリー・ワトキン氏はべつの場所にいて、そのことを証明する目撃者が大勢いる」

穏やかな声でロック警部が言った。「二番目の妻がホテルの浴室で溺死したとき、実際のところワトキンはアリバイを必要としていなかったんですよ。おそらく彼女は湯上りにめまいを起こし、浴槽のなかで足を滑らせて転倒した。これにて事件は一件落着。いずれにしろ、部屋のドアは施錠されていて、鍵は室内にあったわけですから」

ロック警部は重い腰を上げて、いかにも残念そうに笑って見せた。「ここだけの話、私はあなた以上にワトキンのことが好きじゃない。だけど事実は事実だ。そして事実は、パトリシア・ウォーレンがウィントリンガム近辺の住民によって殺害されたことを示している。ジリアン・チェスタフィールドはその住民の正体を突き止めた。ゆえに、うっかり秘密を漏らす前に口を封じられた」

警部の態度はほとんど独善的で、無知な生徒を諭す教師のような口ぶりだった。パイパーは無性に腹が立ち、昨夜の思いつきを打ち明けたいという気持ちは消え失せていた。

「ウィントリンガムの住人は数えるほどしかいませんよ」

耳の上の髪を両手ですきながら、警部はぼんやりと窓の外を見ていた。やがてパイパーに視線を戻して言った。「ジリアン・チェスタフィールドを絞め殺した手は力が相当に強い。その手はパトリシア・ウォーレンの首を絞めたのと同じ手のように思われる。しかし、いかんせん証拠がない……二件の殺人がべつの人間によるものとは考えにくいというだけで」

ロックはかすかないらだちを含んだ目でパイパーを再度一瞥したあと、言葉を続けた。「興味深い場所ですよ、ウィントリンガムは。静かで平和そのもの、表面上は日なたでまどろむ典型的なサリー州の村に見える」唐突に警部の声音が変わった。「あなたはそう思うかもしれない——その下にあるものを探りはじめるまでは。やがてあなたは気づくでしょう。そこではひどく奇妙なことが起きていて、眠気を催すようなのどかな場所ではないと」

「それはもうわかっています」とパイパーが言った。

「ええ、そうだと思っていました。人格者として知られるヘイル氏は、ふとした気のゆるみから信用を失墜させてしまった……今日はこれから彼と少し話をしてくるつもりです。それから〈ロイヤル・ジョージ〉の主人、レグ・オーウェンの女癖の悪さは困ったものだ。私が聞いた話では、あの男の女房は幸せとは縁がないらしい」

パイパーの表情を見て警部は微笑んだ。「俗な言い方をすれば、尻の軽い女が手近にいたら、放っておく手はないってことですよ、パイパーさん」

パイパーがたずねた。「夫人の手を見たことがありますか?」

「ええ。幅広く役に立ちそうな手だと思いますよ。あの手なら、男のしわざだと医者が思うような痕跡を、女の首に残すのは簡単かもしれない」

「しかも彼女は昨日、ミセス・タッドフィールドに対する態度をめぐって、夫と言い争っていた」

耳の上の髪を再び指でとかしていたロックは、手を止めてうなずいた。「あなたの意見を聞かせてください、パイパーさん。夫が結婚の誓いを破ったことを知った妻は、相手の女を殺すほどの憎しみを抱くと思いますか」

「人によるでしょう」

「まあ、そうですね。言うまでもなく、気性や性格に起因することですから」ロックは太い眉毛の下から真剣な目でパイパーを見あげた。「ヘイル夫人にはもう会いましたか?」

「いいえ。でも、クインが自宅を訪ねて話をしたそうです」

「何か収穫は?」

「夫人には心配事があるようだと言っていました」

「状況を考えれば、重視すべきことではないかもしれませんね」

「ええ、簡単に説明がつくことです。ヘイルの言うとおりなら、おそらく夫人は、夫がロンドンで夕食会に出席した夜に、ちょっとしたあやまちを犯したと思っているのでしょう」

「あり得る話だ」と言ったあと、ロックは自分の考えを肯定するようにうなずき、言葉を続けた。「満たされることのない人なんですよ、ヘイル夫人は。背が高くて、がっちりとした身体つきの女性で、情にもろいタイプではない……。しかし、男と真っ向から勝負できる能力があると思いますよ、それ相応の地位につくことができれば」


翌朝、延期されていた検死審問が開廷された。医学的証拠が提出され……パイパーが死体発見時の状況を説明し……警察による意見陳述が行われた――鋭意捜査中であると述べたにすぎないが。スタンリー・ワトキンも証言台に呼ばれた。終始冷静で吃音の症状もほとんど出なかった。検死官が弔意を表した。「……ご遺族の悲しみは察するに余りあります……どうぞご着席ください……あなたにお訊きしたいことは多くはありません……」

今回は審議に一時間十五分を要した。その後、陪審員がくだした評決は、パトリシア・ウォーレンは単独もしくは複数の何者かによって殺害された、というものだった。

閉廷後にパイパーとクインは少しだけ立ち話をした。ワトキンはまだ法廷のなかにいて、埋葬許可証の発行手続きについて熱心に耳を傾けていた。

パイパーがたずねた。「暗算をした経験はあるかい？」

しわの寄ったコートのポケットに両手を突っこんだまま、クインは皮肉めいた眼差しをパイパーに向けた。「そいつは答えを期待していない質問ってやつだな。それでもあえて答えるなら――学校を出たあとは一度もないよ。なんでそんなことを訊くんだ？」

「この二日間、頭のなかでずっと計算しているのに、いまだに答えが出ないからさ。あれこれ足しているうちに途中で答えを見失ってしまうんだ。わかるだろう、そういう感覚？」

「ああ、わかるとも。集中力が欠けているのさ。きみの意識を本題からそらしているものはなんだ？」

「〈ロイヤル・ジョージ〉の主人と……その妻……それにヘイル夫妻……あとは、きみがパトリシア・ウォーレンの金づる《ミール・チケット》と名づけた男。僕らはこの一連の事件を間違った角度から見ている気がするんだ」

痩せた軽薄そうな顔を不意に引き締めて、クインがたずねた。「なら、どの角度で見ればいい？」

「じゃあ、この方向から考えてみてくれ。パット・ウォーレンはウィントリンガムに移り住み――そして死んだ。数日後、今度はワトキンのおじが死んだ。さらに一、二週間後、ジリアン・チェスタフィールドがウィントリンガムにやってきた――そして、彼女もまた死んだ。ここにひとつのパターンがあるとしたら、次は誰だと思う?」

長い沈黙のあとで、クインが言った。「ワトキンか……。だがきみには、やつが元凶だという確信があるんだろう?」

「ああ、その考えに変わりはない。だけど、もっと何かある気がして……」

会話の断片が、事件の関係者によって語られた多くの事柄が、パイパーの頭のなかでひとつにつながった。ワトキン……ヘイル……〈ロイヤル・ジョージ〉の主人……クック医師。クインが果たした役割もまた小さくない。

ひとつの答えがある――すべての要素を足して出た答えが。その答えは、ワトキンの最初の妻が病院で死んで以降、現在に至るまでの一部始終を解き明かす鍵となるだろう。

ワトキンが二番目の妻ベラ・ナイトとバースで出会い、結婚したとき、それがすべての始まりだった。だが、まだ終わりではない。終わりにするためには、ワトキンを……。

クインが言った。「振り向くなよ、われらがワトキン君が法廷からお出ましになった。葬式のにおいを振りまいているわりには、満足そうな顔をしていやがる」

ひとつだけ方法がある、とパイパーは心のなかでつぶやいた。そして、その方法を実行に移す最適な人間はクインをおいてほかにいない。ロック警部に協力を仰げば嘲笑されるかもしれない……もしパイパーの読みがはずれていたら。それに、ロックは理由を説明しなければ承諾しないだろう。クインに頼んだほうがいろいろと都合がいい――引き受けてくれたらの話だが……。

パイパーが言った。「用心しろ。僕と一緒にいるところをワトキンに見られないように。彼とは面識があるのかい？」

「ないね、俺の知るかぎりでは」

「実は、折り入って頼みがあるんだ。あの男を尾行してくれないか。どこへ行くにも目を離さず――彼がベッドに入るまで見張っていてほしい。引き受けてくれるかい？」

一瞬のためらいのあと、クインが言った。「いいさ、頼まれてやろうじゃないか。だけど、そいつはどのくらい続けるんだ？」

「誰かが行動を起こすまでだ。行動を起こしたそのとき、あの夜、パトリシア・ウォーレンがパーリーから帰宅したあと何があったのか、真相が明らかになるだろう」

第十八章

その後の三日間、スタンリー・ワトキンがロンドン西部ハマースミスにある自宅のフラットから出たのは二度だけだった。二度ともクインは電話でパイパーに報告をよこした。

「……浮ついたところがいっさいない地味な暮らしぶりだよ。あいつが家を出たのは今日の昼時、ちょうど俺が昼飯にありつこうとしたときだ。『メリーさんの羊』を口ずさみながらあとをつけていくと、やつは紳士用品店に入り、そこで黒いネクタイを買った。稀に見る高潔の士だよ、われらがスタンリー君は」

「そのあと、彼はどこへ?」

「クロスフィールズ墓地さ。今日は女房を埋葬する日だったんだ。会葬者は夫だけ。少数精鋭の集まりだったよ。悲嘆に暮れる夫と、沈痛な面持ちの墓掘りがふたり、それに牧師。参列者があまりにも少ないことに、牧師はちょっと腹を立てているみたいだったけど」

「ワトキンは見張られているのを気にするそぶりを見せなかったかい?」

「ちらりとでも疑われるようなへまは、俺はしちゃいないよ。やつのフラットの少し先にパブがあって、さらにもう数ヤード行くとコーヒー・ショップがある。どっちの店からもやつの出入りが見えるんだ」

「彼を訪ねてきた人は?」

「いないね、いまのところは」

「そう言いきれるのかい?」

「ああ。やつが住んでいるのは古い住宅をフラットに改築したもので、二階にあるやつの部屋へ行くには外階段を通らなきゃならない。階段を行き来するやつは見逃しようがないさ。いまのところ見かけたのは牛乳屋と郵便配達人だけ。それはそうと、きみは何を期待しているんだ?」

「わからない」とパイパーは言った。もし自分の推測が正しければ、クインを深刻な危険にさらす恐れがある。不用意な発言は避けるべきだ……。ひと呼吸置いてパイパーは言った。「僕の思い違いかもしれない」

「やる気を削ぐ男だな、まったく。俺の人生で最も退屈な仕事であることはべつとしても、命令されることに慣れていない人間としては、少しばかりいらいらが募りはじめているぞ。それと、もうひとつ……」

「なんだい?」

「指示されたとおり、俺はベッドに入る時分には見張りをやめている。夜のあいだに何も起こらないとどうしてわかるんだ?」

「わからない。だけど僕の考えが正しければ、事前になんらかの兆候があるはずだ……それに夜間に動きがあるとは思えない。夜である必要はないんだ」

「何が起こるかわからないわりには確信があるみたいじゃないか。教えてくれよ、何か秘密があるんだろう」

「秘密なんかないさ。この前、暗算の話をしただろう。あの計算の答えが出たんだ。きみが利口なら僕と同じ答えに行きつくはずだ。試してみろよ、いいひま潰しになるぞ」

「何もしないよりはましかもな。その暗算とやらは、ワトキン第二夫人とワトキン第三夫人の身に何が起きたか説明してくれるのか?」

「すべてを説明し得る唯一の答えを与えてくれるのさ」

答えは常にそこにあった、といまのパイパーにはわかっていた。あまりにも見え透いていて、単純すぎるものは見過ごしてしまうものだ。手品師の巧みな手さばきによって、観客があらぬほうへ意識を向けさせられるように……。

不満げな口調でクインが言った。「俺の頭が鈍いのかもしれないが、ひとつだけはっきりさせてくれ。ワトキンのアリバイはでっちあげだと、きみは遠まわしにそう言っているのか? 二番目の女房がホテルの浴室で溺死したときも……ホルムウッド・コテージでひと騒動あった晩も?」

「いや、アリバイに関しては、どちらも一片の偽りもない本物だと考えている。ワトキンがホテルの一階のバーにいたのは間違いないし……弁護士のヘイルがパトリシア・ウォーレンを家に送り届けた夜に、ワトキンがニューカッスルにいたことも疑問の余地はない」

「つまり、ワトキンはふたりを殺してないってことか?」

「そのとおり」とパイパーは言った。「彼はやってない」

翌日の午後、クインは再び電話をかけてきた。「……われらが友は、今朝は短い散歩に出かけたよ」

「行き先は?」

「地もとの診療所さ。その足で近くの薬局に寄って薬を処方してもらい、薬局を出たあと電話を一本かけた――市外通話だ」

「どうしてわかる?」

「隣のボックスに入ったんだ。やつは案内で番号を問い合わせたあと、電話交換手を呼びだして、通常よりも多めに硬貨を投入した」

「電話の相手が誰か知りたいものだな」

クインはこらえきれずに笑いだし、しまいに激しく咳こんで、咳がおさまると言った。「相手なら教えてやるよ。ワトキンがとりつぎを頼むのが聞こえたんだ。俺たちがよく知っている人物さ」

「誰だい?」

「誰あろう、犯罪捜査課のロック警部だよ」

「なんの話をしていたか見当はつかないか?」

「いや……残念ながら。朝からずっと脳みそを絞りに絞って考えているんだけどね」

「よせよ、頭が痛くなるぞ」とパイパーが言った。「手っとり早く知る方法がある」


「どうやって知ったんです、彼が私に電話をかけてきたことを?」ロック警部は驚いた様子で問い返した。

「それはいま重要ではないでしょう。秘密にする正当な理由がないのなら、どんな話をしたのか教えてもらえませんか?」

「話していたのはおもにワトキンだが」とロックは言った。「奥さんの死によって彼が受けた心の傷は想像以上に深いらしい。ほとんど眠れず、仕事も手につかないとか……それで今朝かかりつけの医者に相談したところ、一、二週間街を離れることを勧められた。新鮮な空気を吸って、環境を変えてみる……。いかにも医者が言いそうなことだ」

「なるほど。ジリアン・チェスタフィールドが殺害された夜どこにいたか、ワトキンに訊いてもらえましたか？」

「ああ。本人が言うには、ベッドで寝ていたそうだ」

「自宅の？」

「自宅の」ロックは抑揚のない口調でおうむ返しに言った。

「では、彼女が死んだとき、ワトキンにアリバイはないのですね？」

パイパーをいらだたせる得意の説教じみた口調で、ロックは言った。「彼にアリバイがあった先の二件では、あなたはアリバイの信憑性を疑っていた。そして今度はアリバイがないと知るや、またしても彼に疑いの目を向けようとしている。ワトキンは独り暮らしなんですよ。どうやって証明しろと言うんです、例のチェスタフィールドという女がパーリーで絞め殺されたとき、ハマースミスの自宅のベッドで寝ていたことを」

「現時点では、とくに考えはありません。重要なのは——どうしてワトキンは医者の助言をあなたに伝えたのですか？」

「しばらく家を空けることを知らせておきたかったんですよ。私が彼に連絡をとろうとした場合に備えて」

「どこに行くつもりか言っていましたか？」

「ああ。フェリックストウだ……ホテルの部屋をとることができたら」

「出発は?」

「おそらく明日の朝だろうね。なぜそんなに気になるんです?　彼は逃げやしませんよ」

「逃げる必要がありませんからね」

いぶかしげな口調でロックが言った。「どういう意味だね?」

「べつの機会にお話ししますよ。ジリアン・チェスタフィールドの足どりはつかめましたか?　殺害された日の午後、彼女がどこで何をしていたか」

「ああ、わかっているとも。彼女は〈ロイヤル・ジョージ〉を出たあと、ウィントリンガムじゅうを歩きまわって、半ダースほどの村人と言葉を交わしている。自分は新聞記者だ、パトリシア・ウォーレンのことを教えてほしい、と言ったそうです」

「彼女はどんな質問をしたのでしょう?」

「われわれと似たようなことさ」

「だが、返ってきた答えは明らかに違っていた……そして、その答えのひとつが彼女を死へ追いやった。彼女がウィントリンガムを去った時刻はわかっているのですか?」

「正確なところはわからないが、状況からして、十七時十五分過ぎに村を出るセブノークスから来たバスに乗ったにちがいない。彼女と最後に言葉を交わしたと思われる村人は、次のバスの発車時刻を訊かれたそうだ。彼女がその村人と別れたのは十七時ごろ。よって、次のバスに乗ったと考えるのが妥当だろう」

「その後、誰も彼女を見ていないのならそうですね」

「そうそう、村人と別れて数分後に、彼女はハイ・ストリートの電話ボックスで電話をかけているところを目撃されている。それ以降、パーリーの路地裏で発見されるまで、彼女がどこで何をしていたのか足どりはつかめていない」

「しかし、何があったか見当はつきますよね」とパイパーが言った。「彼女は誰かに電話をかけてパーリーで会う約束をした。その夜遅く彼らは落ち合い、愚かにもジリアンは自分の手の内をさらし——あげくに口を封じられた」

「そこまではいいとしても、それだけでは説明のつかない時間がまだ残っている。死体検案書によれば、被害者の死亡推定時刻は二十二時から二十四時のあいだ。ウィントリンガムからパーリーまでの短い移動に加えて、待ち合わせ前に食事をしたと考えても、依然として数時間の空白がある。彼女はどうやって時間を潰したのか」

「想像はつきます」

「ほう、どんな想像ですか？」

「彼女はわれわれが彼女に頼むべきだったことをしたんですよ」

しばしの沈黙。「それで？　もったいつけずに何か知っているなら教えてください」

「まだ証拠がないんですよ。慎重に事を運ばないと、とり返しのつかないことになる。証拠をつかみしだいお話しします」

「では、待つあいだ私は何をすればいいのかね？」たずねるロックの口調は、やけに穏やかだった。

「ジリアン・チェスタフィールドが質問した村人のところへ行って、話を聞いてください。彼女がパーリーへ行くと決めた理由がわかるでしょう。そしてパーリーには、ジリアンがハイ・ストリートの電話ボックスから電話をかけた相手がいる」
「どうしてパーリーにかけたとわかるのかね？」
「なぜなら、彼女が電話をした相手はスタンリー・ワトキンではないからです」

一時間が経過し……さらに一時間が経過した。パイパーは自らに言い聞かせた。時間はたっぷりある、あせる必要はない。もうじきクインから電話がかかってくるだろう。そうすれば、今後の最善策を決めることができる。

いまオフィスを出てハマースミスへ行くのは賢明ではないだろう。クインから電話がかかってきたときに自分がいなかったら……。

しかし、午後五時を過ぎてもクインから電話はなかった。パイパーの胸にきざした疑念はいまや不安に変わっていた。おのれを過信するあまり——すべての答えを手に入れたと確信するあまり——貴重な時間を無駄にしたのではないか。

あらかじめクインに忠告しなかったことをパイパーは悔やんだ。余計な手出しはするな……あるいは、深入りしてはならないと。彼の役割はあくまでも見張りだ。スタンリー・ワトキンの運命に首を突っこんだ者の身に危険が及ぶことを、クインは知る由もない。

忠告したところで、聞く耳を持たなかっただろうが。クインに助言は無用だ。用心して行動しろと言えば、逆効果になる可能性は充分にある。前にも似たようなことが……。

そのとき、電話のベルが鳴った。クインだった。「長くは話せない。われらが友はいま、車を預けている駐車場に入っていったところだ。スーツケースを持っている。俺は運よくタクシーを捕まえられた。俺が思うに――」

「ちょっと待った」パイパーが話をさえぎった。「聞いてほしいことがある」

先を続ける前に、クインが口をはさんだ。「今度にしてくれ。スタンリー君が駐車場から車で出てきた……あとで話そう……」

「だけど大事な――」

「悪いな、相棒。もう行かないと」電話は切れた。

パイパーが悪態をついた。「この大馬鹿野郎！」

こうなったらやるべきことはひとつだ。スタンリー・ワトキンがどうなろうと関係ない。何がなんでもクインを守らなければ。

ワトキンがベラ・ナイトというオールドミスと結婚して以降、すでに四件の殺人事件が発生している。三度の結婚――一度目はイーストボーン、二度目はバース、三度目はヘースティングズ。それらの場所にはひとつの共通点がある。未亡人やオールドミスや隠居老人が――ワトキンが言い寄ったタイプの女たちが――数多く住んでいることだ。

スタンリー・ワトキンと関わりを持った人々はみな不幸な運命をたどっている。最初の妻は病院で自然死した。二番目の妻も死んだ。これは事故死ではない。殺したのはワトキンではないが、やはり彼女も死んだ。

そしていま、終わりが近づいているのかもしれない――それはワトキンの終わりであるのと同時に、クインの終わりになる恐れもある。もしクインがワトキンの邪魔をすれば……。

不届き者がおかしな場所に車を停めてキーを持ち去っていた。駐車場の係員がジャッキで車を持ちあげてどうにか移動させたあと、ようやくパイパーは自分の車を出すことができた。

時間を無駄にしてしまった。事は一刻を争うというのに。ウェストエンドではすでに帰宅ラッシュが始まっていて、身動きがとれないまま永遠とも思える数分を過ごすことも一度ならずあった。

やっとのことで渋滞を抜け、イルフォードを目指して走りはじめたときには、午後六時を過ぎていた。フェリックストウに着いたら何をするかは、到着したときに考えるつもりだった。

クインとワトキンも渋滞に巻きこまれて遅れているにちがいない、そう思うと少しだけ気持ちが慰められた。しかも、彼らはロンドンを横断しなければならない。パイパーは先まわりできるはずだ……ワトキンの実際の目的地がフェリックストウであれば……ワトキンがロック警部にほんとうの行き先を告げたのであれば。

イルフォード……ラムフォード……チェルムスフォード……。市街地を迂回するバイパスに入ったとき、時計は七時十五分前を示していた。

ウィザムとケルブドンのあいだで道路の改修工事が行われていて、片側一車線の通行規制が敷かれている区間もあった。時間は刻々と過ぎていく……。

マークス・テイで給油をした。コルチェスター郊外で渋滞に捕まり、市街地を抜けるまでときおり足止めを食らった。イプスウィッチに到着したのは八時近くだった。

そこから沿岸地方に向かって南東に針路をとると、いくぶん肩の力を抜くことができた。パイパーにはワトキンの前を走っている自信があった。

残りの数マイルは、クインのことを考えながら車を走らせた。クインがワトキンの行き先を知るすべはない。ひたすら追跡するしかないのだ。

タクシーが給油のために停止を余儀なくされたらどうする？　前を走る一般車が速度を上げたら、タクシーはそれについていけるだろうか？　タクシーの運転手が行き先の定かでない客を拒んだ可能性もある。

クインは早い段階で尾行を振りきられたにちがいない、という結論に至った。ワトキンはひとりで来るだろう。ほんとうに来るとしたらの話だが……。

パイパーはトリムリーの手前で横道に入り、そこで待つことにした。目的地のフェリックストウまではあと二マイル。ワトキンが嘘をついていなければ、もうじきここを通るはずだ。イプスウィッチからはこの道しかない。

黄金色に染まる穏やかな空の下で、パイパーはいま来た道を油断なく見張っていた。たまに通過する車の走行音を除けば、あたりはとても静かだった――雨の降らない暑い日が何週間も続いたあとの静けさとほこりっぽさだ。

ときおり潮の香りがパイパーの鼻孔をくすぐった。それは遠い日の懐かしい記憶を呼び覚まし、長らく忘れていた人々や場所を脳裏によみがえらせた。

時間は遅々として進まず、計器盤の時計が故障したのではないかと思うほどだった。空の青が濃さを増していく。陽射しが翳り、黄昏が始まっていた。

数分後、またしてもパイパーは疑念にさいなまれていた。目下、彼を悩ませているのは三つの可能性だった。

ロック警部によれば、ワトキンがロンドンを発つのは明朝以降のはずだった。その言葉どおりワトキンはまだロンドンにいるのかもしれない――たとえスーツケースを手にフラットを出るワトキンをクインが目撃したとしても……また一方で、ワトキンのほんとうの行き先はフェリックストウでない可能性もある……もしくは、道中に何かあったのかもしれない。

九時十五分になると、もはやパイパーの疑念は確信に変わっていた。両車線合わせて二十台ほどの車が、パイパーが見張っている地点を通りすぎていった。陽は沈み、じきに闇が訪れる。

〝……暗くなれば運転手の顔を見分けられなくなる。せめてワトキンが乗っている車の型式がわかれば。クインがあんなに急いで電話を切らなければ、訊くことができたのに……。八十マイルの道のりを車で飛ばしてきたのは、たぶん無駄骨だったのだろう。九時半までに現れなければ諦めるしかない……〟

続く数分間に数台の車がイプスウィッチ方面からやってきた。まだ明るさは残っていた。間を置かずに二台のバスと荷物を満載したトラックが現れ、その後ろには乗用車が列をなし、追い越す機会をうかがっていた。彼らが走り去ると、再び路上は無人と化し、静寂が戻ってきた。

やがて近づいてくるエンジン音が遠くから聞こえてきた。パイパーは再びイプスウィッチ方面に視線を移し、こちらへ向かってくる一台の車を確認した。そのはるか後方にべつの一台がちらりと見えた。

どちらも先を急いでいる様子はなかった。近くまで来ると、一台目がロンドンのナンバープレートをつけていることがわかった。

一瞬ののち、その車はパイパーの前方を通過した。古い年式の黒塗りのオースティンで、きちんと整備されているようだった。パイパーには運転手の顔を確認する時間があった。その瞬間、待っていたのは無駄ではなかったとわかった。くつろいだ様子でハンドルの前に座り、パイプをくわえているのは、スタンリー・ワトキンその人だった。

同乗者はいない。しかも、ワトキンの後方およそ三百ヤードを走っているのは、まぎれもなくロンドンのタクシーだった。

二台を六十秒ほど先に行かせたあと、パイパーは横道から車を出して追跡を開始した。

ワトキンは制限速度の時速三十マイルを守ってトリムリーを通過した。そこからフェリックストウまでは時速四十マイルを維持した。車線変更はめったにせず、追い越したがっている車がいると、手を振って先に行かせた。どうりでクインの乗ったタクシーが途中で尾行を振りきられなかったわけだ、とパイパーは納得した。

あと二十五分で十時になるころ、彼らはフェリックストウに入った。ワトキンの車とクインのタクシーの距離はやや近づいていた。パイパーもまた少し間隔を詰めたので、年代物のオースティンを視界にとらえることができた。

ワトキンはそのあたりの地理に明るいらしく、迷うことなく市街地を走り、クエイ・ストリートで左に折れると、〈クラウンゲート・ホテル〉の前で車を停めた。

ロンドンナンバーのタクシーはホテルの前を通過し、二、三百ヤード先で停止した。パイパーはホテルの手前で車を停めた。

ワトキンは車を降りて、後部座席からスーツケースをおろした。通りの左右に注意を払うことなく舗道を横ぎり、ホテルへ入っていった。

数分後、制服姿の男が現れて、ワトキンのオースティンに乗りこんだ。その車が走り去ると、今度はタクシーのドアが開き、クインが姿を現した。おなじみのレインコートを腕にかけ、ひしゃげた帽子は頭の後ろに押しやられている。

運転手との短いやりとりと金の受け渡しがあった。その後、タクシーはすばやくUターンすると、パイパーの横を通って来た道を引き返していった。クインはだらしなく腕にかけたコートを半ば引きずりながら、ホテルに入っていった。

一分が過ぎ、二分が過ぎた。五分後、追いかけても大丈夫だろうとパイパーは判断した。

ホテルのエントランスホールは天井が高く、そこにフレスコ画が描かれていた。ボウル型のペンダントライトがおぼろな明かりを放ち、後期ビクトリア朝風の内装が施されている。片腕の男がエレベーター前のスツールに座っていた。ふたりの女がゆるやかにカーブする階段ののぼり口で立ち話をしている。クインとワトキン、どちらの姿も見当たらなかった。

フロントでは黒い服を着た金髪の痩せた若い女が、脇目も振らずに何かを書きつけていた。パイパーが咳払いをすると、女はちらりと顔を上げた。問いかける眼差しには愛想のかけらもなかった。

「何か?」

「友人を探していまして——クインという名の男を。少し前にチェックインしたはずなのですが」

美しく描かれた眉をわずかに寄せて、フロントの女は唇をきゅっと結んだ。「それは——今夜ですか?」

「ええ、まだ三十分も経っていないはずです」

「でしたら、わたしは六時からここにいましたので」女は立ちあがって大儀そうに近づいてきた。

「もう一度名前を教えていただけますか?」

「クイン……綴りはQ、U、I、N、N。瘦せた顔の男で、髪は明るい色。グレーのスーツに、茶色のソフト帽、手にレインコートを持っている」

関心のなさそうな虚ろな顔で女は言った。「残念ながらそうしたお客様は宿泊されておりません。こちらのホテルへいらっしゃるというのはたしかなのですか?」

「絶対に間違いありません。たぶん、まだ到着していないんでしょう。そういえば、ワトキンという友人と会うと言っていたっけ。ミスター・スタンリー・ワトキン。彼はもうチェックインしていますか?」

おっくうそうに女は開いたままの宿泊名簿に目を落とした。それからパイパーの顔に視線を戻すと、しぶしぶといった様子でうなずいて見せた。「ええ、その方でしたら少し前に到着されています。部屋に上がられたと思いますが、お呼びしましょうか?」

「いや、彼にはあとで会うだろうから。何号室かな?」

「三十二号室です……」

エレベーター係はもっと協力的だった。「レインコートを持った紳士は見かけていませんが、もうひとりの紳士には荷物を部屋へ運んでほしいと頼まれました。上階《うえ》へ行く前に、手紙を二通ほど書きたいからと。書き物部屋《ライティングルーム》はあちら、その廊下の先です……」

ライティングルームには誰もいなかった。廊下を戻る途中〈関係者以外立ち入り禁止〉と掲示されたドアが目にとまり、パイパーはとっさに押し開けた。

ドアの向こうは石敷きの通路で、天井から裸電球がぶらさがっていた。通路の片側に厨房の入り口があって、反対側のドアは丸石敷きの路地に向かって開け放されていた。

外壁沿いにゴミ箱が並ぶ路地に人影はなかった。

パイパーはホテルのなかに戻り、ロビーや待合室や喫煙室をひとつずつ見てまわった。じきにパイパーは観念した。ワトキンもクインもどこにもいなかった。

消えた理由は明白だった。パイパーが探すのを諦めたころには、ほかのいくつかの事柄も彼のなかで明白になっていた。

いま騒ぎたてるのは賢明ではない。現時点で警察にできることはないし、パイパー自身が衝動的に行動を起しても、百害あって一利なしだ。クインは自分の身は自分で守れる男だ。ただひとつ問題は、どこに危険がひそんでいるかクインが知らないことだ……。

フロントの金髪の受付嬢は、空室があるかどうかわからないと言った。宿泊者名簿と今後の予約を調べているあいだも、見こみは薄いというようなことを低い声でつぶやいていた。

最終的に受付嬢はしぶしぶながらに言った。「ええと、そうですね、シングルならご用意できます……今夜と明日の二晩だけですが。それでよろしければ……」

「是非お願いします」とパイパーは言った。

ワトキンの名前は宿泊者名簿の最後尾にあった。ハマースミスの自宅の住所がぞんざいに記されていて、国籍の欄には活字体で〝イギリス〟とある。

パイパーは名簿に〝ジャック・ハーメルン〟と記入した。その名前からブラウニングの詩（英国の詩人ロバート・ブラウニングが、民間伝承「ハーメルンの笛吹き男」をもとに創作した詩〝Pide Piper〟のこと。原題のパイド・パイパーは、まだらな服を着た笛を吹く人の意）を連想する人はいないだろう、と思いながら。

金髪の受付嬢によれば、さほど遠くないところに車を停められる駐車場があるという。彼女が客室の鍵を取りにいっている隙に、パイパーは三十二号室の鍵が整理棚に入っていることを確認した。教えられた駐車場に車を移動させ、出口の近くに駐車した。ワトキンが乗ってきた年代物のオースティンは、反対側の壁の前、パン屋のワゴン車と壊れたトラックのあいだに停めてあった。

ホテルに戻ったときには二十二時を十分ほど過ぎていた。階段ののぼり口でおしゃべりしていたふたりの女は姿を消していた。エレベーターの閉じた扉の向こうに明かりはついておらず、片腕の係員もいない。フロントの受付嬢は、パイパーが通りかかったとき、ちらりと目を上げただけだった。エレベーターの向かい側の隅にちょうどいい椅子があった。そこからなら通りに面した回転ドアを見張ることができる。広げた新聞に隠れてパイパーは待った。

ひとつ判断をあやまれば、すべてが台無しになることは初めからわかっていた。いまさらクインの身を案じても遅いし、何か手を打つにしても遅すぎる。もう少し早く動いていれば事情は違っていただろう。

……クインがホテルに入っていったとき、その後の貴重な数分間を無駄にせず、すぐにあとを追いかけていれば……。異変を予知する能力があれば……。だが、ワトキンが客室へ行くのを待つわずか数分のあいだに、こんな深刻な事態が出来するなんて誰に予測できただろう……。

とりあえずそれはミスではない。パイパーが犯した最大のミスは、自分がここにいることをクインに知らせなかったことだ。そのミスの代償をクインは払わされたのかもしれない。

すべてはワトキンがどこへ行ったかにかかっている。危険を冒していることは、いまではワトキンも承知しているはずだ。あの男は罪を逃れるためにどれだけ罪を犯すつもりだろう。

二十二時三十分過ぎに一組の男女が現れ、フロントで客室の鍵を受けとると上階へ向かった。十分後に若者のグループがやってきた。彼らの話し声や抑えた笑い声は、階段をのぼって姿が見えなくなったあともしばらく聞こえていた。

再び静寂が訪れた。エレベーターの上に設置された電子時計の長針は、音もなくゆっくりと正時に近づいていた。ワトキンは二十三時きっかりに戻ってきた。フロント係から鍵を受けとるとき、吃音の症状が若干表れていた。その後、「……朝七時半に。それと紅茶を頼む。おやすみ……」と言うのが聞こえた。

広げた新聞の後ろに隠れたまま、パイパーはじっと耳を澄ましていた。ホールをせかせかと歩く足音……キーがぶつかる音……階段の踏み板がかすかに軋む音。二階の踊り場に達したとき、ワトキンは小声で鼻歌をうたっていた。

その後の三分は、かつて経験したことがないほど長い三分だった。時計の長針が二十三時四分に向かって進みはじめたとき、クインは戻ってこないことをパイパーは悟った。

第十九章

翌朝、パイパーは七時よりかなり前に駐車場から車を出し、ホテルの向かい側の通りに陣どった。そこなら正面玄関だけでなく、路地に面した通用口の出入りも見張ることができる。朝食はトーストとコーヒーだけで済ませたが、フロントで宿泊者名簿を盗み見て、夜間にクインがチェックインしていないことを確認したあとは、それすら食べるのがやっとだった。

海から流れこむ靄で朝の街は白くかすんでいた。カーラジオの天気予報によれば、東海岸一帯は今日も暖かく、気温は華氏七十度前後。ボリュームを落として早朝の音楽番組に耳を傾けていると、アナウンサーが七時半を告げた。

それを機にパイパーはラジオを消した。気がつくと再びクインのことを考えていた。浮かぶのは悲観的な考えばかりだった。

靄は徐々に晴れ、陽射しがまばゆさを増していく。街は賑やかさをとり戻し、新しい一日が始まる。朝刊を買い求める人々で通りの先に短い行列ができていた。

八時にスタンリー・ワトキンがホテルから出てきた。パイプを吸いながら、決然たる足どりで駐車場の方向に歩きはじめた。

ワトキンが曲がり角に達するのを待って、パイパーは車を発進させた。あとを追って角を曲がったとき、駐車場の入り口を颯爽とくぐるワトキンの後ろ姿が見えた。
二、三分後、黒塗りのオースティンが現れた。その車を充分に先に行かせてから、パイパーは追跡を開始した。
ワトキンの運転は慎重だった。〈クラウンゲート・ホテル〉からさほど離れていない通りでタバコ屋に立ち寄った。さらに本屋と果物屋で買いものをした。最終的に駐車場に戻ると、車を残して歩いてホテルへ帰った。

それきりホテルの部屋に閉じこもり、食事は昼も夜もルームサービスを頼んだ。人目につかないロビーの一角から、パイパーは何時間も人の出入りを見張りつづけた。

片腕のエレベーター係の協力がなかったら、その仕事をやり遂げるのは不可能だった、とは言わないまでも、ひどい空腹に悩まされることになっただろう。自分はワトキン夫人に雇われた私立探偵で、離婚訴訟に有利な証拠をつかむべく彼女の夫を見張っている、というパイパーの作り話をエレベーター係は鵜呑みにした。

パイパーは一ポンドのチップを払って、ホテルのほかの従業員にはいっさい口外しないという約束もとりつけた。かくしてエレベーター係の協力を得たパイパーは、十三時と十八時に食事にありつくことができた。

ワトキンがエレベーターで一階へ降りてきたのは、その夜の二十時半だった。今回もまたきびきびとした足どりで駐車場へ出かけ、朝と同じ方向へ車を走らせた。

しかし今度の目的は買いものではなかった。相変わらずの安全運転で、休日を楽しむ人々のあいだをゆっくりと走り、信号が黄色に変わるたびに律儀に停止する。そのため街中を抜けるのにかなりの時間を要した。先を急いでいないのは明らかだった。

安全な距離を置きつつも、パイパーは黒塗りのオースティンを常に視界にとらえていた。ときどきミラーを見て、尾行されていないことを確認した。

リスクがあることは充分にわかっていた——命に関わるような深刻なものではないが、警戒する必要はあると思っていた。クインが不注意ゆえの報いを受けたことはほぼ間違いない。パイパーが同じ轍を踏んだら笑い話にもならないだろう。

……かわいそうなクイン。ハマースミスから電話をかけてきたとき、聞く耳を持ってさえいれば……。パイパーは悔やんでも悔やみきれなかった。誰かが責めを負わなければならない。そんなことをしてもクインは戻ってこないだろうが……。

三十分かけてフェリックストウの街を一周したあと、ワトキンは〈クラウンゲート・ホテル〉に戻ってきた。入り口の前に車を停めてホテルに入っていった。充分に離れた場所から、パイパーは黒塗りのオースティンを見張り、再び待った。

十五分後、ワトキンが現れ、車に乗りこんだ。のんびりとした運転に変わりはなく、今度も急いで目的地へ行く気はないらしかった。二台は一ダースほどの車をあいだにはさんだまま、休日で混み合う街を抜けてイプスウィッチ方面へ向かった。

陽が沈むと、蒸し暑かった一日が終わり、いくぶん涼しさを感じられるようになった。フェリックストウから五マイルほど走ったところで、ワトキンは道を左に折れた。はるか彼方に、海に向かって蛇行する川の水面がきらりと光って見えた。

幹線道路をはずれたあと、ワトキンとの距離をさらに開かねばならなかった。どちらの車線も通行量が少なく、いまこの瞬間にも気づかれる恐れがあった……。

ブライダムという村を過ぎたところで、ワトキンはイプスウィッチへ通じる幹線道路に再び合流した。ワトキンが右へハンドルを切ったとき、フェリックストウへ戻るつもりだとわかった。すでにあたりは暗く、急速に闇が深まりつつあった。

夏の夜が完全に帳をおろすころ、二台の車は街に戻ってきた。今夜のワトキンは、当てもなく車を走らせるだけでは満足しなかった。その瞬間がついに訪れようとしているようだ。ワトキンは周囲の流れに乗りつつ速度を上げて市街地を突っきり、南部郊外へ向かった。

建物がまばらになりはじめたあたりで、ワトキンの長い旅は終わった。車を停めたのは古い石造りの家屋が建ち並ぶ静かな通りだった。ワトキンは車から降りたつと、一軒の門を押してなかへ入り、パイパーの視界から消えた。

一分が経過した。パイパーにとって待つことは苦痛だった。昨夜は大切な時間を無駄にしたあげく……そのつけをクインに払わせてしまった。たぶん、歴史は繰り返される……。

そのとき、数人が固まって門の外に出てきた。パイパーのいる場所からは遠すぎて顔は見えないが、ふたりの人間がひとりを両脇から支えているようだった。

ふたりは車の後部ドアを開けるのに苦労し、ひとりを後ろのシートに座らせるのにさらに手間どった。それでもなんとかやり遂げたらしい。数秒後、大きな音を立ててドアが閉まり……ひとりは家へ引き返し……オースティンが発進した。

パイパーは瞬時に判断をくださねばならなかった。海を見おろすこの家は、六月二十六日の夜に——パトリシア・ウォーレンがホルムウッド・コテージに帰りつき、一方、夫のワトキンはニューカッスルのホテルでポーカーに興じていた夜に――端を発する長い道のりの終着点だ。

もはや疑問を差しはさむ余地はない。パイパーが探していたのはこれだ。街はずれのこの一軒家には、ワトキンの二番目の妻が死んだときの状況を知ったときから、パイパーが抱いていた疑念を裏づける証拠があるにちがいない。

たったいま目にした光景はほかに解釈のしようがない。ぐずぐずして時間を無駄にしなければ、ホルムウッド・コテージ近くの森で死体を発見したあとパイパーが犯した数々の過失から、かけがえのない何かを救いだすことができるかもしれない。

パイパーの一瞬の迷いは、オースティンが次の角を曲がってふたつのテールランプがひとつに重なる直前に消えた。彼が同じ角を曲がったとき、オースティンのテールランプは四分の一マイルほど先を走っていた。

パイパーはその距離を維持した。ときおりヘッドライトを下げ、そうでないときはスモールライトのみを点灯した。前を行くオースティンの運転手はミラーに反射するライトを見て、ずっと同じ車が後ろを走っているとは思わないだろう。

あるいは、そう思わないことをパイパーは期待した。たとえ期待がはずれたとしても大きな問題はないはずだった。スタンリー・ワトキンが密会場所として使っていた家をすでに突き止めているのだから。

道は海岸に沿ってほぼまっすぐに続いていた。じきに人家は途絶え、闇に覆われた荒れ地と茫洋たる黒い海原が道の両側に広がるだけになった。はるか遠くの海で一隻の船の停泊灯が、彩色された星のような光を水平線上にまき散らしていた。

やがてオースティンのテールランプが点滅して消え、道の前方は闇に包まれた。スピードをゆるめることなくパイパーは走りつづけた。前の車で何が起きているのかは想像に難くない。

数秒後、一台の車が視界に現れた。ライトを消した状態で道路脇の草地に停まっている。草地の向こうは海に突きだした低い崖だ。すれ違いざまに、その車はワトキンのオースティンだとわかった。暗くてたしかなことは言えないが、運転席に誰かが座っているようだ。

パイパーはさらに半マイルほど走って車のライトを消し、狭い道ですばやくUターンすると、来た道を二倍の速度で引き返した。オースティンが停まっていた場所のかなり手前でエンジンを切り、停止するまで惰性で進んだ。

完全に停まる直前にハンドルを切って車を路肩に寄せると、パイパーは運転席から飛び降りて道路脇の草地を駆けだした。

暗闇のなかでは一歩踏みだすごとに危険が待ち受けている。草の茂みもはびこるシダ類も、すべてが見えない落とし穴のようなものだ。しかも物音を立てないとなると、先へ進むのはなおさら困難だった。

目指すオースティンにどのくらい近づいたのか判断するのは難しかった。そこで何が起きているにせよ、不用意に突っこんでいくのは危険すぎるかもしれない。かと言って、ぐずぐずしていれば手遅れになる。

歩をゆるめて現在地を見極めようとしたとき、さほど遠くない前方で車のドアが閉まる音がした。その直後、黒い車体が見えた。

残りの五十ヤードを、一歩ずつ細心の注意を払って進んだ。すると今度は闇のなかから物音が聞こえてきた――その意味を理解したとき、再び足を速めた。

道端に乗り捨てられたオースティンに到達したときには、彼の目は暗さに慣れていた。おぼろな星明りのなかで、パイパーは見た――ぼんやりとではあるが充分に見えた。

スタンリー・ワトキンに違いないひとりの男が、道路脇の草地を後ろ向きによたよたと進んでいる。前かがみになって誰かの両脇をかかえ、投げだされた両足をずるずると引きずりながら、海に突きだした崖っぷちに向かって進んでいる。

慎重さはもはや求められていなかった。パイパーは両者を隔てる空間を猛然と突き進んだ。ワトキンは意味不明な叫び声を上げて、抱えていたものを投げだすと、くるりと背を向けて駆けだした。数歩も走らないうちに、草に足を取られて頭から倒れこんだ。パイパーが追いついたとき、ワトキンはかろうじて立ちあがったところだった。

気が狂ったようにワトキンは拳を振りまわして殴りかかってきた。苦しげに息を喘がせながら、逃げるために闘っていた。一発の拳がパイパーの肩に当たり、もう一発が側頭部に当たった。

次の瞬間、パイパーは一歩踏みだして、強烈な右のパンチをワトキンの耳の下にお見舞いした。ワトキンは両腕を広げてよろよろとあとずさり、さらに重いパンチを顔面に食らって後ろへ吹っ飛んだ。あおむけに草地に倒れこみ、そのまま動かなくなった。

パイパーはワトキンをその場に放置した。さっきまでワトキンに引きずられていた人物は、パイパーがかたわらにしゃがみこむと、弱々しく身じろぎをした。

両手両足を包帯のようなもので縛られ、目と口もふさがれているため、かろうじて鼻が見えるだけだった。

数本のマッチの明かりを頼りに顔の包帯をはずしてパイパーが言った。「生きているきみに会えるとは思わなかったよ。大丈夫かい？」

乾いたひび割れた声でクインが言った。「そいつは、今年一番の愚問として記録に残すべきだ。ゆうべからミイラみたいにぐるぐる巻きにされて、何ひとつ飲み食いしていないんだぞ……それなのに、大丈夫かなんてよく訊けたものだな。だが、ともかくありがとう……」

クインは目を閉じて、再び開き、苦しげに息を吸いこんだあと、いくらか生気の戻った声で言った。「もうだめだと思ったよ。この三十分がどんなものだったか、きみには想像もつかないだろうね」マッチの揺らめく炎に照らされたクインの顔は青ざめていた。

「話はあとだ。まずはきみの包帯をほどいて、それからミスター・ワトキンの様子を見にいくとしよう」

クインがしびれた手足を使えるようになるまでに、かなりの時間を要した。そのころにはワトキンの意識も戻りかけていた。パイパーは同じ包帯を使ってワトキンをきつく縛りあげた。

それからクインに言った。「僕の車がこの道の先にあるんだ。取ってくるあいだ、われらが友を見張っていてくれ……」

ブランデー入りの小さなフラスクが、車のグローブボックスに入っていた。クインはそれを一気にあおると、のどが詰まったみたいに咳こみ、咳がおさまると言った。「やつはロンドンを出てすぐに、俺の尾行に気がついたにちがいない。一度薬局に寄ったのは……きっとあのクソ包帯を買うためだ」

「たぶんそうだろう」

「俺はやつを追いかけてホテルの勝手口から外に出た。尾行がばれているとも知らずに。やつが歩いて向かった先は街はずれの一軒家で、俺はどうすべきかわからなかった。ワトキンは家に入ったきり出てこないし、とりあえず、なかの様子を探ってみることにした。足音を忍ばせて明かりのついている裏手へまわった。すると、裏口からひとりの女が現れて、俺の顔を懐中電灯で照らしながら、いったい何をしているのかとたずねてきた。俺が答えを考えているあいだに、背後から何者かが忍び寄り、俺の耳の後ろに強烈な一撃を食らわせた。意識が戻ったときには、クリスマスの七面鳥みたいに縛りあげられてた」

クインはブランデーをもうひと口、たっぷりとのどに流しこんだあと、苦労して立ちあがり、フラスクをポケットにしまった。「あの悪党は俺を海に放りこんでいただろうな、もしきみが現れなかったら」声に力をこめてクインは言い足した。「ありがとうって言葉だけじゃ足りない……だけど、俺がどう思っているかはわかるだろう」

「もとはと言えば僕の責任だ。きみをこんなことに巻きこんでしまったのは」

「かもしれない。だけど、そいつは俺がドジを踏んだ言い訳にはならないさ。それにしても、わからないな、どうしてやつは俺を殺そうとしたんだろう」

「きみに見破られたと思ったからさ、ジリアン・チェスタフィールドに見破られたのと同じことを。そうなると打つべき手はひとつしかない……」

ふたりはワトキンの両脇を抱えてパイパーの車に運び、後部座席に押しこんだ。すでにワトキンは目を覚ましていた。

おびえたような震え声で、ワトキンがたずねた。「あんたたちは誰だ？　僕をどこへ連れていくつもりだ？」吃音の症状は出ていなかった。

パイパーは車内灯をつけてワトキンを振り返った。「全部終わったよ。きみは賢いけど、充分ではない……あるいは賢く立ちまわろうとしすぎたのか。そうでなければ、うまく逃げきれたかもしれない。きみにとっては痛恨の極みだね、ジリアン・チェスタフィールドが奥さんと親しくなりすぎたのは。ジリアンにからくりを見破られて、きみは彼女の口を封じるしかなかった。あれがなければ、僕は真相にたどりつけなかっただろう」

死人のような目でワトキンは言った。「なんの話をしているのか、さっぱりわかりませんね。どうせ何ひとつ証明できやしないさ」

「それはどうかな。たとえそうだとしても、ここにいるクインに対する殺人未遂の罪できみは告発される。もし僕が今朝早くからきみを見張っていなかったら、彼はいまごろ生きていなかっただろう」

「同感だね」とクインが言った。

クインは助手席で身体をひねってワトキンのネクタイをつかみ、乱暴に引き寄せた。「おい、いいことを教えてやろう。仮におまえが言ったとおり、パイパーが口先だけで何も証明できなかったとしたら、俺はおまえをここへ連れ戻して、おまえが俺にしようとしたのと同じ目に遭わせてやるからな。ただの脅しだと思ったら……あるいは、パイパーに俺が止められると思ったら大間違いだぞ」

「止めやしないよ。きみが監禁されていたあの家で目ぼしいものが見つからなかったら、その男は煮るなり焼くなり好きにするといい」

ワトキンは二度言い返そうとしたが言葉が出てこなかった。フェリックストウへの帰り道、彼は押し黙ったままだった。

目指す一軒家の少し手前でパイパーは車を停めた。車を降りながらクインに言った。「そいつが逃げださないように見張っていてくれ。五分以内に僕が戻ってこなかったら、足だけほどいて連れてきてほしい。だけど、一瞬たりとも目を離しちゃだめだぞ。誰もが口をそろえて言うように、そいつは――狡知にたけた男だからね」

「やれるならやってみろってんだ。俺は容赦しないぜ……」

家の正面に明かりは見えなかった。パイパーは門扉を押し開け、忍び足で私道を進み、玄関のドアをノックした。待つあいだ、手の指を曲げ伸ばしして来たるべきものに備えた。

長くは待たされなかった。室内のどこかから玄関ホールに明かりが射しこみ……かすかな足音が近づいてきて……女がひそめた声で言った。「早かったのね、スタン。だけど、たしかあなた」――ドアが開き、室内の明かりを背に女のシルエットが浮かびあがって見えた――「ここへは戻ってこないと……」

あやまちに気づいた女は、パイパーの面前でドアを閉めようとした。すかさずパイパーは女をつかんでドアの隙間に身体をねじこんだ。

女は激しく抵抗しながら、「離して……離してってば！」とわめき散らしたが、やがて哀れっぽく訴えはじめた。「腕が痛いわ……やめて……お願いよ」

「こんなの序の口だよ。この先、きみを待ち受けていることに比べれば」

パイパーは女の身体をくるりとまわし、背後から両腕をしかとつかむと、照明のついている部屋へ向かわせた。「明るい場所に行こう、きみの顔がよく見えるように。そのあと、最寄りの警察まで送っていくよ」

部屋には必要低限の家具と、ありきたりなフロアランプが一台あるきりだった。パイパーは足で蹴ってドアを閉め、女から手を離した。

催眠術をかけられたような焦点の定まらない目でパイパーを見つめたまま、女はおびえた様子であとずさった。大きく見開かれた黒っぽい瞳を、黒っぽいまつ毛がふちどっているが、髪はブロンドだ——光り輝くブロンドは脱色して染めたものにちがいない。

その髪は彼女に似合っていた。どんな髪の色でも似合っていただろう。彼女は若くて素晴らしく美しかった。

「なるほど、外見を変えようとしたのか……だけど、どんなに髪に手を加えようと、僕がポケットに入れて持ち歩いている写真と同一人物であることは一目瞭然だ。否定するだけ時間の無駄だよ。きみのご主人はすでに捕まっているんだ、ワトキン夫人。それとも、パトリシア・ウォーレンと呼ぶべきかな?」

彼女はたじろいだ。美しい顔が見る見るうちに醜く歪んでいく。両手で目を覆うと泣きじゃくりはじめた。「あの馬鹿……役立たずの大馬鹿野郎! 全部、あの男が悪いのよ……」

第二十章

満足そうなため息とともに、クインはナイフとフォークを置いて椅子の背にもたれた。「何を食べてもうまいな、この店は。デザートに手を出すつもりはないけどね。食後の一杯が入らなくなっちまう。小ぢんまりとしたいいパブがあるんだ、その先の角を曲がったところに。きみも一緒にどうだい?」

パイパーが言った。「おともするよ。会社には二時半までに戻ればいいし、急ぐ用事もないんだ」

「よし、決まりだ……ああ、悪いな」もらったタバコに火をつけると、クインは再び椅子に背中を預けた。痩せた顔にくつろいだ表情を浮かべ、考えむような目つきをしていた。

ひと呼吸置いてクインが言った。「例の女がどこの誰なのかを知る人間はいないだろうね。ワトキンはソーホーのもぐりの酒場でその女に声をかけて、田舎にある自分のコテージで二、三日過ごさないかと誘ったらしいな。少々おつむの足りない哀れな女は、悪い話じゃないと思ったにちがいない」

クインは咳をしたあと話を続けた。「ワトキンは相当な時間を費やしたんだろうな、本人と間違われるくらい自分の妻にそっくりな女を見つけだすのに。年齢が近くて、似たような背格好をしていて、目や肌の色が同じ女なんて、そうそういないだろう」

「時間はたっぷりあったからね。コテージは十二カ月の賃貸契約を結んでいたし。それに外見が似ていれば充分だったのさ。当初の計画では、酔い潰れるまで女に酒を飲ませて、コテージに火をつけるはずだった……ベッドのなかでタバコを吸っていた女が、酒を飲みすぎて意識を失い、火のついたタバコを落としたように見せかけて」

「黒焦げの死体なら、なおさら見分けがつかないもんな。たぶん、ワトキンは計画の最後の仕上げとして、白いドレスを女に贈ったんだろう。彼女がそれを身に着けたあと、何が起きたのかわかっているのか？」

「いや。だけど、何かが彼女をおびえさせたと考えるのが妥当だろうね。たぶんコテージにはほかにも誰かいることに気がついたんだろう。白いドレスと一緒にプレゼントされた白い靴を履く間もなく、彼女は裸足のまま逃げだそうとした。ワトキンは部屋から出すまいとしたにちがいない。それで彼女は近くにあった手鏡で殴りかかった。ワトキンが森のなかで追いついたとき、彼女は悲鳴を上げたのだろう。面食らったワトキンは……その先は僕らが知っているとおりだ」

クインは深く息を吸いこんでうなずいたあと、嫌悪と感嘆が入り混じったような口調で言った。

「そして即興の偽装工作を女房が編みだしたってわけか。まったく恐れ入るよ、村人が死体を発見しても見分けがつかないように哀れな女の顔を叩き潰すことも、翌日の午後パーリーへ行って似たような白いドレスを買ってくることも、女房の思いつきだったとは……。女は優しい生きもの《ジェントル・セックス》と呼ばれてるんじゃなかったか？」

「買ったドレスを着てパーリーから帰ってきたところなんか、なかなかの策士だよ。六月二十六日の夜に彼女は生きていたと、見かけた人たちがあとで証言してくれるからね……実際に彼らは彼女を見ていたわけだから」

クインは嫌悪感をあらわに身震いした。「血も涙もない悪党だな……。バスのなかに知った顔がなかったから、あの女は例のY字路でひと芝居打つことを思いついた。やってきた車に誰が乗っていようと構わない。それがたまたまアラン・ヘイルだった。そして彼女がヘイルをその気にさせるのはたやすいことだった」

「血も涙もないのは間違いないね。ヘイルがハンドバッグと靴を持ってコテージに戻ってきたとき、彼女は森に隠れていたことを認めたよ。ヘイルが立ち去ったあと、コテージに戻って髪を染め、ミセス・タッドフィールド宛ての手紙をタイプした。その後、鍵をかけたスーツケースに隠しておいた服に着がえると、ハンドバッグや衣類や化粧道具など、ミセス・タッドフィールドが寝室からなくなったと言っていたものを詰めこんだスーツケースを持って、歩いてオックステッドへ向かった」

「万事抜かりなく準備していたわけか」クインは片手で後頭部をなでて顔をしかめた。

「残すは細部の仕上げのみだ。彼女はオックステッドでゴッドストーン経由パーリー行きのバスに乗った。パーリーのホテルに三日間滞在したのち、持ってきたスーツケースを駅に置き去りにした。ミス・ウォーレンを殺した犯人が、彼女は友人に会いにでかけたと見せかけておいて、不要になったスーツケースを捨てたと思わせるために」

クインは激しく咳こんだ。乱れた呼吸がもとに戻ると、タバコをもみ消して言った。「その後、彼女は事前に用意してあったフェリックストウの隠れ家に移動した。あとは死体が発見されるのを待つだけだった」

「だが、発見されなかった」とパイパー。「少なくとも一週間は見つかってほしくないとふたりは思っていた。検死解剖で正確な死亡日時を割りだせないように。そうすれば、ホルムウッド・コテージのミス・パトリシア・ウォーレンが殺害されたのは、六月二十六日ではなく六月二十五日ではないかと考える人間はいないはずだ」

「おかげでスタンリーはニューカッスルで鉄壁のアリバイを作ることができたわけだ」

クインは伸びをしてにやりと笑った。「終わりよければすべてよし。きみにとって満足のいく結果であることは間違いない。五千ポンドもの保険金を詐欺師にだましとられるのをきみが阻止したと聞いて、クレセット生命の連中は飛びあがって喜んだはずだ」

「それ自体はさほど重要じゃない。あの夫婦が将来的に同じ手を使うつもりでいたと信じる充分な根拠があるんだ……それも一度や二度じゃない。ワトキン夫人は偽名を使ってどこかの金持ちと結婚する——その男には高額の保険金がかけられるだろう。ほどなく、彼女が外出していたことを証明できるときに、ワトキンがお膳立てをして彼女の夫を不慮の事故に遭わせるという寸法だ。ガスの栓を閉め忘れるとか……階段で足を滑らせるとか……入浴中にめまいを起こすとか。方法はいくらでもある」

「そいつはワトキンの二番目の女房のときに使った手だな」とクイン。「彼女の死によってワトキンは収入源を失ったとすると、消そうと思った動機はなんだと思う?」

「パットと結婚するためさ。パットは殺しの舞台となったホテルで客室係をしていた。客室係は合い鍵を持っている。客が外出しているあいだに部屋の掃除をしなきゃならないからね。ワトキンが一階のバーにいたとき、パットは三十二号室に忍びこみ、風呂に入っていたワトキン第二夫人を驚かせて湯のなかに沈めた。もみ合った痕跡はおろか、事故死以外の可能性を示すものをいっさい残すことなく」

「そして、ワトキンに嫌疑がかかる恐れは万にひとつもなかった」もう一度小さく身震いをしてクインが言った。「ぞっとするね。俺には到底理解できないな。ぱっと見にはごく普通の人間が、そんな恐ろしい殺人計画を実行に移すなんて。ジリアン・チェスタフィールドが邪魔に入らなければ、あの夫婦は犯行を重ねていたかもしれない。きみが事の真相に初めて思い至ったのは、ジリアンが口を封じられたときなんだろう?」

「ああ……」

一見突拍子もないその考えを、初めて思いついたときの驚きや戸惑いをパイパーは思いだした。証拠を手に入れる手立てがひとつだけあった。それを実行に移し、クインの命を危険にさらしてしまった。駆けつけるのがあと数分遅れていたら、クインは……。

パイパーが言った。「ジリアンはウィントリンガムの村人に話を聞いてまわったあと、ハイ・ストリートの電話ボックスから電話をかけ、その足でパーリー行きのバスに乗った。ジリアンが村人に関する新事実をつかんだのなら、なぜ彼女はパーリーへ向かったのか? そもそも、ジリアンは見つけられたのに、警察が見過ごしていたこととは何か?」

「唯一考えられるとすれば、パトリシア・ウォーレンに関係する何かだろう。だけど何かってなんだ?」クインはレジの上の時計をちらりと見た。「俺はまだ知らないんだ。そのチェスタフィールドって女を絞め殺したのはワトキンだときみは言ったが、理由を説明してくれなかったからね」

「真相を知られたからさ。ジリアンは村人から、パトリシア・ウォーレンは判別がつかないくらいひどく殴られていたという話を聞いた。死体の身もとを確認したのはワトキンだということも。それでぴんと来たにちがいない。彼女がウィントリンガムから電話をかけた先は、パーリーの死体安置所だったことをロック警部が確認している。自分はミス・ウォーレンの妹だ、死体を見せてほしいと言ったそうだ」

「その遺体安置所には彼女の疑念を確信に変えるものがあったのか？」

「パットは右膝の下に傷があったんだ。子どものころに割れたガラスの上で転んで切った傷が。殺された女にはなかった」

「そこでジリアンは意気揚々と出かけていって、おまえの悪だくみはすべてお見通しだという喜ばしいニュースをワトキンにぶちまけたってわけか。やれやれ……」

「まったくね。愚かなことをしたものさ。しかも怖いもの知らずのジリアンは、ワトキンから金をゆすりとろうとした。馬鹿馬鹿しいと言ってワトキンは突っぱねた。そのうえで、誤解を解くためにパーリーの遺体安置所へ一緒に行こうと提案した。ワトキンの化けの皮をはがすつもりで彼女は誘いに応じた」

「じゃあ、ワトキンはとり決めを半分しか守らなかったってことか。ふたりでパーリーへ行ったのは予定どおりだが、遺体安置所にたどりついたのは彼女だけだった」

クインはウェイトレスに合図をして席を立つと、再び視線を時計のほうへさまよわせた。「きみがすべての謎を解き明かしたとき、パズルのピースはおさまるべき場所におさまった。あれはスタンリー・ワトキン夫人、すなわち旧姓クララ・バートルズだったんだな。あの朝、俺たちがロック警部と一緒にいるとき、彼に電話をかけてきたのは。おそらく、ヘイルに嫌疑がかかるよう駄目を押さずにいられなかったんだろう。きっとあの女は何をするにも完璧を目指すタイプだ」

「人殺しに完璧を求めても藪《やぶ》から蛇が出てくるだけさ。ワトキンにはべつの欠点があった。あの男は忍耐力に欠けていた。だから妻の失踪を静観する構えの警察に業を煮やし、僕を雇って妻を発見させようとした。死体が発見されないと保険金は出ないからね。おじの保険金を手に入れ損ねたあとだけに、待つのはなおさら苦痛だったにちがいない」

「皮肉な話だよな。クリフォードおじさんが、甥っ子夫婦の狡猾な企みをそれと知らずに狂わせていたなんて。保険金の受取人が変更されたことで、ワトキンは鼻先にぶらさがっていた二千ポンドを奪われた。おじさんを殺したのが無駄になったわけだ」

「彼らが殺したとすればね」

「まず間違いないと思うけど」クインはポケットから金を取りだし、首を傾げてそれを見たあと、にやりと笑って言った。「ふたり分の昼飯代を払ったら、すっからからんになりそうだ。しかも角の向こうでパブをやってる店主は、やたらと現金払いにこだわるタイプなんだ」

「酒は僕がおごるよ。とびきりうまいランチをごちそうになったことだしね」

「きみは向こう見ずな男だな。それじゃあウェイトレスを捕まえて勘定を済ませたら」——クインはせっかちに時計を見た——「俺の名誉と快楽のために、俺の飲み代はきみの食事代を軽く超えることを証明しよう」

「勝ち目は薄いが受けて立つよ」とパイパーが応じた。「さっきから表情が冴えないけど、どうかしたのかい?」

「ちょっと考えていただけさ。若くて美しい女がスタンリー・ワトキンみたいな野郎のどこに惹かれたんだろうって」

「永遠の謎だね」

「ああ、そうだろうな」癖のない髪をかきあげてクインは肩をすくめた。「ふたりが出会ったとき、近くに悪魔がいたにちがいない」

おなじみの皮肉っぽい笑みが彼の目から消えていた。その瞬間、彼はいつものクインではなかった。近づいてくるウェイトレスを見て、クインは再び肩をすくめた。「どうして人間は、美しいものと善きものは手をつないでやってくると思いたがるんだろうな。さあ、パブへ行こうぜ。急がないと閉まっちまう。いまだ独り身であることに祝杯を挙げたい気分だ」

「女がみんな同じわけじゃないよ」

「かもな。だがよくも悪くも、女ってのは次から次へと厄介事を引き起こすものだ」

またしても時計のほうへ視線をさまよわせつつ、クインはふざけた口調で言い足した。「考えてみろよ、アダムが手に取ったのがイチジクの葉じゃなくてビールのホップだったら、この世はいまよりずっと平和だったと思わないか……なあ？」

訳者あとがき

本書は、イギリスのコリンズ社より一九六一年に刊行されたハリー・カーマイケル著 *Alibi* の全訳です。

パイパーとクインが探偵役をつとめる本作は、本国イギリスでは四十一もの長編を世に送りだした人気シリーズですが、日本で邦訳が刊行されるのは『リモート・コントロール』（二〇一五年）、『ラスキン・テラスの亡霊』（二〇一七年、いずれも論創社）に続いて本書が三作目となります。前二作を読んだ方々は、本格ミステリ黄金期を彷彿とさせる鮮やかなトリックや、意表をつくエンディングに魅せられ、次作への期待を膨らませていたのではないでしょうか。

その邦訳第三弾が、シリーズ第十九作『アリバイ』です。

舞台はロンドン郊外の小さな村。自称小説家の若くて美しい女が忽然と姿を消したところから物語は始まります。パイパーはその女の別居中の夫から依頼されて捜索に乗りだしますが、女の行動は不可解で、謎は深まるばかり……。基本的な筋書きは前述の二作と同様、夫婦間のいさかいや不貞といった男女の愛憎を軸に展開します。そして、本書の肝《きも》は、直球ど真ん中のシンプルな題名が示すとおり〝アリバイ〟と、その裏に隠された巧妙なからくりにあります。〝鉄壁のアリバイ〟に翻弄されつつ、犯人を突き止めるまでのパイパーとクインの奮闘ぶりが、最大の読みどころと言えるでしょう。

それに加えて、本作の魅力のひとつが、シリーズ・キャラクターであるパイパーとクインの人となりと関係性にあることは間違いありません。フリーの保険調査員であるパイパーと、〈モーニング・ポスト〉の記者であるクインは、正確な年齢はわかりませんが、ふたりとも三十代後半から四十代と思われます。何度か警察官と間違われたことがあるというパイパーは、良識があって思慮深く、外見も態度も紳士的。それにひきかえクインは、不作法で、口が悪くて皮肉屋で、身なりにはまるで気を遣わず、おまけにニコチンとアルコール中毒気味。本作ではともに独身ですが、パイパーは妻と死別しており、シリーズ第三作の『ラスキン・テラスの亡霊』では亡き妻を思ったり、新たな恋の予感が芽生えたりしたのち、第三十二作の『リモート・コントロール』ではべつの女性と再婚していたことが明らかになります。一方、クインのほうは、本作のラストの台詞からもうかがえるように、過去に痛い目に遭っているのか、いくぶん女嫌いの癖《へき》があるようです。そんな何から何まで対照的でありながら、たがいに厚い信頼を寄せるふたりが、素人探偵らしく紆余曲折しながら事件の真相に迫ります。

著者のハリー・カーマイケル（本名レオポルド・ホーレス・オグノール）は、ハートリー・ハワード名義と合わせて生涯で八十五作の長編ミステリを上梓しています。一九九一年にセント・ジェームス・プレス社から刊行されたレファレンス本"*Twentieth-Century Crime and Mystery Writers*——*third edition*"（レスリー・ヘンダーソン編、初版は一九八〇年）には、カーマイケルの略歴と、両名義による作品リスト、それに大まかな解説と評価が掲載されています。解説によると、パイパーが再婚したのは『リモート・コントロール』と同じ年に刊行された"*Death Trap*"内で、七〇年代に入ると、酒量を減らして責任感を増したクインが、パイパーに代わっておもな探偵役を担っているとのこと。クインにいかなる心境の変化があったのか、どんな探偵ぶりを見せてくれるのか、そちらも気になるところです。
また、同書には、カーマイケル本人の短いコメントが寄せられています。最後にその全文を訳出して、ご紹介します。

自分の作品について客観的に語るのは簡単なことではない。私は常日頃からディティールの正確さに強いこだわりを持ち、〝警官と泥棒の逮捕ごっこ〟よりも古典的な探偵小説を好み、独創的な作品を生みだすことに心血を注いでいる。あまりにもたくさんの小説を書いたため、昨今、私がもっぱら頭を悩ませているのは〝自己盗作〟を避けることである。

七十一歳で他界した年に書かれたこの短い文章から、本格ミステリ作家としての気概とユーモアを感じとり、日本ではまだ知られていないこの作家の作品を、もっと読んでみたいという思いを強くしたのは訳者だけではないはずです。
なお、本文中のシェイクスピア作『マクベス』と『リア王』の引用は、『福田恒存翻訳全集』（文芸春秋）を参考にさせていただきました。

アリバイ崩しではないアリバイ物

谷口年史（ＳＲの会）

この叢書に収められたハリー・カーマイケルの作品は本書が三冊目になるので、作者について云々するのは屋上屋を架すことになるから他書に譲るとして、さて本作のタイトルは『アリバイ』である。シンプル・イズ・ビューティフルとも言うが、これほど単純明快、何の衒いもない題名も珍しいだろう。アリバイ物を得意としたフリーマン・ウィルス・クロフツでも、これほどベタな題をつけた作品はない。

ミステリを読み慣れた人ならご存知だろうが、アリバイ物には宿命的な問題点がある。「犯人は誰か?」という興味が薄くなるのだ。そりゃそうだろう。「こいつが怪しい」というのが分かっているから徹底的にアリバイを追及していくわけだから。そうなると犯人の正体は事実上丸分かり。これを防ごうとアリバイ崩しに犯人は誰かという謎を加えようとすると、「探偵役に空振りをさせる」という手法しかなくなるようである。

昭和の時代の日本の作品には、長いページ数をかけてアリバイは崩されたものの、それは殺人のためのものではなく別の理由があってやったことだと判明し、じゃあ真犯人は誰だとまた別の容疑者を探すといったものがあった。中には「そのアリバイは情事を隠すため」というのもあり、不倫のためにここまでご大層なアリバイを用意するかと思うと中々涙ぐましいものを感じたこともある。で、ハリー・カーマイケルなのだが、さすがにつまらぬ小細工はせず、正攻法のミステリを紡ぎ出す。決して大技を使って大向こうを唸らせるわけではないのだが、巧みに組み合わせられた小技とミスディレクションの妙味で押してくるのだ。


本書においてカーマイケルは三つの切り口で読者を煙に巻いてくる。

その三つというのは、アリバイ、動機、そして顔のない死体。


まず本書のタイトルにもなっているアリバイだが、この事件で探偵が挑むアリバイは難攻不落である。なにしろ、偽りなしの〝本物のアリバイ〟なのだから。

次に動機。鉄壁のアリバイに守られた男が犯人ならば、有り得ないタイミング（保険金が手に入らない）で殺人を犯している。しかし終盤に差し掛かって動機になる事実が明かされる。

さらに顔のない死体だが、これはミステリ・マニアにとってはすっかり手垢のついた仕掛けである。そう、三つともミステリのネタとしては目新しくはない。アリバイが本物であるという事を除いては。それで落としどころをどこに持って行くのかというと、それは読んでのお楽しみ。

ハリー・カーマイケルは周知のネタを組み合わせて読者の盲点を突く。

解説を先に読む人というのは多いので、勘の良い人が仕掛けのひとつに気づいてしまうかもしれないから、解説者としてもここの所の筆運びは慎重にしなければならないが、物語の展開を見ていこう。

発端はある弁護士が夜道を車で帰宅中、途中で足を挫いた女性を拾う。で、彼女を家まで送り届けてやるのだが、置き忘れたハンドバッグと踵の折れた靴を取りに行き、戻ってくると勝手に女の家の中まで入っていってしまう。

ここで本書29ページの最後の一行の空白に注目しなければならない。ミステリ・マニアなら、ここで眉に唾をつけるだろう。あえて何も書かれることなく、この空白の一行で時間がポーンと飛ぶのだ。その間に一体何が起きたのか？　あるいは起きなかったのか？

僅か数ミリの幅に過ぎないが、ここには無限大に近い可能性が凝縮されている。この空白のスペースには何も書かないことによって重大な何かが書かれているわけだ。

そしてお約束どおり、朝になると女性は姿を消している。家政婦への伝言は残されているけれど、なにやら胡散臭い。

これで物語は消えた女のほうに進むのか、それとも女を拾った弁護士のほうに進むのか、読者の気になるところなのだが、本筋は本名を隠して住んでいた女性の側にあった。

事件の入り口が女性の失踪というので、気の短い人は読むのをやめるかもしれない。確かに物語の前半は悠揚迫らぬテンポで進む。しかし、ここで止めてはいけない。怒涛の後半が待っているのである。

偽名で暮らしていた女性の夫が現れ、探偵役のジョン・パイパーが調査を開始するのだが、この夫のおじは死ぬ前に保険金の受取人を夫から別居中の妻（失踪した女性）に変更していたのが判明。夫が妻を殺す動機はないという状況下で、ついに死体が発見される。

腐乱して識別が難しく、しかも顔をめった打ちにして潰された死体を夫は「妻である」と確認するのだが、ここでまたもやミステリ・マニアはニヤリとするだろう。「まてまて、ここは気をつけねばならぬ」と。

顔のない死体というのもトリックが出尽くして、今さら新奇な驚きが用意されていることは期待できない。そこを作者がどう処理するか。ありきたりの素材を使った料理でも、ほんのちょっとのスパイスの加減で違った風味が楽しめる。この死体は果たして本人か別人か。カーマイケルは本格ミステリの文法どおり、手の内を見せずに物語を終盤へと進めて行く。

さて、最初にも記したように本書のタイトルは『アリバイ』であり、これがアリバイ物である限り、犯人はこの夫であるというのが定番である。こいつのアリバイをどうやって崩すか、というのが眼目だ。

ところがこの夫、動機がない。

おじの保険金が入ってくるなら妻を殺す必要などない。

受取人が妻に代わっていることを知ったなら、おじより先に妻を殺してしまうと受取人がいなくなり、やはり保険金は入ってこない。

金目当ての犯行であるならば夫が妻を殺すはずがないのである。

ここでこの作品の読者は「本当のテーマは動機の謎か」と思ってしまう。意外な動機が隠されているのでは、と疑うわけなのだ。

ところが第二の殺人により、事件も読者の頭も紛糾してくる。

このあたりから物語に加速力がついてきて、余所見は禁物だ。

ここへ来て、この夫は過去にも複数の妻に死なれているし、今回も妻に五千ポンドの保険を掛けていたという新たな事実が明らかになった。

さあ、こうなると犯人はもうこいつしかない。

しかし、それならどうして死体の顔を潰したのか。妻であることが立証されなければ保険会社は金を出し渋るのではないのか。別の動機で妻を殺したのなら、この死体は別人だと言ったほうが犯行の隠蔽には都合が良いだろう。

ならばやはり夫は潔白で、正直な話をしているのだろうか。あるいはまだ何か隠しているのか。

というところで、何とこの夫のアリバイは本物であることが判明する。探偵役もそれを認めるのだ。

じゃあ犯人では有り得ない。

ここで、ミステリ・マニアならばまたもや「そうか、分かった！」と思うだろう。


これはアリバイ・トリックではない。犯行現場誤認トリックだ。


容疑者のアリバイが完璧で嘘偽りのないものならば、被害者のほうから犯人に近づいて来たのだろう。これでもう間違いないだろうと。

ところが、犯行現場にも仕掛けはないのである。被害者はその現場で殺されている。

容疑者のアリバイは真実である。犯行現場へ誰にも知られずに往復するのは不可能。では真犯人は他にいるのか。あるいは犯行を可能にする第三の方法があるのか。

すでに本編を読まれた方は作者がアリバイ物に凝らした一工夫の妙味を堪能されただろう。本編を読む前にこの解説を読んでおられる方はご油断めさるな。

この作品でハリー・カーマイケルが放ったのは「アリバイ崩しではないアリバイ物」という、これまた斜に構えた趣向の本格ミステリなのであるから。

〔著者〕
ハリー・カーマイケル
本名レオポルド・ホーレス・オグノール。1908年、カナダ、モントリオール生まれ。英国内でジャーナリストやエンジニアとして働き、51年にハートリー・ハワード名義で“The Last Appointment”を発表し、作家デビュー。二つのペンネームを使い分け、生涯に85作のミステリ長編を書いた。79年死去。

〔訳者〕
水野恵（みずの・めぐみ）
翻訳家。訳書にJ・S・フレッチャー『亡者の金』（論創社）、ロバート・デ・ボード『ヒキガエル君、カウンセリングを受けたまえ。』（CCCメディアハウス）、ロバート・リテル『CIAカンパニー』（共訳・柏艪舎）などがある。

アリバイ
——論創海外ミステリ 204

2018年2月20日　初版第1刷印刷
2018年2月28日　初版第1刷発行

著　者　ハリー・カーマイケル
訳　者　水野恵
装　丁　奥定泰之
発行人　森下紀夫
発行所　論 創 社
〒101-0051 東京都千代田区神田神保町2-23 北井ビル
電話 03-3264-5254 振替口座 00160-1-155266

印刷・製本　中央精版印刷
組版　フレックスアート

ISBN978-4-8460-1688-3
落丁・乱丁本はお取り替えいたします